ESTEBAN NAVARRO nace en Moratalla (Murcia) en el año 1965. En la actualidad vive en Huesca, lugar al que se siente muy vinculado. Ha sido el organizador de dos primeras ediciones del concurso literario Policía y Cultura a nivel nacional y ha escrito diversos artículos de prensa. Ha obtenido también numerosos premios literarios de relato corto, así como el I Premio de Novela Corta Katharsis por *El Reactor de Bering* y el I Premio del Certamen de Novela San Bartolomé - José Saramago con la *El buen padre*. Su novela *La casa de enfrente* ha sido un éxito de crítica y ventas tanto en su edición digital como en papel, y a ella ha seguido, también con gran éxito, *La noche de los peones* y *Los fresones rojos*.

www.estebannavarro.es
Facebook: *www.facebook.com/esteban.navarro.soriano*
Twitter: *twitter.com/EstebanNavarroS*

1.ª edición: junio, 2015

© Esteban Navarro, 2014
© Ediciones B, S. A., 2015
    para el sello B de Bolsillo
    Consell de Cent, 425-427 - 08009 Barcelona (España)
    www.edicionesb.com

Printed in Spain
ISBN: 978-84-9070-099-0
DL B 12297-2015

Impreso por NOVOPRINT
            Energía, 53
            08740 Sant Andreu de la Barca - Barcelona

Los crímenes del abecedario

ESTEBAN NAVARRO

A Ester y Raúl, por supuesto.

A Lucía Luengo, que una tarde me dijo: «¿Has pensado en escribir una novela negra sobre Twitter?»

A Carmen Romero, sin su ayuda esta novela no hubiera visto la luz.

¿Le explico una de mis ideas para un crimen perfecto?

Extraños en un tren,
de ALFRED HITCHCOCK

¿Qué pájaro es ese halcón que todo el mundo quiere apoderarse de él?

El halcón maltés, de JOHN HUSTON

No haré nada por lo que el dios de la biomecánica no me deje entrar en su cielo.

Roy Batty en *Blade Runner*

1

El luminoso reloj de la farmacia de la calle Còrsega de Barcelona marcaba las tres de la madrugada, cuando un hombre alto y corpulento, vestido completamente de negro, pasaba por delante de la vidriera de la botica. El escaparate de una tienda Zara reflejó su silueta justo cuando un coche de los Mossos d'Esquadra circulaba despacio por la calle. Los agentes, dos varones de mirada profunda, estaban enfrascados en una conversación referente al partido de fútbol que se jugó unas horas antes. Al inicio de la calle un repartidor de periódicos afrontaba su jornada. El motorista se detuvo delante de un bar y deslizó un paquete de diarios bajo el hueco de la puerta sin llegar a bajarse del ciclomotor.

El hombre de negro siguió caminando por la calle Còrsega, hasta llegar a la esquina de la Avinguda Diagonal. Allí se detuvo y encendió un cigarro. El brillo del Zippo alumbró un letrero donde unos grandes almacenes anunciaban ropa interior femenina. El hombre miró la fotografía de la modelo y clavó los ojos en su vientre pétreo.

—Si supieras lo que haría contigo no sonreirías tanto —murmuró en voz baja.

Luego chasqueó los labios. Los ojos de la modelo se reflejaron por encima de los del hombre de negro a través del centelleo del escaparate.

El hombre extrajo del bolsillo de su chaqueta un teléfono móvil. Deslizó el dedo por la pantalla y abrió la aplicación Twitter. A esa hora había pocos mensajes que leer. Dos chicas, que él sabía que eran quinceañeras, intercambiaron varios mensajes sobre un cantante de moda que actuaría la semana siguiente en el Palau Sant Jordi de Barcelona, en Montjuïc. Él respondió a uno de esos mensajes con una mención.

«Lo podréis ver en primera fila», escribió.

En apenas treinta segundos una de las chicas, cuyo nombre en clave era *@ninfomanaatroz*, marcó el *tuit* como favorito. El hombre de negro supo que lo había leído.

Arrojó el cigarro a la acera y siguió caminando en dirección a la Rambla de Catalunya, su sombra se alargó hasta ocupar casi toda la calle. La Avinguda Diagonal estaba llena de coches, algo normal en un sábado del mes de junio. Un numeroso grupo de veinteañeros se cruzaron con él. Los chicos gritaban consignas a favor del Barça, por lo que el hombre de negro supo que el equipo catalán finalmente había ganado el partido.

En el cruce con la Rambla extrajo de nuevo el teléfono móvil y leyó como *@ninfomanaatroz* había respondido su mención anterior. La chica escribió: «<3.»

El emoticono significaba un corazón.

«¿Estará tu amiga?», le preguntó él.

En la pantalla de Twitter se mezclaron dos *tuits* más de dos personas a las que el hombre de negro seguía, pero con las que nunca se comunicó.

«Me ha dicho que sí que estará. Se muere de ganas por verte en persona. Y yo también ;-).»

El hombre de negro frunció el entrecejo. Tecleó:

«No puede decirlo ella misma», escribió.

«Supongo que se habrá ido a dormir», respondió @ninfomanaatroz.

La chica mintió en su último mensaje. Su amiga estaba con ella, pero le pidió que no se lo dijese a él.

«Eso no es lo acordado. Te mando un privado.»

El hombre de negro extrajo otro cigarro del bolsillo de su camisa. Lo encendió con el Zippo y meditó lo que iba a escribir en el mensaje privado. Comenzó con la arroba para que la aplicación Twitter identificara al usuario @ninfomanaatroz.

«Me dijiste que vendría tu amiga, ¿se ha rajado?»

«No. Estoy segura de que acudirá a la cita. ¿Eres tú de verdad?»

«Sí, lo sabrás cuando me veas», respondió, pasados unos segundos.

«Ella dice que eres un fake.»

El hombre de negro tardó varios segundos más en responder. Tenía que hacer creer a su interlocutora que estaba traduciendo la conversación. Se suponía que él era Justin Bieber y que no sabía nada de español. En los primeros contactos de la semana anterior les dijo que quería tener un revolcón con dos españolas, pero que al ser ellas menores de edad tenían que llevarlo en el más estricto secreto.

«¿Dónde está?», escribió en privado. Así se aseguraba de que solo ellas y él podían leer los mensajes.

En la pantalla principal de Twitter apareció una mención de @carismatica97.

«Estoy aquí @tinjusberbie.»

«¿Estáis juntas?»

«Síiiiiiii», respondió @ninfomanaatroz.

«*Esperaré cinco minutos, ni uno más, y me voy*», escribió mencionando a @*ninfomanaatroz* y a @*carismatica97*.

«*Espera, espera, espera...*», escribió @*carismatica97*.

El hombre de negro volvió a entrar en la calle Còrsega. Llegó hasta el portal del piso donde había quedado con @*ninfomanaatroz* y @*carismatica97*. Se ocultó dentro.

«*Tres minutos...*», envió un mensaje privado a las dos chicas.

En el primer piso del portal donde el hombre de negro se había ocultado se encontraban dos quinceañeras: Eva y Erika. Ambas abrieron una cuenta en Twitter hacía dos meses. Eva era @*ninfomanaatroz*, y Erika, @*carismatica97*.

—Tía... —le dijo Eva—. ¿Y si es él de verdad?

—Me parece muy *heavy* —replicó Erika—. Justin tiene todas las mujeres que quiera con solo chasquear los dedos. ¿Por qué iba a querer acostarse con dos barcelonesas anónimas?

—Por vicio, tía. Esos cantantes son muy viciosos. Ya nos dijo que quería tirarse a dos tías de aquí. ¿No te lo imaginas? ¡Nos vamos a follar a Justin Bieber! —chilló.

—No sé, chiqui. Me parece muy raro que se presente aquí, en tu casa, sin sus guardaespaldas, y que quiera follar con nosotras.

—Ya sabe que mis padres no están —argumentó Eva—. Vamos, tía, ya lo teníamos todo planeado, ¿no?

—Para ti es más fácil. Ya sabes que yo...

—Ya, ya, que eres virgen. Ya lo sé, tía. Y qué mejor primera experiencia que con Justin. Ya verás cuando se lo contemos a las del insti, se van a quedar de piedra. Será fantástico, ya lo verás. ¿No has visto la cara de ángel que tiene? Ese no le hace daño ni a una mosca.

Una pareja joven salió a la calle y el hombre de negro aprovechó antes de que se cerrara la puerta para colarse en la portería. La chica lo miró desde abajo, pensó que por su aspecto y altura sería un extranjero.

—¿Dónde va? —le preguntó el chico.

—Voy al quinto —dijo seguro de sí mismo y en perfecto castellano—. He quedado con una persona que vive en esa planta.

El hombre pareció sincero. La pareja le creyó y se fueron caminando por la calle sin volver la vista atrás.

—Yo hasta que no lo vea no me lo creo, chiqui. Dile que se ponga en medio de la calle para que podamos verlo. Y si es él..., bueno, que suba. Pero ya sabes lo que hablamos: las dos a la vez no, que me da vergüenza.

—Pero tía, ¡es Justin Bieber! ¿Cómo quieres que se ponga en medio de la calle y que todo el mundo lo vea? —dijo Eva tratando de convencer a su amiga de lo incongruente de su petición—. Si lo descubren no serviría de nada tanto secretismo.

Erika asintió al comprender que su amiga tenía razón. No podían pedirle al cantante que se mostrara a todo el vecindario poniéndose en medio de la calle. Razonó que era una petición absurda.

—Vale, chiqui —accedió Eva—. Espera, que le mando un privado y le digo que se ponga debajo de la farola.

—No hace falta —dijo Erika. Pero Eva ya lo había enviado.

Justin Bieber respondió el mensaje.

—¡Ya está aquí! —alzó la voz Eva—. Dice que ya está abajo, en la calle.

—¿Seguro, tía?

«¿Dónde estás?», tecleó Eva.

El hombre de negro esperó unos segundos y respondió:

«Donde quedamos ;-). Yo cumplo con lo que digo.»

—Ay, tía, que está abajo, en la calle.

«*Dice @carismatica97 que te pongas debajo de la farola de enfrente para verte.*»

Erika negó con la cabeza.

El hombre de negro sonrió. Al hacerlo, por debajo del labio superior destelló un diente de oro.

«*No puedo, estoy subiendo en el ascensor*», respondió por privado.

—Está aquí, está aquí —gritó Eva—. Ya está, tía. Empezarás tú y luego yo y luego tú otra vez. Tenemos que sacarle todo el jugo.

Las dos sonrieron nerviosas.

—Ahora ya no podemos decir que no. ¿Te das cuenta, tía? Nos vamos a tirar a Justin Bieber. Mientras te folla a ti le haré una foto —dijo Eva forzando una sonrisa.

—Las del insti no nos creerán ya que solo se le verá el culo —objetó Erika.

—Qué grande que eres tía. Ya verás qué bien lo vamos a pasar. Y luego estaremos en primera fila en el concierto... —dijo Eva sacando un paquete de preservativos que había oculto entre unos libros de la estantería del comedor.

El timbre de la puerta sonó una sola vez, tal y como habían convenido la semana anterior cuando concertaron la cita por mensaje privado.

Las dos amigas aspiraron profundamente. Ambas estaban vestidas con una fina camiseta de tirantes y unas bragas de color rosa, Eva, y de color azul, Erika. Sobre la mesa del comedor habían colocado ordenadamente tres vasos de tubo al lado de una hielera.

Eva apoyó el ojo derecho en la mirilla.

—Está oscuro —dijo.

—No abras la puerta —replicó enseguida Erika—.

No abras hasta que él no encienda la luz del rellano y podamos verle la cara. No abras hasta que compruebes que es Justin Bieber de verdad.

Eva mandó enseguida otro mensaje privado:

«Enciende la luz del rellano.»

Esperaron unos segundos. No hubo respuesta.

—¿Responde? —preguntó Erika.

—No.

—Voy a abrir —dijo Eva—. Voy a abrir la puerta. No puedo esperar más. Está al otro lado. Si no abro ahora se irá.

—Espera —dijo Erika cuando ya era demasiado tarde. Eva había abierto la puerta.

2

Diana Dávila se desperezó soñolienta, sentada en la cama. Esa noche no había dormido bien, un mal sueño recurrente la mantuvo en vela hasta casi las cinco de la madrugada. Sobre la mesilla de noche resplandecía el cañón de la recién adquirida Glock 36. Aprovechó cuando apagó la alarma del despertador para acariciar la culata de la pistola con la palma de la mano derecha.

—Mierda —balbuceó.

Un fino rayo de luz se colaba por la rendija de la persiana. En la cómoda había un paquete de tabaco sin empezar y al lado había otro paquete arrugado. El cenicero contenía dos cigarrillos que se fumó antes de acostarse.

Se puso en pie con torpeza y se encaminó descalza hacia el cuarto de baño. A pesar de llevar una semana en el piso de alquiler, aún no se había acostumbrado a la posición de los interruptores de luz, tuvo que dar dos manotazos hasta que acertó. Las dos bombillas del aseo se encendieron. Diana vio su rostro ojeroso reflejado en el espejo.

—Estás hecha un asco —se dijo a sí misma.

Se quitó las bragas y los calcetines blancos que siempre usaba para dormir y abrió el grifo de la ducha. Sabía que el chorro de agua sobre su cabeza la terminaría de despertar. Mientras se enjabonaba se ilusionó con la posibilidad de entrar en la Brigada de Investigación Tecnológica del Centro Policial de Canillas. Cuando juró el cargo como policía no salió ninguna plaza para Barcelona, Huesca o Zaragoza, que era lo más próxima que podía estar de su madre. Alexia, Xía como siempre la llamó ella, vivía en Canet de Mar, un pequeño pueblo de la provincia de Barcelona. La buena mujer siempre quiso tener cerca a su hija, pero la comisaría más próxima era Barcelona y con el despliegue de la policía autonómica y las pretensiones independentistas de Cataluña, las plazas para la Policía Nacional de Barcelona se habían acabado. Las ciudades más próximas como Zaragoza o incluso Huesca, también habían cerrado el grifo de las vacantes, así que Diana se tuvo que conformar con aceptar el destino de Madrid cuando juró el cargo. En la comisaría de distrito donde llevaba un mes no se encontraba a gusto. Patrullar no era lo suyo. Estar todo el servicio conduciendo por la ciudad era agotador y poco enriquecedor para una mujer ambiciosa como ella. Todo recién ingresado en la policía rehúye el rutinario trabajo de las radiopatrullas, los policías jóvenes siempre sueñan con entrar en las Brigadas de Policía Judicial.

Cuando salió de la ducha se vistió en la habitación con un pantalón vaquero ajustado que planchó la noche anterior y una camisa de hombre de manga larga a cuadros. Quería ofrecer un aspecto juvenil, pero reflexivo al mismo tiempo. Diana sabía que la apariencia era lo más importante a la hora de adjudicar una plaza en la policía. Desconocía quién la entrevistaría, pero como supuso que sería un hombre, seguramente un inspector jefe entrado en la cincuentena, no se puso sujetador. Y la camisa se la dejó por fuera; le daría un aspecto más impúdico.

—Cómo me gusta el verano —dijo mirándose en el espejo del baño.

A través de la camisa se percibían levemente los dos botones de sus pezones. Diana se los acarició unos segundos hasta que se hincharon.

—¡Uf! —exclamó—. Ni tanto ni tan calvo —dijo—. O ese entrevistador se pondrá palote total.

Quería parecer excitante porque sabía que si el entrevistador era un hombre su aspecto influiría en la asignación de la plaza. En una entrevista anterior ya lo había probado y le salió bien. Tan solo tenía que frotarse unos segundos los pezones para que se erizaran. Ella sabía lo excitante que era para un hombre unos pezones resaltando por debajo de una tela fina. Se reservaba la baza de la camisa por fuera en el caso de que fallase todo lo demás. Diana tenía habilidad suficiente como para entreabrir ligeramente la blusa y dejar a la vista su ombligo remachado con un *piercing* plateado. Si fallaba todo lo demás, la visión de un *piercing* en el ombligo acabaría por convencer al entrevistador.

Abrió el primer cajón de la cómoda y extrajo un baúl pequeño de madera donde guardaba sus alhajas. Cogió una cadena de oro muy fina.

—Ummm, de abuela —dijo cuando se la vio puesta.

Repitió la operación con una cadena de plata.

—Baratija.

La elección de un colgante de Swarovski con la inicial de su nombre en una placa de acero le pareció más apropiada.

—Perfecto.

Mientras subía el café cogió los útiles de maquillaje y se dispuso a perfilarse los ojos.

—Bien maquillada, pero sin parecer un loro —dijo sonriendo.

Durante esa semana había hecho patrullas peatonales por la calle Serrano y el sol de junio le había sonrojado las mejillas, por lo que no necesitó ponerse colorete. Había tenido dos compañeros y con los dos no llegó a congeniar. El primero por ser mayor y excesivamente proteccionista. El segundo demasiado joven, de su edad, y tan presuntuoso que incluso llegó a pensar que tendría alguna oportunidad con ella. Pero Diana no estaba por la labor de liarse sentimentalmente con ningún compañero de trabajo. Como mucho algún aquí te pillo aquí te mato, pero ni eso. En ese sentido Diana lo tenía muy claro: «Donde tengas la olla no metas la polla.»

Se rio de su ocurrencia.

—¡El café! —gritó de repente.

Corrió hasta la cocina. La cafetera empezaba a humear, hacía unos segundos que había subido el café y se estaba recalentando. Diana sacó una vieja tostadora de uno de los armarios y extrajo una rebanada de pan del congelador. Mientras se calentaba el pan regresó al cuarto de baño a terminar de maquillarse.

—¿Coleta o pelo suelto? —se preguntó.

Una coleta sería muy excitante en el caso de que el entrevistador fuese un hombre mayor. Pero en el caso de que fuese de mediana edad, cerca de los cuarenta, le gustaría el pelo suelto. Tenía que decidirse cuanto antes para escoger unos pendientes acordes. Con coleta se pondría unos de botón y con el pelo suelto unos de aro. El pelo suelto le daría un aire cautivador, y la coleta, un aspecto juvenil.

—¿Cómo será ese tío? —se preguntó.

Diana pensó que hubiera sido una ventaja conocer a su entrevistador. Si fuese un inspector jefe de avanzada edad, rondando los sesenta, se atrevería a ir con dos coletas. La chica sabía que nada le gustaba más a un añoso que una virginal jovencita con coletas.

—Añoso —murmuró.

Hacía tiempo que Diana no pensaba en ese calificativo. Los añosos eran los hombres mayores que se acostaban con su madre por vicio. Esos hombres venían a casa de la quebradiza Xía con la única finalidad de retozar un rato en su cama. No la querían, ni hubo nunca un asomo de amor hacia su madre. Ellos llegaban por la tarde, se tomaban un cubata en el comedor de la casa. Sonreían. Le decían a la niña Diana lo guapa que era, mientras la miraban con lujuria. Les traicionaba su mirada sobre las rodillas desnudas de Diana y sus incipientes senos que pujaban por asomar a la pubertad. Por la noche Diana los escuchaba jadear babeando mientras los muelles de la cama de su madre chirriaban bajo el peso de esos hombres. A la mañana siguiente su madre siempre tenía ojeras. Y en sus ojos se reflejaba la infelicidad. Un frasco de perfume caro, un colgante de oro, un bolso o incluso una botella de licor, era el precio que esos añosos pagaban por follar con su madre. «Añosos, añosos, añosos. Malditos añosos.» Diana bautizó con ese adjetivo a todos los hombres mayores que se acostaban con su madre por placer. La desvalida Xía, madre soltera, buscaba en ellos la protección de un hombre. Con ellos se sentía segura. Pero ellos solo querían follar. «Tu hija será una mujer muy guapa», le dijo uno mientras Diana balanceaba las piernas sentada en un destartalado tresillo de escay que llenaba el comedor de la casa de Canet de Mar. «Deja a mi hija —se enfureció Xía—. A mi hija ni la nombres.»

—Como el entrevistador sea un añoso lo tengo en el bote —dijo Diana terminándose de arreglar el pelo.

Regresó a la cocina y untó mantequilla en la tostada. Se llenó una taza de café y abrió un paquete de tabaco. Con la tostada en una mano, la taza en la otra y un cigarrillo en la boca, se dirigió de nuevo al cuarto de baño.

—Al final voy a llegar tarde —se dijo.

Ya eran las ocho de la mañana y a las diez en punto tenía que estar en la sede de la Brigada de Investigación Tecnológica del Centro Policial de Canillas, en la calle Julián González Segador de Madrid. Entrar en esa brigada supondría un salto cualitativo en su recién estrenada carrera policial. Le apasionaba la idea de investigar todo lo referente a los delitos tecnológicos. Sería una policía de guante blanco. Nada de peleas de borrachos en zonas de ocio. Nada de atracadores, ni patrullas durante noches interminables. Mientras pensaba en eso se acordó del veterano compañero que tuvo en la comisaría de Huesca cuando hizo las prácticas, el afable Andrés Hernández.

—Tengo que llamarle un día de estos —dijo en voz alta.

Andrés era un policía veterano que consiguió que Diana se fiara de los añosos. Él era distinto. Él era buena persona. Andrés nunca se le insinuó, ni la trató como a una mujer objeto. El tiempo que Diana compartió con él en la comisaría de Huesca fue el mejor inicio que una joven policía en prácticas podía tener. Andrés le explicó cómo era la Policía Nacional en España hacía treinta años, el cambio que había sufrido la institución con la democracia. Pero lo más importante que aprendió de él fue que no todos los hombres son iguales, que no todos eran como esos babosos que visitaban a su madre cuando ella era pequeña.

Dejó la taza de café en la cocina y se encaminó al cuarto de baño. Delante del espejo se echó un último vistazo. Con la mano derecha ladeó levemente la camisa a la altura del vientre, mostrando su ombligo traspasado por un reluciente *piercing*.

—Como sea un añoso me va a dar la plaza, seguro —dijo en voz alta.

La joven policía deseaba que el entrevistador fuese un hombre maduro como los que iban a casa de su madre cuando ella era pequeña. Un hombre como esos le daría la plaza solo por tenerla a ella cerca. Un hombre como esos soñaría con la esperanza de tener sexo con ella.

—Vamos allá —susurró al salir de casa.

3

—¿Crees que estamos ante un asesino en serie? —le preguntó el comisario Celestino Rivero a la joven inspectora de la Brigada de Delitos Tecnológicos de la Policía Nacional.

—Yo no tengo ninguna duda —respondió de inmediato Arancha Arenzana.

—Los de Información de Barcelona creen que los crímenes no tienen conexión —objetó Rivero.

—Los de Barcelona no tienen ni puta idea —dijo con desdén la inspectora—. El patrón es muy similar y estoy convencida de que el autor es el mismo en todos los asesinatos.

El comisario balanceaba la pierna derecha sobre su rodilla izquierda, dándole patadas con el pie a una papelera metálica que había al lado de su mesa. Mientras hablaba repiqueteaba el dedo índice y el anular de la mano derecha sobre la mesa de madera.

—¿Has visto las fotos? —le preguntó a la inspectora.

Arancha asintió con la cabeza, algo molesta; el jefe tenía que saber que ella había visto esas fotografías.

—Sí, las vi ayer —respondió mientras se sentaba en la silla del despacho, frente al comisario.

Arancha Arenzana apenas tenía treinta y tres años y ya se había hecho un importante hueco en la Policía Nacional. Arisca y engreída, según sus compañeros, su mente analítica había resuelto varias intrincadas investigaciones relacionadas con delitos tecnológicos. Fue por eso que el comisario Celestino Rivero la puso al mando del grupo encargado de las redes sociales.

—Un loco, ¿verdad? —preguntó de nuevo el comisario.

—Un asesino despiadado que mata por placer. Eso es peor que un loco. Deberíamos tener más psicólogos en la policía para confeccionar un perfil de este tipo de tarados.

—Un perfil no nos ayudará a cogerlo —dijo el comisario.

—Pero nos ayudará a saber cómo es y qué piensa. Quizá podríamos adelantarnos a su próximo crimen.

—El director adjunto quiere que se pongan de acuerdo las brigadas para trabajar en esta investigación de la forma más operativa posible —dijo el comisario—. El asunto no se nos puede ir de las manos. El asunto no se nos debe ir de las manos —repitió más despacio.

—El problema es que actúa y desaparece enseguida y ya no vuelve a actuar hasta pasados unos años. Así es difícil seguir el rastro —dijo la inspectora—. He recopilado todos los datos y aún nos faltan dos crímenes por comprobar. Dos crímenes por imputarle —murmuró bajando la voz.

—Ya, ya, el de Francia y el de Málaga, ¿no? —dijo el comisario quedamente.

—Estoy casi segura, bueno, sin el casi —dijo Arancha—, de que se trata de la misma persona.

—Lo de Barcelona ha sido la gota que ha colmado el vaso. El director adjunto ha dicho que hay que cogerlo cuanto antes. Ya habrás observado que cada vez va a más, ¿no?

—Al final caerá —dijo la inspectora—. El problema es el tiempo que tardemos en cogerle...

—El problema —interrumpió el comisario— es que hasta que no lo paremos nosotros él no parará de matar. El director no quiere que pase como con el Solitario, que aunque se atrapó, tardamos tanto que la opinión pública se nos echó encima.

—Bueno, bueno, Celestino —objetó Arancha—, no son comparables los dos casos. El Solitario era un ladrón y este al que nos enfrentamos ahora es un asesino.

—Un ladrón que mató —corrigió el comisario.

—Sí, pero un ladrón a fin de cuentas —dijo la inspectora—. Lo que movía al Solitario era el robo y lo que mueve a este hijo de puta es el sadismo.

—Un sádico terrible —dijo el comisario.

—Al final no me has dicho quién lleva la investigación —preguntó la inspectora Arancha.

—Te lo estoy diciendo ahora —dijo el comisario mientras se ponía en pie y colocaba bien la papelera que había desplazado a base de darle patadas.

Arancha lo miró directamente a los ojos.

—No me jodas, Celestino, ¿yo?

—Ya lo sabe el director. Son órdenes de arriba. Te encargarás de coordinar los diferentes grupos.

—Ya sabes que me gustaría coger a ese cabrón, pero no creo que esté preparada. Este asunto debería llevarlo la UDEV.

—No, no, la Unidad de Delitos Especialmente Violentos se ha desentendido. Su comisario dice que nos ayudará, pero la investigación raíz corresponde a tu grupo. A tu especialidad —añadió.

—¿Ahora son ellos los que deciden quién investiga qué? —dijo con sorna la inspectora.

—Ya sabes que las decisiones así se toman desde más arriba.

—¿Lo sabe Vázquez?

—¿Vázquez? —sonrió el comisario—. Es el primero al que se lo ofrecí. Fue él quien te propuso. Está convencido de que tú lo atraparás.

—¿No lo dirás en serio? —interrogó la inspectora.

—Muy en serio. Vázquez piensa que solo la mente analítica de una mujer puede atrapar a un hombre.

—Machista cabrón.

—Lo sé, lo sé. Vázquez y tú nunca os habéis llevado bien. Pero es importante que la coordinación de las brigadas sea lo más eficiente posible. Si hubiera puesto a Vázquez al mando, el asesino se coscaría y dejaría de matar. Llegado el caso nunca lo atraparíamos.

—Hay algo que no me cuentas, ¿verdad?

—¿Por qué lo dices? —preguntó el comisario.

—Porque parece que sabes más cosas de las que dices.

—Lo ves, Arancha, como he acertado en escogerte a ti. Necesito tu magia. Necesito la magia de Arancha. Y no te preocupes por Vázquez, él es un profesional y te ayudará en todo lo que necesites, pero esto es grande, Arancha, esto lo tiene que llevar alguien como tú.

—¿Me contarás todo lo que sabes?

—Claro. Mañana por la mañana empezamos a trabajar. Vente a eso de las nueve y te cuento todo lo que tenemos hasta ahora del asesino del Twitter.

—¿Asesino del Twitter? —preguntó Arancha—. Eso son cosas de Vázquez, ¿verdad?

—Cierto. El viejo Vázquez ya lo ha bautizado. Mañana, mañana te cuento los detalles.

—Sí —dijo la inspectora—, además ahora tengo una entrevista con aspirantes a entrar en mi grupo.

4

Mientras se ponía en marcha el ordenador portátil, el hombre de negro aprovechó para encenderse un cigarrillo. Sobre la mesa de la habitación del hotel donde se alojaba había colocado de forma ordenada una cartera con documentación, el teléfono móvil, unas gafas de sol y dos paquetes de tabaco. La persiana bajada completamente, indicaba que se ocultaba.

Miró el reloj de pulsera.

—Las ocho y cuarto —dijo en voz alta mientras con el pulgar de la mano derecha limpiaba la esfera del reloj. Al hacerlo se vio el tatuaje que tenía entre el dedo pulgar e índice de la mano derecha, dos letras «J» juntas. Sonrió.

A través de la ventana oyó el sonido de una máquina de limpieza. Las escobillas eléctricas fregaban las calles del barrio gótico de la Ciudad Condal. Imaginó que si la persiana de la habitación estuviera abierta le llegaría el olor a desinfectante. Arrugó la boca al pensar en eso.

Una vez se hubo puesto en marcha el ordenador portátil, accedió a su página de usuario. Abrió el navegador Firefox y pulsó sobre la barra de tareas en el enlace con el nombre de Twitter. Entró en su cuenta @*tinjusberbie*. El navegador no le solicitó la clave, la tenía memorizada. Desde el menú de configuración llegó hasta la opción de desactivar la cuenta. Confirmó el proceso.

En la televisión local hablaban del crimen de dos quinceañeras que vivían en la calle Còrsega. La presentadora no dio detalles de la muerte, solamente dijo que las dos eran amigas y que fueron asesinadas en el piso de una de ellas. El hombre de negro esperó a que terminara la noticia para saber si en algún momento decía cómo habían muerto. La locutora terminó la noticia diciendo que la Policía Nacional se había hecho cargo de la investigación.

—¿La Policía Nacional? —se preguntó en voz alta el hombre de negro.

Conectó la BlackBerry al ordenador portátil con un cable USB. En unos segundos descargó las fotos del móvil al ordenador. En apenas un instante la barra de progreso indicó que la descarga se había completado. Encendió otro cigarrillo y se sentó delante del ordenador. Una a una fue visionando todas las fotografías. La visión de las imágenes que había tomado él mismo esa misma noche le excitaron sobremanera. Cuando terminó de mirar las fotografías varias veces, se levantó y se metió en la ducha, donde se masturbó enérgicamente mientras se duchaba.

Cuando salió de la ducha se vistió y recogió la habitación. Conectó el portátil a la wifi del hotel. Accedió al servicio de almacenamiento de Google, el Drive. Necesitó unos minutos para que subieran todas las fotografías a un archivo que denominó «JJ». Luego desmontó la BlackBerry sacando la batería y la tarjeta SIM. Con unas tijeras cortó la tarjeta en varias tiras muy finas. Y la batería y las piezas sueltas del móvil, junto a las tiras de la tarjeta, las metió en una bolsa de supermercado. Repitió la operación con el ordenador portátil. Abrió la tapa trasera con un destornillador y extrajo el disco duro que previamente había formateado a bajo nivel con un disco de arranque de Linux. Con el formateo se aseguró de que fuese imposible recuperar los datos. Para estar más seguro desmontó el disco duro y lo rayó con fuerza con la punta del destornillador.

Recogió la habitación y bajó a recepción del hotel, donde pagó la estancia.

—Espero que haya disfrutado de nuestro servicio —le dijo el recepcionista, un chico joven que vestía un impecable traje azul.

El hombre de negro asintió con la barbilla sin musitar palabra alguna. Al sonreír de manera forzada, el recepcionista se percató de que tenía un diente de oro.

—Vuelva cuando quiera —le dijo con cortesía.

El hombre pagó en metálico y salió a la calle. Recorrió la calle Pintor Fortuny dejando en cada papelera parte de los trozos que contenía la bolsa de plástico que portaba en la mano. En la primera papelera dejó alguna tira de la tarjeta SIM y un pedazo de la BlackBerry. En el resto fue esparciendo fragmentos del portátil y del móvil.

Cuando llegó a la plaza Sant Antoni buscó un locutorio con acceso a Internet. Contrató media hora de uso de un anticuado ordenador, donde se conectó a su cuenta de Gmail y la canceló. Era la cuenta con la que se había dado de alta en Twitter. Sabía que en cuarenta y ocho horas, a lo sumo, la Policía Nacional iniciaría el rastreo de su cuenta de Twitter y de Gmail desde donde contactó con las quinceañeras que había asesinado la noche anterior. Luego se conectó al servicio de almacenamiento

Google Drive y vio que las fotografías ya no estaban. Alguien las había retirado. También canceló esa cuenta.

—Soy un genio —murmuró.

Su frente permanecía totalmente seca a pesar de la espesa peluca que le cubría la cabeza.

5

La inspectora Arancha Arenzana ordenó un puñado de folios que sostenía en su mano derecha. Cerró la ventana y accionó el aire acondicionado. Un zumbido indicó que el aparato estaba en marcha. Un oficial de policía de aspecto aniñado entró en el despacho empujando la puerta con energía desmedida.

—Arancha —dijo—. ¿Comenzamos ya?

La inspectora lo miró sonriendo.

—Mucha prisa tienes tú.

—Creo que hay diez aspirantes.

—¿Y qué tal? —preguntó Arancha.

—Un poco de todo, como en botica —sonrió el oficial.

—Anda —dijo con desdén la inspectora—. Ve pasándomelos de uno en uno.

—¿Quieres que empiece por alguien en especial?

La inspectora negó con la cabeza.

—Por quien más rabia te dé —respondió, sin levantar los ojos de los folios que tenía sobre la mesa.

El oficial de policía salió al pasillo y regresó de inmediato acompañado de un chico joven, muy alto y excesivamente delgado.

—A sus órdenes —gritó elevando la voz nada más entrar al despacho.

—Buenos días —saludó la inspectora—. Tome asiento.

El chico se sentó delante de Arancha. Ella se fijó en su aspecto general. Pensó que se había presentado demasiado bien vestido para una entrevista de acceso a la Brigada de Delitos Tecnológicos de la Policía Nacional.

—¿Es usted Rosendo Salinas? —preguntó.

El chico carraspeó antes de hablar.

—Sí, sí, señora, sí, inspectora —dijo.

Arancha Arenzana leyó de una ojeada la ficha del aspirante para hacerle, seguidamente, varias preguntas sobre los motivos que le llevaron a solicitar el acceso a la Brigada.

Pasados cinco minutos, llamó al oficial a través del teléfono interno para que se llevara al tal Rosendo e hiciera entrar a otro.

—No debería hacer estas entrevistas los lunes —se dijo Arancha en voz alta.

—¿Decías? —le preguntó el oficial desde la puerta.

—Nada, nada. Hablaba sola.

—¿Te paso a otro?

—Sí —dijo con desidia.

Durante la siguiente hora fueron entrando uno a uno al despacho de Arancha los aspirantes a la Brigada. Las fichas de los policías eran todas iguales. Ella se limitaba a escucharlos y les hacía alguna pregunta para cuadrar el currículo. Todos tenían idéntico perfil. Eran jóvenes, con muchas ganas de trabajar y con avanzados conocimientos de informática. Pero ninguno la estaba convenciendo.

—¿Quedan muchos? —le preguntó al oficial cuando salió el último que había entrevistado y se quedó sola en el despacho.

—La diez, diez —dijo sonriendo.

—¿La diez, diez?

—Sí —respondió—. La número diez en el orden de las entrevistas que llevas hasta ahora y la diez en... Bueno, mejor que la veas.

—Entiendo —dijo Arancha frunciendo la boca—. Anda, dile a esa chica que pase.

El oficial de policía entró acompañado de Diana Dávila y le dijo a la joven aspirante que se sentara en la silla delante de la inspectora Arancha.

—Buenos días —saludó Diana con cortesía.

La inspectora la miró un instante, pero no respondió. Se limitó a ojear su ficha policial, que sostenía entre las manos.

—¿Diana Dávila? —dijo.

—Sí —respondió.

La inspectora levantó la vista. No pudo evitar fijarse en la marca que dejaban los pezones de la aspirante que sobresalían por encima de la fina camisa a cuadros que vestía. Cuando reparó en que la chica se había dado cuenta de que la miraba, bajó la vista enseguida. Vio que el oficial de policía también las miraba.

—Eso es todo —dijo.

El oficial no se dio por aludido.

—¿Ya has terminado la entrevista? —le preguntó a la inspectora.

—No, digo que eso es todo. Que nos dejes solas —protestó.

El oficial salió del despacho, no sin antes, y de espaldas a Diana Dávila, hacer un gesto obsceno con la lengua que no gustó nada a la inspectora.

—Anda, cierra la puerta al salir —le ordenó.

Para la inspectora, aquella aspirante a entrar en la

Brigada era atractiva y exageradamente atrevida. Cuando accedió a su despacho se fijó en la figura que silueteaban los pantalones vaqueros, en su caminar seguro y en su camisa a cuadros sin nada debajo.

—¿Por qué quieres entrar en la Brigada? —le preguntó.

—No me quiero pasar toda mi vida patrullando —sonrió Diana.

—Llevas muy poco en la policía —dijo sin dejar de mirar su ficha.

—Año y medio —replicó.

—Eso no es toda una vida.

—Es suficiente para mí. Creo que valgo para algo más que para dar vueltas con un coche patrulla día tras día.

Arancha pensó que la chica iba sobrada. Demasiado pedante.

—¿Y por qué no te has presentado a la ejecutiva?

—No tengo estudios.

—No tienes estudios y no quieres patrullar —repitió la inspectora.

—No, no tengo estudios y no me presenté a la ejecutiva —corrigió Diana.

Arancha se sorprendió a sí misma de nuevo mirándole los pezones a la aspirante. Diana se dio cuenta y la inspectora se dio cuenta de que ella se había dado cuenta.

—¿Tienes conocimientos de informática?

—Inspectora —dijo Diana—, tengo veintidós años. Todos los de mi edad sabemos de informática.

Arancha frunció el entrecejo. Se sentía en inferioridad delante de aquella aspirante que no parecía amilanarse ante nada, ni ante nadie.

—¿Redes sociales?

—Las uso bastante. Me gusta relacionarme a través de ellas.

La inspectora levantó los folios y los golpeó por los cantos. Todo parecía indicar que la entrevista ya había terminado. Diana siguió cómodamente sentada, con las dos manos apoyadas en sus rodillas mientras las acariciaba y sin perder la sonrisa en ningún momento.

—Eso es todo —dijo la inspectora—. Ya he terminado la entrevista.

La aspirante se humedeció ligeramente los labios.

—Muchas gracias, inspectora —dijo Diana poniéndose en pie—. Ha sido usted muy amable.

La chica giró sobre sí misma, y se encaminó hacia la puerta. En el marco se cruzó con el oficial que entraba en el despacho.

—¿Qué tal ha ido?

Diana se encogió de hombros.

—Supongo que bien —dijo.

—Suerte —le deseó el oficial.

—La voy a necesitar —dijo Diana cerrando la puerta.

El oficial no pudo seguir con la vista a Diana mientras bajaba las escaleras, ya que lo interrumpió el informático de la policía.

—¿Mirando culos? —le dijo César Ramos.

—¿Perdón?

—Sí, hombre. Acabo de ver cómo le mirabas el culo a esa chica. Está buena, ¿verdad?

César Ramos era un trabajador de la empresa de informática que se encargaba del mantenimiento de los ordenadores de la policía. Era de los pocos civiles que tenían acceso a los despachos de la Brigada, junto al de mantenimiento, la limpieza o los de la compañía telefónica. César llevaba trabajando diez años en InforMadrid, la empresa contratada por la Dirección General para gestionar el *hardware* de toda la Comunidad, y de esos diez, cuatro los había pasado reparando y actualizando los ordenadores de todas las comisarías de Madrid. Los policías estaban acostumbrados a verlo deambular por los pasillos con un disco duro en su mano y varios cables arrastrando por el suelo.

—Muy, pero que muy buena —sonrió el oficial—. ¿Adónde vas?

César sostenía en su mano una caja con una pantalla dibujada.

—A cambiar el monitor de la jefa.

—Espera, que está entrevistando a aspirantes a la Brigada —objetó el oficial.

César sonrió.

—No hay problema. Regreso más tarde —dijo riendo nervioso—. Me voy a almorzar.

Mientras el informático se alejaba, el oficial pensó que a ese hombre no le convenía almorzar demasiado, estaba excesivamente obeso. Los pantalones vaqueros resbalando por su trasero y mostrando la raja del culo le arrancaron una sonrisa.

Cuando Diana salió a la calle, maldijo su mala suerte. De todos los inspectores e inspectores jefes que la podían haber entrevistado para el puesto en la Brigada, le había tocado una mujer y encima guapa. Diana sabía que una mujer guapa nunca querría a una chica como ella en su grupo, sería una competencia directa. Mientras se encendía un cigarrillo tuvo la sensación de que no la escogerían a ella para el puesto.

—Qué mala suerte tengo —se lamentó en voz alta.

6

El martes se reunieron en el despacho del comisario Celestino Rivero, la inspectora Arancha Arenzana y el inspector jefe Vázquez. En la Brigada de Investigación Tecnológica del Centro Policial de Canillas la jerarquía había dejado paso al diálogo de igual a igual entre los policías. El comisario los había citado a los dos, a Arancha y a Vázquez, para coordinar la investigación que traía de cabeza a toda la Brigada en particular y a toda la Policía Nacional en general.

—¿Café? —les preguntó el comisario.

Vázquez permanecía de pie apostado en el marco de la puerta, sosteniendo entre ambas manos una fina chaqueta de tela. Su pelo gris y peinado hacia atrás le hacía ofrecer el aspecto de un dandi de los años ochenta.

—Sí, gracias —dijo con cortesía y sin perder la sonrisa en ningún momento.

Arancha sonrió sentada en uno de los sillones que había más próximo a la ventana.

—Yo también quiero uno —dijo—. A ser posible con un cruasán.

—Lo siento, Arancha —replicó el comisario captando la ironía—. He pensado que estando tan próximas las vacaciones de verano no sería bueno para tu silueta la grasa de un cruasán.

—Arancha no tiene problemas con la silueta —sonrió Vázquez sin despegarse del marco de la puerta.

—Ja, ja y ja —exclamó con ironía la inspectora.

—Veo que os seguís llevando tan bien como antes —apuntó el comisario.

—O mejor —puso la puntilla Vázquez.

—Bueno, bueno —dijo el comisario—. Vamos a trabajar un poco.

Vázquez se acercó hasta la mesa y se sentó en una de las sillas que había vacías.

—¿Y el café? —preguntó Arancha.

—Luego, luego —dijo el comisario—. No nos va a llevar mucho tiempo lo que tengo que deciros.

—No tenemos prisa —dijo Vázquez.

—Habla por ti —corrigió la inspectora, desagradable.

Aunque el comisario conocía la relación que habían tenido, no hacía demasiado tiempo, Arancha y Vázquez, no quiso hurgar en la herida y evitaba a toda costa hacer alusión a esa relación ya pasada.

—Vamos a centrarnos —dijo sentándose en su silla detrás de la mesa—. El pasado sábado 16 de junio se cometió un crimen en Barcelona. Un crimen un tanto especial.

—Muy especial —murmuró Vázquez.

—Así es —corroboró el comisario—. Dos menores de quince años fueron asesinadas en el piso de una de ellas. Sus padres habían salido a cenar con unos amigos y cuando llegaron de madrugada se encontraron los cadáveres de las dos. Son gente acomodada de la burguesía catalana, el padre es un empresario y la madre trabaja en

— 41 —

la banca. Pero eso no nos ha de distraer del caso, el asunto es cómo murieron esas chicas.

Vázquez dejó la chaqueta que sostenía entre los brazos en el respaldo de una de las sillas.

—Una de las chicas, la hija de los dueños del piso, se llamaba Eva. Una chica normal. Sin problemas extraños, según sus padres, amigos y profesores. Una chica de quince años como la mayoría de las chicas de esa edad. Hace unos meses tuvo un noviete con el que había cortado. Ya sabéis, rollitos, como dicen ellas. La otra —siguió hablando— se llamaba Erika. De la misma edad y cuyos padres residen a un par de calles de distancia del domicilio de Eva. También de familia acomodada.

El comisario tuvo que mirar un par de veces las anotaciones que tenía sobre la mesa para recordar los nombres de las chicas.

—¿Está el aire puesto? —interrumpió Vázquez.

—Arancha —dijo el comisario—, tienes el mando ahí al lado —indicó señalando una estantería de madera que estaba detrás de la inspectora.

Arancha accionó el botón del climatizador.

—Los dos ya habéis visto las fotos —siguió hablando el comisario—. La investigación la iban a llevar en un principio los Mossos d'Esquadra de Barcelona, pero hay ciertos aspectos del crimen que hacen que la llevemos finalmente nosotros —dijo orgulloso.

—¿Y la policía autonómica dejará que seamos nosotros los que llevemos este tema? —preguntó la inspectora—. Cuando el crimen se ha cometido en Barcelona.

—No queda otra —replicó el comisario—. El crimen tiene raíces internacionales y le corresponde a la Policía Nacional la investigación. Aunque —añadió— vamos a necesitar la ayuda de todos los cuerpos policiales.

—¿El crimen de dos adolescentes? —preguntó Vázquez.

—Así es —balanceó la cabeza el comisario—. No es un crimen cualquiera.

—Estoy ansioso por saber todos los detalles —dijo Vázquez.

El comisario miró el reloj de muñeca, alejando la vista para ver la hora.

—Vamos a desayunar —dijo—. Es mejor que tengáis el estómago lleno para oír lo que os tengo que contar.

Vázquez miró a Arancha y la inspectora bajó la vista. Conocía esa mirada de sobra.

7

Vázquez y Arancha hacía unos meses que abandonaron su relación de pareja. Su concomitancia les estaba destruyendo de forma paulatina y él se daba cuenta de ello; aunque ella quisiera obviarlo. No sabían si era la diferencia de edad, la dependencia jerárquica o los planes de futuro. Veinte años atrás el veterano inspector jefe hubiera soportado la depravación sexual de Arancha. Pero su impudicia a la hora de mantener las relaciones sexuales se había convertido en un obstáculo de futuro. Vázquez añoraba tener descendencia, formar una familia, comprar una casa en el campo y allanar el camino hacia su jubilación al lado de un hogar tranquilo. Pero Arancha era ambiciosa y anhelaba ascender, llegar a comisaria y disfrutar de la licenciosa actividad sexual que siempre había querido llevar. El inspector jefe disfrutó con las interminables tardes al lado de Arancha. Desnudos frente a frente. Probando todos esos objetos que ella adquiría a través de Internet y que lo lanzaban hacia un barranco de placer irrefrenable.

Su postura preferida era cuando él se sentaba con las piernas cruzadas como si fuese un indio y ella se sentaba encima de él introduciéndose el pene dentro. Entonces, cuando la pasión decrecía y el miembro viril amenazaba con menguar, Arancha le susurraba marranadas de lo más aberrante a su oído del estilo me gustaría que ahora hubiera otro hombre aquí con nosotros y que me penetrara por detrás. Vázquez sentía que un hervidero de sangre se le amontonaba en el pene desafiando cualquier ley de la lógica y amenazando con estallar. En ese momento Arancha comenzaba a cabalgar mientras escupía en la cara de Vázquez hasta que su pene estaba a punto de reventar. Entonces se detenía. Ella sabía cuándo tenía que hacerlo. Y comenzaba a susurrarle al oído todas las barbaridades sexuales que él quería oír.

Pero para Arancha eso no era suficiente, ella quería que sus sueños fuesen reales, y le sugirió acudir a esos clubes madrileños donde las parejas se intercambiaban por una noche. Vázquez sabía que si accedía nunca podría llegar a formar una familia con Arancha. No podía tener hijos y comprar una casa en el campo con una mujer que cada noche se acostaba con una pareja distinta. No podía seguir conviviendo con una esclava del sexo.

—¡Átame! —le ordenó un día.

Le encantaba que él la atara a la cama de pies y manos. Desnuda. Su sexo abierto. Mientras Vázquez se arrodillaba y pasaba sus labios y su lengua una y otra vez mientras ella gritaba.

—No me sueltes —le ordenaba entonces.

Ella tenía varios orgasmos seguidos. Nunca era suficiente.

—Ahora, tú.

Pero Vázquez se negaba. No le gustaba que ella le atara a la cama. Desconfiaba de Arancha e imaginaba que mientras estaba inmovilizado ella podía hacer con él lo que quisiera.

—¿No te gustaría? —le había preguntado en alguna ocasión.

—No, ya sabes que no me gustan las cosas raras.

Al final nunca fueron a clubes de intercambio, pero para el inspector jefe una relación se basa en la confianza, y él ya no se fiaba de Arancha.

La mañana antes de la reunión con el comisario habían coincidido en la calle. Su relación se había enfriado, pero los dos asumían que tenían que seguir viéndose. Para Vázquez era más difícil, pero Arancha ya lo había superado y él solo era una experiencia de su pasado.

Vázquez la miró sonriendo. Ella conocía esa sonrisa pícara.

—¿Has visto cómo mueren esas chicas? —le preguntó.

—Por favor, Vázquez, solo son unas niñas. —Arancha nunca lo llamaba por su nombre, para ella él siempre era «Vázquez».

El inspector jefe no podía olvidar que el asesino mataba de una forma análoga a los sueños sexuales que tenía Arancha. Una práctica sexual que ya había imaginado tres siglos antes el marqués de Sade.

8

Un Seat León de color rojo salió del aparcamiento subterráneo de la calle Pintor Fortuny. El hombre de negro condujo despacio hasta la calle de la Riera Alta, donde torció hacia el puerto de Barcelona. En la calle Ample había un pequeño garaje de una sola plaza. Cuando llegó la puerta estaba abierta. El Seat León aparcó dentro y la puerta se cerró.

En el garaje le esperaba un hombre con un pasamontañas de color gris oscuro que le cubría la cabeza. Apenas se distinguían dos ojos azulados. En su mano sostenía un destornillador.

Mientras el hombre de negro se fumó un cigarrillo, el hombre del pasamontañas desarmó las dos placas de matrícula y las cambió por otras con diferente numeración. El hombre de negro no lo miró mientras trabajaba, se dedicó a contemplar un cuadro de estilo naif que pendía en la sucia pared. Cuando hubo terminado de cambiar las placas abrió la guantera del coche y cambió la carpeta con la documentación del vehículo. Cerró la puerta de un golpazo y miró directamente a los ojos del hombre de negro, que en esos momentos arrojaba el cigarrillo al suelo del garaje. En ningún momento intercambiaron palabra alguna.

9

Celestino Rivero se sentó detrás de la mesa de su despacho. Frente a él tenía dos sillas que habían ocupado la inspectora Arancha Arenzana y el inspector jefe Edelmiro Vázquez. El comisario era conocedor del tórrido romance que los dos habían tenido y que casi los destruye. La inspectora tenía treinta y tres años, y Vázquez, veintidós años más que ella, cincuenta y cinco. Para el comisario era demasiada diferencia de edad para que la relación hubiera cuajado.

—Antes os habéis preguntado por qué vamos a llevar este asunto nosotros —dijo ordenando un puñado de folios sobre su mesa—. La orden viene de arriba. De muy arriba —añadió—. No es un crimen normal. Quien mató a esas chicas es un asesino en serie que tiene unas pautas de actuación bien definidas.

Arancha y Vázquez se encogieron de hombros.

—La Sûreté francesa —siguió explicando el comisario— ha facilitado toda la información de un crimen similar que se cometió hace tres años en Nimes.

—¿Sûreté? —preguntó Arancha.

—Sí —respondió Vázquez—, es la policía nacional

francesa. Antes se llamaba así. Celestino es un romántico —dijo refiriéndose al comisario.

—Hace tres años se produjo un crimen en Nimes de dos menores de edad que fueron asesinadas de igual forma que las chicas de Barcelona. En esa ocasión, el asesino contactó con ellas a través de Facebook.

—¿Facebook? —volvió a interrumpir Arancha.

—El tío abre una cuenta falsa haciéndose pasar por alguien famoso —dijo el comisario—. En Nimes se hizo pasar por Gérard Depardieu y contactó con las dos quinceañeras a través de su perfil falso.

—¿Gérard Depardieu? ¿Quinceañeras? —preguntó Arancha.

—Así es —afirmó el comisario—. Ese sádico las engaña haciéndose pasar por alguien famoso y concierta una cita con las chicas para pegarse un revolcón con ellas.

—Pues hacen falta ganas para querer tirarse a Depardieu —cuestionó Arancha.

—De todo hay en la viña del Señor —sonrió Vázquez—. En Francia, Depardieu es toda una celebridad y sabrás que muchas mujeres buscan la fama por encima de cualquier remordimiento.

Arancha se acordó de alguna modelo española famosa por su relación con empresarios que le doblaban la edad.

—La Sûreté nos ha dicho que el tío es muy bueno en lo suyo. Le llevó mucho tiempo entre crear la cuenta falsa, aportar fotografías, engrosar su perfil con datos sobre eventos, presentaciones, proyectos de nuevas películas... Por aquel entonces era más difícil controlar Internet. Ni siquiera existían grupos especializados dentro de la policía. O al menos tan especializados como los de ahora —matizó.

—Vale, vale —interrumpió Arancha—. ¿Y nadie se dio cuenta de que ese tío no era Depardieu?

—Ese es el truco. El perfil de Facebook no tenía ese nombre. Firmaba con otro distinto, pero a esas chicas les hizo creer que detrás de la cuenta falsa estaba el auténtico Depardieu.

—¿Un *fake*? —dijo Arancha.

—Perdón —interrumpió Vázquez—, si vais a seguir utilizando nombres raros me levanto y me voy.

El comisario sonrió.

—Te has de poner al día, Vázquez. Estás viejo.

—Un *fake* —explicó la inspectora— es un anglicismo, quiere decir falso.

—Exacto —dijo el comisario—. El asesino crea cuentas falsas, con nombres inventados y hace creer a sus contactos que detrás de esa cuenta hay alguien real, en el caso de Nimes, Depardieu, y en el caso de Barcelona, Justin Bieber.

Vázquez frunció el entrecejo.

—Un cantante de moda por el que se pirran las jovencitas —dijo el comisario antes de que Vázquez le preguntara quién era.

—Y las no tan jovencitas —añadió Arancha—. Un hombre guapo es un hombre guapo —sonrió con malicia.

Vázquez se incomodó.

—Un crío —dijo.

—Un crío guapo.

—Bueno —cortó el comisario—. Al grano. Hace cinco años hubo un crimen también muy similar en Málaga.

—¿Málaga? —preguntaron a la vez Arancha y Vázquez.

—Si me vais a estar interrumpiendo todo el rato voy a tardar todo el día en contaros de qué va esto —se quejó el comisario.

La inspectora y Vázquez asintieron con la cabeza sin decir nada.

—En Málaga asesinaron a dos quinceañeras de forma parecida a las chicas de Barcelona y a las de Nimes. En esa ocasión llevó la investigación la benemérita.

—Hace cinco años Facebook se usaba poco —cuestionó la inspectora.

—¿Quién ha dicho que el asesino utilizó Facebook para engañar a las víctimas de Málaga? —preguntó el comisario.

Vázquez encogió los hombros de nuevo.

—Lo acabas de explicar cuando has dicho lo de Nimes —se defendió Arancha.

—Ahí sí que fue así. Pero en Barcelona utilizó Twitter. Y en Málaga utilizó un blog.

—Te juro que me estoy perdiendo, Celestino —exclamó Arancha.

—Facebook, Twitter, blogs... —dijo Vázquez—. Creo que me he hecho viejo. ¿Es esto lo que vamos a investigar?

El comisario resopló en su asiento.

—Me canso —dijo—. Voy a resumirlo lo mejor que pueda. Aunque no os garantizo nada, creo que no nos vamos a entender. Hay un asesino —alzó la voz— que mata cada dos o tres años a chicas de quince años. Siempre las asesina de dos en dos y de la misma forma... ¿Sí? —preguntó cuando vio a Vázquez con la mano levantada.

—Perdón, Celestino, por la interrupción. ¿No es mejor que nos cuentes cómo murieron esas chicas y las coincidencias de todos los crímenes?

—Sí —asintió el comisario—. Creo que lo mejor es que os cuente todo desde el principio.

10

Diana Dávila decidió ir caminando desde la sede de Delitos Tecnológicos de la Policía Nacional hasta su piso. Se sintió estúpida al creer que iba a embelesar a un viejo inspector jefe con su atuendo juvenil y su fina camisa dejando poco a la imaginación. Pero tenía que intentarlo, se dijo. Lo peor que le podía haber pasado es que la entrevistara una joven inspectora.

Recogió el piso. Colocó toda la ropa pendiente de lavar en la lavadora que había en la cocina y puso a calentar el horno. Afortunadamente todos los electrodomésticos del piso de alquiler eran nuevos, a excepción de la tostadora, y funcionaban perfectamente. Vio que apenas le quedaba batería en el teléfono móvil y lo puso a cargar en el enchufe de la habitación donde dormía.

«¿Por qué elegiría un piso tan grande?», se preguntó.

Los primeros días se rio al pensar que dormía en una habitación de matrimonio. Desde la ventana podía ver el bullicio de la calle de Sagasta y aprovechaba para fumar en el estrecho balcón que daba justo a un edificio que estaban remodelando enfrente. Antes de salir vigilaba que no hubiera ningún obrero, ya que la semana anterior sorprendió a uno mientras la miraba, entonces se dio cuenta de que había salido vestida tan solo con unas bragas de color rosa y una camiseta de tirantes. El albañil, un chico de no más de treinta años, se quedó atónito. Y cuando ella lo miró con descaro no hizo otra cosa que resoplar. Diana sonrió y se metió dentro del piso con toda la lentitud de que fue capaz.

Cuando el horno estuvo caliente metió una pizza congelada dentro y cogió el teléfono móvil que aún estaba cargando y llamó a su madre.

—Mamá, ¿qué tal estás?

Sabía que a su madre le alegraban esas llamadas telefónicas no concertadas que le hacía de tanto en tanto. Nunca pactaron un día o una hora para llamar. Alexia, Xía como la llamaba ella, casi nunca llamaba. A Diana continuamente le venía mal hablar. «Ahora estoy trabajando», le respondía siempre.

—Sí, el piso es grande y tiene tres habitaciones. No vengas, aquí te aburrirías. ¿Qué? Oh, sí, estoy muy bien en la comisaría, hay buenos compañeros. Me tratan bien. No, no, aún no puedo pedir Barcelona, tengo que esperar un año después de jurar el cargo.

Diana no quiso decirle que se había cerrado el grifo de las plazas para Barcelona. Cada vez iban menos policías nacionales a Cataluña. Su madre seguía ilusionada con que ella pudiera pedir Barcelona o incluso Mataró y poder tenerla cerca.

—He hecho una entrevista para entrar en la Brigada de Delitos Tecnológicos. No sé, todavía no me han dicho nada. Oh, sí, claro, dejaría de patrullar por las calles y estaría trabajando en una oficina detrás de un ordenador. Claro que es menos peligroso; aunque el peligro, mamá, está en cualquier parte.

Alexia Lomero siempre estaba preocupada por su niña. Desde la muerte de su padre, Miguel Ángel Urquijo, las dos estaban más unidas que nunca.

—Que no, mamá, que no hace falta que vengas a Madrid. No, no tengo novio. Estoy sola en el piso. Ya cierro bien la puerta por la noche. Recuerda que tengo un arma, no te olvides de que soy policía y las mujeres policía nunca se desprenden de su arma; ni siquiera en la ducha —añadió para mayor tranquilidad de su madre—. Pues como en todas partes, mamá —respondió a su madre cuando ella le dijo que en Barcelona se había incrementado la delincuencia.

Su madre le explicó que la prensa hablaba del asesinato de dos niñas de quince años en el piso de los padres de una de ellas.

—No sabía nada. Pero yo ya no tengo quince años, mamá. No te preocupes, te llamaré otra vez cuando tenga un rato. Ahora no puedo hablar más, tengo que ir a trabajar —mintió.

Cuando interrumpieron la comunicación, Diana se fue hasta la cocina y comprobó que la pizza ya estaba hecha. La sacó del horno y mientras se enfriaba cerró las cortinas de la habitación de matrimonio. Pudo comprobar cómo el albañil que la vio en bragas estaba rebozando una pared de cemento sin dejar de mirar a su ventana. Quizá, pensó ella, estaba esperando verla salir otra vez.

Puso la pizza en un plato y se sentó en un cómodo sofá que había en el comedor mientras veía un vídeo musical en su ordenador portátil.

—Qué bien me vendría un televisor —se dijo.

Se rio al pensar que no le hubiera importado que ese obrero estuviera allí, con ella. Se excitó pensando en lo que los dos harían después de comer la pizza.

11

El rostro del comisario Celestino Rivero se contrajo bruscamente. Tanto Arancha como Vázquez sabían que iba a decir algo importante. Conocían esa mirada; ya la habían visto en otras ocasiones.

—Eva y Erika —dijo el comisario mirando las notas que había sobre la mesa— eran dos quinceañeras de Barcelona. De familias acomodadas, no se les conocían vicios ocultos ni que se relacionaran con ambientes turbios. En resumen, eran dos crías normales, de familias normales. Igual que las dos chicas que murieron en Nimes hace tres años —removió unos folios buscando sus nombres—, bueno, creo que se llamaban Catherine y Colette. Y hace cinco años hubo otro crimen muy, pero que muy similar en Málaga. Allí también fueron asesinadas dos menores de quince años y sus cuerpos se encontraron de la misma forma que el crimen de Nimes y el de Barcelona. Bueno —golpeó con los nudillos en la mesa—, que en los tres escenarios del crimen se ha reproducido la misma escena. No existe tanta casualidad. De hecho: las casualidades no existen.

—¿Cómo se llamaban las chicas asesinadas de Málaga? —preguntó Vázquez.

Arancha lo miró irónicamente.

—A veces haces unas preguntas —sonrió con ironía forzada.

El comisario leyó las notas que tenía sobre la mesa.

—Ahora no me acuerdo, creo que se llamaban Antonia y Anabel —dijo dubitativo—. Bueno, centrémonos. El caso es que tenemos a un asesino o varios, no sabemos si actúa solo, que en pautas muy amplias de tiempo mata a chicas de quince años y siempre lo hace de la misma forma. Ya habéis visto las fotos, ¿no?

Tanto Arancha como Vázquez asintieron con la cabeza.

—Sabemos seguro que las graba o les hace fotografías, la Sûreté dice en su informe que en el crimen de Nimes hallaron marcas de un trípode de fotógrafo sobre la mesita de noche de la habitación. Los Mossos también han dicho que había marcas en la mesa del comedor, donde encontraron a las chicas, y que esas marcas se corresponden con un trípode, seguramente pequeño. Suponen que las filmó; aunque eso no lo podemos saber. Los del SAC dicen que...

—¿El SAC? —preguntó Vázquez.

Arancha sonrió.

—Vázquez, te tienes que actualizar —dijo.

—Es que parece que los dos habláis en clave...

—Es una unidad nueva dependiente de las UDYCO —explicó el comisario—. Son las siglas de Sección de Análisis de Conducta. Nada, cuatro psicólogos que tratan de analizar el comportamiento de un criminal y así predecir su próximo movimiento. ¿Supongo que sabes qué es la UDYCO? —interrogó con retintín.

—Unidad de Drogas y Crimen Organizado —respondió Vázquez vocalizando exageradamente—. ¿Es un examen?

—No. ¿Puedo seguir? —preguntó incómodo el comisario.

Vázquez asintió con la cabeza.

—Pues como iba diciendo, los del SAC dicen que es un obseso sexual. No sabemos por qué las mata; aunque suponemos que es para que luego no puedan declarar contra él. Ya sabéis cómo actúa, ¿no? A una de las chicas la ata a la cama de pies y brazos; aunque en Barcelona lo hizo a la mesa del comedor. Debe ser porque era una mesa rectangular y muy grande y el asesino la vio adecuada. Le practica unos pequeños cortes en ambas muñecas; no tenemos ni puta idea de por qué lo hace. Y, según las pruebas forenses, parece ser que realiza un juego sexual con las dos chicas. Todo indica que obliga a una de ellas a... —el comisario se detuvo unos instantes— perdón, me cuesta hablar claro. No me siento cómodo con según qué lenguaje. Bueno, una de ellas le come el coño a la que está atada y luego el hijo de puta la mata...

—¿A quién mata primero? —preguntó Vázquez.

—Mata primero a la que come el coño a la otra —respondió el comisario.

Arancha frunció el entrecejo.

—Diciéndolo con otras palabras también lo entenderemos, Celestino —se quejó.

—Disculpa, Arancha, solo quería hablar claro. Hay dos cosas que llaman la atención de los crímenes, y que se repiten en todos los casos que conocemos. Una es que a una de las quinceañeras no le hace nada, ni la fuerza, ni la golpea, ni la hiere, simplemente la mata cuando ha terminado de hacer el cunnilingus a su amiga. —El comisario sonrió nerviosamente mirando a Arancha cuando dijo cunnilingus—. Y hasta que no ha matado a la primera no fuerza a la segunda, lo que nos lleva a pensar que la chica que muere al final tiene que soportar que su amiga le lama el coño, ver cómo la matan y ser violada repetidas veces con su amiga asesinada a su lado.

Vázquez y Arancha fruncieron la frente. Para ellos no eran necesarias tantas explicaciones por parte del comisario.

—Hay algunas variantes en los crímenes de Nimes o de Málaga, pero el modus operandi, por decirlo de alguna forma, es el mismo —dijo el comisario.

Vázquez levantó la mano.

—No hace falta que levantes la mano cada vez que quieras preguntar —dijo el comisario riendo.

Arancha conocía de sobra a Vázquez y sabía que era su forma de actuar. Le parecía gracioso su comportamiento.

—¿Me puedes confirmar los nombres de las chicas? —preguntó Vázquez con una libreta encima de sus rodillas y sosteniendo un bolígrafo en la mano.

—Eva y Erika —respondió Arancha.

—Sí, sí, esas son las de Barcelona —dijo Vázquez—. Pero quiero saber las de Nimes y las de Málaga.

—Ya has averiguado algo, ¿verdad? —le preguntó Arancha.

—No estoy seguro —dijo Vázquez—. Pero creo que... Bueno, Celestino, dime el nombre de todas las chicas.

El comisario reordenó los papeles de su mesa y nombró a las chicas desde el primer crimen hasta el último.

—Antonia y Anabel en Málaga, Catherine y Colette en Nimes, y Eva y Erika en Barcelona.

—Lo suponía —dijo Vázquez.

Arancha también se había dado cuenta.

—¿Supongo que los de la Sección de Análisis de Conducta andarán detrás de esta pista?

El comisario aún no se había percatado de qué ocultaban los nombres de las víctimas, así que anotó en un folio en blanco la misma lista que había nombrado hacía unos segundos. Entonces también lo vio.

—Igual es una coincidencia —dijo.

—No, jefe —objetó Vázquez—, las casualidades no existen.

12

Andrés Hernández entró a la comisaría de Huesca y saludó al policía de seguridad con un apagado «buenos días».

—Buenos días, Andrés —replicó Pascual—. Has venido pronto —dijo.

Andrés no detuvo su paso e inició el ascenso por la escalera que llevaba a las taquillas donde los policías se cambiaban de ropa y se ponían el uniforme. No tenía ganas de hablar. Desde que perdió el contacto con la policía de prácticas Diana Dávila, con la que se había encariñado paternalmente, que ya no era el mismo. Sus compañeros habían notado el cambio de carácter. Diana juró el cargo hacía unos meses y siendo ya policía de carrera había solicitado el trasladado a Madrid. Para una chica joven, y recién entrada en el cuerpo, ese era un destino idóneo para progresar dentro de la Policía Nacional. En Huesca solo había avejentados policías con los que Andrés no se sentía cómodo y era comprensible que una policía recién incorporada a la carrera policial huyera de plantillas así.

El veterano policía se cambió de ropa y se vistió el uniforme mientras tarareaba una canción de cuyo título no se acordaba, pero que se le había vuelto pegadiza y no podía dejar de entonarla. Un compañero que se cambiaba en la hilera de taquillas paralela a la suya lo oyó.

—¿Estás contento, Andrés? —le preguntó—. Cómo se nota que falta poco para las vacaciones.

—Ya tengo ganas —dijo—. Este invierno se me está haciendo muy largo.

—¿Has estado de juicio?

—Sí —asintió Andrés—. Figúrate, después de los años que hace que no trabajo en Barcelona y aún me siguen saliendo juicios. Estuve este viernes en un juicio del que no me acordaba.

—Eso siempre pasa. A mí —dijo el otro policía— aún me llaman de Madrid para declarar como testigo cuando hace más de diez años que no patrullo por allí.

—Además —argumentó Andrés—, la mayoría de esos juicios son una puta mierda. En este que estuve yo ni siquiera apareció la citación judicial. La secretaria del juzgado me dijo que debió de haber un error, ya que yo no tenía que declarar. Nada, tiempo perdido.

—Bueno, así te has paseado un fin de semana.

—¡Bah! —chasqueó los labios Andrés—. Me he pegado todo el viernes y el sábado viajando para nada.

—Supongo que saldrías el fin de semana por Barcelona, ¿no? —sonrió con malicia el otro policía.

—No, no —negó Andrés—. No tenía ganas de nada. Ni siquiera me acerqué a la comisaría de la Verneda a saludar. Creo que ya no debe de haber ninguno de los compañeros con los que estuve destinado allí.

Cuando se hubo puesto el uniforme, Andrés bajó hasta la Inspección de Guardia y relevó al policía que había estado de servicio en el turno de mañana.

—¿Alguna novedad? —le preguntó con desidia.

—Todo sigue igual —le dijo el otro policía—. Hay un par de atestados abiertos de unos robos en garajes, pero no los cierres, ya lo haré yo esta noche.

Andrés asintió y se sentó delante del ordenador, disponiéndose a leer el Parte de Ocurrencias con los hechos ocurridos durante los dos días que llevaba libre de servicio.

—¿Un café? —le preguntó un chico de prácticas que había sentado en la Sala del 091.

—Sí, gracias —respondió Andrés sin mirarlo.

Mientras el policía de prácticas iba a la máquina de café, Andrés volvió a recordar a Diana. Sin duda había sido la mejor policía de prácticas que había pasado por la comisaría de Huesca. Hacía varios meses que la chica juró el cargo y se fue a Madrid y Andrés aún no podía olvidarla. Las últimas semanas que pasaron juntos fueron inolvidables. Esa chica le había calado hondo, y no por una cuestión sentimental, más bien porque para una aburrida comisaría de policía como esa, Diana fue como una oleada de aire fresco. Para el veterano policía era inusual hallar policías tan completos como esa chica: inteligentes, conversadores, íntegros. Las noches de Huesca ya no eran lo mismo desde que ella se fue.

—¿Tengo alguna denuncia? —le preguntó a Pascual.

Pascual asomó su enorme cabeza a la Inspección de Guardia.

—No. Bueno, sí, aunque no es una denuncia. El tío dice que te conoce y quiere hablar contigo.

Andrés se encogió de hombros. No tenía muchas ganas de hablar.

—¿Tío? ¿Qué tío?

—Un hombre que dice que quiere hablar contigo, pero a nivel personal —dijo Pascual.

Andrés abrió la puerta de la sala de espera y se encontró a un hombre bastante grueso, alto, y con un cabello tupido y negro que para nada combinaba con su tez blanca, sentado en una de las sillas y hojeando una de las revistas que había sobre la mesa.

—Sí —le dijo el policía—. Me ha dicho el agente de seguridad que quiere usted hablar conmigo.

—¿Es usted Andrés Hernández? —preguntó el desconocido mientras dejaba la revista sobre la mesa de la sala de espera.

Andrés asintió con la cabeza al mismo tiempo que arrugaba la boca.

El hombre se puso en pie. Era muy alto y vestía completamente de negro, algo a destacar sobre todo teniendo en cuenta que era el mes de julio.

—No se acuerda usted de mí, ¿verdad? —preguntó sonriendo.

Andrés se fijó en él y aunque su rostro no le era desconocido no podía ubicarlo en sus recuerdos. Tenía un aspecto vulgar. Una de esas caras fáciles de recordar, pero difícil de discriminar si se hallara junto a otras personas de semblante parecido. Andrés pensó que una persona así mezclada en una rueda de reconocimiento haría que la víctima no pudiese reconocer al autor.

—No, lo siento. ¿Es usted de Huesca?

—No, no —negó insistente—. Soy de Argentona.

—¿Argentona? —dijo Andrés quedándose pensativo. Su rostro se contrajo.

—Sí, nos conocimos en Caldes d'Estrac cuando los dos trabajábamos en el bar del parque.

Andrés trató de remontarse a esa época y buscó en el rostro de esa persona algún detalle que le recordara a algún compañero de la adolescencia. Por su memoria transitaron varios de los amigos de su mocedad, pero ninguno coincidía con ese hombre.

—Yo iba cada día en tren desde Mataró hasta Caldes. En el bar me conocían como el Rastas.

—El Rastas, el Rastas... —repitió Andrés un par de veces. Le parecía imposible que ese hombre que tenía delante hubiera sido alguna vez un rastafari—. Me acuerdo del apodo, pero poco más. Lo siento, mi memoria se ha tornado frágil con la edad. Me debería acordar, en esa época en Caldes había *rockers*, quinquis, *mods*, pero no recuerdo que hubiese rastas.

—Solo coincidimos un verano en el bar. Estuvimos tres meses juntos. Usted servía en la terraza y yo estaba en la barra, en la máquina del café —precisó.

—Bueno, lo siento. Estuve trabajando en ese bar varios veranos y en esa época Caldes d'Estrac estaba de moda y no parábamos de trabajar ni un momento. Piense que en el bar había hasta treinta camareros y todos eran temporeros que se renovaban cada verano.

—¿Treinta? —dijo en voz alta el hombre—. Vaya, no sabía que pudiéramos ser tantos. Por cierto, me llamo Manuel.

—Bueno, Manuel, encantado de saludarle. Lamento no tener más memoria. ¿Le puedo ayudar en algo? —se ofreció incómodo. La visita de ese hombre le estaba perturbando.

—Oh, sí, claro. Perdone mi descortesía, me presento en su casa, así de sopetón, y no le digo a qué he venido.

—No es mi casa, es una comisaría de policía.

El hombre sonrió.

—Ah, claro, sí, sí. Bueno, no sabe la alegría que me ha dado verle de nuevo.

Andrés percibió que el tal Manuel se había incomodado. Y cuando abrió la puerta para irse, Andrés se acordó de quién era.

—Oiga, Manuel, ¿usted no tenía un hermano que trabajaba en los cines de Mataró?

—Ah, vaya, ya se ha acordado usted de mí. Sí, Avelino. Murió hace unos años.

—Lo siento. Creo que ya me acuerdo de usted y de su hermano. Sí, estuvo trabajando en el bar del parque el verano del... —dudó unos instantes—. Cómo pasa el tiempo, ¿eh?

—Cierto. Además, usted y yo debemos ser de la misma quinta.

—Cuarenta y cinco tengo ahora; aunque voy para cuarenta y seis.

—Lo dicho. Como yo.

A Andrés le parecía imposible que ese hombre pudiera tener su edad, aparentaba ser mucho más joven.

—Se conserva usted muy bien.

—Ha llovido mucho desde entonces —dijo Manuel omitiendo el comentario de Andrés—. Pasaba por aquí, como se suele decir, y sabía que estaba usted destinado en esta comisaría, me lo dijo Raimundo —aclaró.

—¿El jefe de la policía local de Llavaneras?

—Sí, ese mismo. Hace años que conozco a Raimundo y hace unos días coincidimos en un bar de Llavaneras y hablamos de usted, por allí le echan mucho de menos. Me dijo que estaba destinado aquí, en Huesca, y como he tenido que venir a Zaragoza a hacer unos negocios he aprovechado para pasar a saludarle. Siempre es bueno reencontrarse con antiguos camaradas —sonrió.

—Sí, claro. Vaya, Raimundo. Hace un siglo que no le veo.

—Está igual. Para Raimundo no pasan los años.

—¿Le apetece un café?

—Oh, no. No se moleste, solo quería saludar. Eso es todo. Regreso hoy mismo a Barcelona.

El policía de prácticas entró en la Inspección de Guardia con el café que le había ofrecido anteriormente a Andrés.

—Toma. —Le entregó cincuenta céntimos—. Saca un café más para mi amigo.

El policía de prácticas cogió la moneda que le dio Andrés y se dirigió de nuevo a la máquina de café.

—Tómese un café conmigo mientras recordamos los viejos tiempos —insistió.

—Sí, pero por favor, es mejor que nos tuteemos.

—Por supuesto —aceptó Andrés.

13

—Apaga el aire, Arancha —le dijo el comisario a la inspectora—, y abre la ventana. Tanto aire enlatado no tiene que ser bueno para la salud.

Arancha accionó el mando a distancia del aire acondicionado y seguidamente se puso en pie y se aproximó a la ventana abriéndola de par en par. Vázquez resbaló los ojos por su trasero, algo que la inspectora percibió enseguida.

«Lo verás pero no lo catarás», pensó.

Se rio de su ocurrencia.

—¿Qué te hace tanta gracia? —le preguntó Vázquez.

—Ah, nada, cosas mías.

Arancha evitó decirle que se había dado cuenta de cómo le miró el culo cuando se levantó. Para los dos la relación había terminado hacía tiempo y era imposible que volviera a reactivarse. Eso era algo que Arancha tenía muy claro; aunque Vázquez aún no lo había aceptado del todo. El veterano inspector jefe seguía deseando alguna tarde esporádica de sexo con ella, pero después del tiempo transcurrido, un reencuentro amoroso era improbable; aunque no descartable. Vázquez sospechaba que ella ya había encontrado un sustituto que la complaciera.

—Cierra un poco la ventana —le dijo el comisario a la inspectora, que se había vuelto a sentar de nuevo—. Si la dejas tan abierta entrarán moscas.

—No hay nada peor que las moscas de junio —afirmó Vázquez mientras posaba sus ojos en la nuca de Arancha. Ella se volvió a levantar.

—Parezco un muelle con tanto levantarme y sentarme —sonrió mientras entornaba un poco la ventana.

—Dos años en la Escuela de Policía para abrir y cerrar ventanas —bromeó Vázquez.

El comisario comenzó a escribir en un folio mientras Arancha lo miraba en silencio. Vázquez miraba su libreta como si estuviera repasando algún tipo de cálculo matemático y las cuentas no le acabaran de cuadrar.

—Bien, bien —dijo el comisario—. Supongo que los de la Sección de Análisis de Conducta se habrán dado cuenta de este detalle, ¿no? —se preguntó a sí mismo—. En Málaga asesinaron a dos chicas: Antonia y Anabel. En Nimes a Catherine y Colette. Y en Barcelona a Eva y Erika. Por lo que parece el asesino sigue un orden alfabético.

—Las siguientes tendrán nombres que empiecen por la letra «g» —dijo Arancha.

—Gladis, Graciela, Greta, Grisel, Griselda, Guillermina... —nombró Vázquez.

—Repasando la lista de tus amantes —sonrió Arancha.

Vázquez le guiñó un ojo.

—No, me quedé en la letra «a».

Arancha sabía que lo había dicho por ella. Se incomodó un poco. Pensó que el comisario estaría al tanto de la relación que mantuvieron ellos dos y no quería que el jefe pensara en ella como la amante de Vázquez. Eso le restaba credibilidad como profesional.

—Eso es lo que parece —dijo el comisario—. Empezó por la letra «a» y ya va por la «e».

—¿Cuánto trabajo, no? —preguntó Vázquez.

El comisario y Arancha lo miraron esperando a que explicara su pregunta.

—Sí, cuánto esfuerzo encontrar a dos amigas de quince años cuyos nombres comiencen por la misma letra y sea la que busca el asesino. Es un trabajo de chinos —dijo Vázquez.

—Quizá por eso hay tanto espacio entre los crímenes —arguyó Arancha—. El asesino necesita varios años para localizar a las víctimas, investigarlas, seguirlas, capturarlas...

—En ese caso —interrumpió el comisario—, debe comenzar a seguirlas cuando ellas tienen trece años o menos, ya que las asesina con quince.

—Las conoce —dijo Vázquez ante la sorpresa del comisario y de la inspectora, que fijaron sus ojos en él deseando que explicara todo lo que pasaba por su cabeza—. Las tiene que conocer a la fuerza para estar dos o incluso tres años siguiéndolas, sabiendo todo sobre ellas, sus perfiles de Twitter o Facebook o sus blogs, como en el caso de Málaga. Es alguien muy cercano a la familia.

—Ummm —dudó el comisario—. No tiene mucho sentido eso que dices. El asesino se mueve por ciudades muy distintas: Málaga, Nimes, Barcelona...

—Pero los entornos son similares —argumentó Vázquez—. Todas las chicas pertenecen a familias acomodadas. Además, no debemos distraernos con la afirmación de que sea el mismo hombre. Puede haber varios asesinos y es posible y probable que los crímenes no tengan relación entre sí.

—¿Un profesor? —preguntó Arancha.

—Es posible —corroboró el comisario—. Puede ser una especie de tutor, un maestro o un profesor de clases particulares. Alguien que acceda a la casa de las víctimas, que las conozca, que sepa de sus andanzas...

—No, no —replicó Vázquez—. Si fuese así no necesitaría las redes sociales para contactar con ellas.

—Puede ser una forma de despiste —dijo la inspectora—. Algo así como un juego.

—Creo que el patrón está más o menos definido —dijo Vázquez repasando unas notas que sostenía en una libreta sobre sus rodillas.

El comisario y Arancha lo miraron de nuevo; Vázquez siempre los sorprendía con sus análisis.

—Mirad —dijo—, alrededor del año 1800 el marqués de Sade escribió una novela titulada *Justine o los infortunios de la virtud*. En esa novela hay dos protagonistas que son hermanas: Juliette y Justine.

—La letra «J» —exclamó Arancha como si todo hubiera tenido sentido de repente.

—Así es —dijo Vázquez—. Las dos, Juliette y Justine, son hermanas. Y mientras que una es una virtuosa alejada del sexo, la otra es una guarrona que siempre va buscando nuevas experiencias.

—Ummm —meditó el comisario—, es demasiada coincidencia. Según eso que dices los crímenes están relacionados con el marqués de Sade.

Arancha sacó una tableta de su bolso.

—¿Hay wifi? —preguntó.

—Aquí no —dijo el comisario—, pero puede que cojas la de la biblioteca.

—¿Es libre?

El comisario se encogió de hombros.

—Creo que sí, pero no siempre está disponible.

—¿No es mejor que utilices el ordenador? —ofreció Vázquez señalando al ordenador que había en la mesa del comisario.

—Ten —dijo Celestino poniéndose en pie—, siéntate aquí.

—No, estos ordenadores están capados y no se puede navegar sin que salga el dibujo de un policía con la mano en alto. ¿Cómo has dicho que se titula la novela? —le preguntó a Vázquez.

—*Justine o los infortunios de la virtud* —respondió el inspector jefe.

Arancha se quedó embobada delante de la tableta mientras resbalaba el dedo por su pantalla. El comisario y Vázquez aprovecharon para hablar de temas personales.

—¿Has vuelto a ver a Nicolás?

—No, qué va, creo que lo trasladaron a Información Exterior —respondió Vázquez.

Mientras los dos hablaban, Arancha se centró en toda la información que pudo recopilar sobre la novela del marqués de Sade.

—Es increíble —dijo.

—¿Has encontrado ya lo que buscabas? —le preguntó el comisario.

—Juliette y Justine son dos hermanas —dijo Arancha—. Lo primero que acabo de leer de la trama es que sale una tal Thérèse a la que torturan atándole las cuatro extremidades.

—Las casualidades no existen —dijo el comisario en una frase muy repetida por él—. El asesino utiliza esa novela como patrón para cometer los crímenes.

—Hay sangrías en las muñecas —siguió hablando Arancha—. Justine representa la virtud, y Juliette, el vicio. Fijaos en esta frase —dijo—: «Es infinitamente mejor tomar partido entre los malvados que prosperan, que entre los virtuosos que fracasan.» ¿Qué os parece?

—Que tenemos a un asesino en serie —dijo el comisario— que utiliza un patrón bien definido y que tenemos que ponernos manos a la obra a la velocidad de ya, de lo contrario acabará con todo el abecedario de quinceañeras.

—Sabiendo lo que sabemos —dijo Arancha—, podríamos ponerle un cebo.

La inspectora se acordó de la joven policía que había entrevistado esa semana para la vacante de la Brigada de Delitos Tecnológicos. Se la imaginó con quince años, con el *piercing* en el ombligo, con su vientre plano y perfilado y con su rostro angelical y vicioso al mismo tiempo. No había mejor tentación para un asesino como ese.

—¿Un cebo? —preguntó el comisario—. ¿Un cebo? —repitió como si no estuviese seguro de que eso es lo que había dicho la inspectora.

—Bueno —carraspeó Arancha—. No podemos utilizar a una chica de quince años, pero podemos coger a una policía joven de aspecto aniñado, que a través de una cámara web pase por una de quince años.

—¿Una de la academia? —preguntó Vázquez—. O de prácticas. Seguro que en la academia hay chicas de dieciocho años. De quince a dieciocho hay muy poco.

—No necesariamente —dijo Arancha—. Hay muchas policías jóvenes que podrían pasar por adolescentes.

—Ummm —dudó el comisario—. No creo que una policía de veinte años pueda pasar por quince. Con quince aún es una niña —apuntaló.

—No en el aspecto general —corrigió Arancha—, pero sí en la forma de comportarse o incluso a través de una webcam.

—¿Una webcam? —preguntó Vázquez.

—Bueno, quiero decir que en el caso de que el asesino tuviera que contactar con ella hay chicas en la policía que podrían pasar por adolescentes, y más a través de una cámara web.

—Necesitaríamos dos chicas —dijo el comisario—. Supongo que el asesino contacta con las dos porque son amigas y queda con ellas a la vez.

Arancha pensó en la chica que había entrevistado para la Brigada y en ella misma. Esa chica era muy joven y podía pasar por una quinceañera, pero en su caso sería imposible que el asesino la tomara por una adolescente.

—¿Qué ocurre, Arancha? —le preguntó el comisario cuando la vio pensativa.

—Creo que no habría problema en encontrar entre nuestras policías a dos chicas que hiciesen de cebo para el asesino. —La inspectora seguía pensando en ella y en Diana.

—Los nombres tendrían que empezar por la letra «g» —anotó Vázquez.

—Sí, sí, por supuesto —dijo Diana—. Ese es el menor de los problemas. Los nombres pueden ser inventados, evidentemente serán perfiles falsos.

—No me convence —dijo el comisario—. Mientras nosotros perdemos el tiempo tendiendo cebos, el asesino estará matando por otro lado. Las trampas para cazar criminales pueden ser válidas para el tráfico de drogas, pero no creo que sirva para un psicópata así. En el caso de que solo sea uno —se corrigió a sí mismo.

—No es mala idea. —Vázquez apoyó la iniciativa de Arancha—. Si se hace bien es la forma de encontrar al asesino. Además, me parece que no hay otra. La posibilidad de pescarlo mientras actúa es tan remota que no creo que lo encontremos nunca. Que sepamos empezó con un blog, luego Facebook y ahora Twitter. ¿Qué será lo siguiente?

—Twitter otra vez —dijo Arancha.

El comisario la miró directamente a los ojos.

—¿Y eso?

—Porque es ahí donde le vamos a poner la trampa.

—Uf —dijo Vázquez—. Yo probaría otra cosa.

—Bueno, Arancha —dijo el comisario—, tú eres la jefa del grupo de Delitos Tecnológicos y en ti he confiado para resolver este asunto...

Vázquez carraspeó.

—Bueno, en ti y en Vázquez, por supuesto —corrigió el comisario—. Sé que hacéis un buen tándem —sonrió—. Mantenme al corriente de los avances —dijo finalmente.

—Dame unos días y te contaré cómo pienso atrapar al asesino —dijo Arancha.

Vázquez carraspeó de nuevo.

—Te contaremos cómo pensamos atrapar al asesino —dijo en plural mientras guiñaba un ojo a Vázquez.

14

—¿Qué tal te ha ido la entrevista? —le preguntó el compañero de Diana, Luis, mientras los dos patrullaban por la calle Goya de Madrid.

Diana iba de copiloto y sostenía un cigarrillo en su mano derecha balanceándolo fuera de la ventanilla del vehículo. Algo que su compañero censuró con la mirada.

—No tires el cigarro a la calzada —dijo para incomodidad de Diana.

—Ya sé lo que tengo que hacer —replicó molesta—. No me ha ido muy bien la entrevista —respondió a la pregunta de Luis—. Esperaba a un inspector jefe de la Brigada de Delitos Tecnológicos y me he encontrado con una estirada inspectora.

—¿Arancha Arenzana? —preguntó su compañero.

—Sí —dijo Diana—. Creo que así es como se llama esa tía.

—Somos compañeros de promoción —dijo Luis—. Bueno, ella de inspectora y yo de policía, pero los dos coincidimos en la academia. ¿Sabes que estuvo liada con uno de los inspectores más emblemáticos de la Brigada?

Diana negó con la cabeza.

—No, no lo sabía.

—Con Vázquez —dijo Luis—. Tuvieron un romance de varios meses y creo que al final fue Vázquez el que la dejó. Esa Arancha está como una puta cabra.

—A mí no me ha caído bien —dijo Diana—. Se la ve una prepotente y una estirada.

—En el fondo, es buena tía; aunque muy suya —sonrió Luis—. En la academia decían que le iban las tías.

Diana sonrió.

—Eso es lo que os gusta a todos los hombres, ¿verdad? Las mujeres a las que les gustan otras mujeres.

Luis torció el rostro.

—Ya estamos con lo mismo. Solo te he hecho un comentario. Es lo que decían en la academia de ella: que le iba el vicio una cosa mala.

—A mí me ha parecido una pedante engreída y un poco marimacho, quizá por eso decís los hombres que es lesbiana. Os cuesta tan poco poner etiquetas.

—¿Crees que te darán la plaza? —preguntó Luis para cambiar de tema.

—No sé si al final me la darán o no, pero al menos lo he intentado.

—Lo mejor para curtirse como policía es la calle. —Luis llevaba diez años en radiopatrullas, siempre en el mismo distrito, y era de los policías más veteranos en los Zetas—. La calle es la calle y somos los que más hacemos por el cuerpo —afirmó refiriéndose a la Policía Nacional.

—Ya, pero a mí no me va eso de estar todo el día patrullando. Creo que valgo para algo más.

A Luis le pareció un comentario pretencioso por parte de su compañera, pero evitó pronunciarse.

—¿Sabes cuándo te dirán algo? Creo que esta semana terminan las entrevistas.

—No, no me han dicho nada. Supongo que me llamarán cuando se decidan.

—Ahora vengo —le dijo Luis bajándose del coche.

Diana arrojó el cigarrillo a la acera y vio como su compañero se acercaba a un puesto de la ONCE. Eran las cinco de la tarde y el tráfico entre la calle Serrano y Goya se empezaba a notar. Los coches se apiñaban en la plaza Colón. Un vehículo de la policía local se detuvo al lado. Diana pensó que la habían visto tirando el cigarrillo por la ventanilla.

—Aquí no puede aparcar, señorita —le dijo un chico joven y lampiño.

Diana se sorprendió al principio, pero luego se dio cuenta de que ella iba en un vehículo de la Policía Nacional y que aquel chico de la policía local estaba bromeando.

—Enseguida nos vamos, agente —dijo mostrando su mejor sonrisa—. En cuanto mi compañero compre los «ciegos».

En ese momento Luis regresaba de comprar el cupón y saludó amigablemente al policía local. Diana supo que los dos se conocían.

—Vaya compañera más guapa que tienes —dijo el policía local.

Diana ya estaba acostumbrada a esos comentarios.

—Guapa, sí —replicó Luis—, pero no veas lo antipática que es.

Los dos se rieron antes de que el coche de la policía local se perdiera calle abajo.

—Perdona —le dijo Luis—. Es Roberto, un compañero del colegio.

—Ya —dijo con aspereza Diana.

—Aquí está mi jubilación. —Mostró el cupón de la ONCE mientras lo balanceaba por delante de los ojos de Diana.

—Pues que tengas suerte —replicó cogiendo un cigarrillo de la guantera del coche.

El led de la emisora parpadeó.

—Zeta-17 adelante para X-1.

—¡Hala! Ya nos llaman —dijo Luis guardando el número de la ONCE en su cartera.

—Adelante para Zeta-17 —respondió a la llamada Diana apretando el botón de la portadora de la emisora, sin llegar a descolgarla de su enganche.

—¿Están ustedes ocupados? —preguntó la operadora de la Sala del 091 de Madrid.

—No —respondió Diana.

—Pasen por base y el miembro femenino de la dotación que se entreviste con el jefe de Seguridad Ciudadana.

—Recibido —replicó Diana.

—Un marrón —dijo Luis.

—¿Por?

—Porque siempre que llama el jefe es para algo malo.

Diana guardó el cigarrillo en el paquete sin llegar a encenderlo.

15

Andrés Hernández y, el hasta entonces desconocido, Manuel Galván se sentaron en el despacho anexo a la Sala del 091. Andrés no era muy hablador y no tenía mucha relación con sus compañeros de la comisaría de Huesca, así que pensó en disfrutar de un poco de charla con alguien de su infancia. Pensó el veterano policía que sería enriquecedor recordar viejos tiempos con un conocido de la época en que vivía en Caldes d'Estrac.

—¿Y qué tal por Argentona? —le preguntó—. Yo, hace más de un siglo que no voy por allí.

—No te pierdes nada, Andrés, todo sigue igual. Argentona, Mataró, Caldes d'Estrac... todo está igual que hace treinta años.

—O sea... mal —dijo Andrés, con sorna.

Manuel Galván sonrió mostrando un diente de oro, algo que a Andrés le chocó. Por lo que él sabía, los odontólogos españoles hacía muchos años que ya no implantaban piezas de oro a sus pacientes.

—Qué lástima lo de Luisito, ¿verdad? —se lamentó Manuel.

Andrés frunció el entrecejo.

—¿Conocías a Luisito?

—Claro, hombre —dijo Manuel—. Ya te he dicho que estuve trabajando en el bar del parque contigo.

—Oh, sí, bueno, es que hay determinados recuerdos de mi pasado que no me gusta ver aflorar de nuevo.

—¿Como lo de Miguel Ángel Urquijo?

Andrés empezó a incomodarse. Aquel desconocido no dejaba de hablar de tiempos oscuros de su pasado. Pero pensó que tampoco era de extrañar, ya que también había compartido la adolescencia con él en la época más dura de Caldes d'Estrac y Mataró y era lógico que compartieran recuerdos, aunque fuesen malos.

—Yo ya no pienso en el pasado —se excusó Andrés—. Ahora tengo una nueva vida. Estoy inmerso en mi trabajo aquí. —Señaló con un dedo el suelo de la oficina—. Todo aquello que hicimos cuando éramos jóvenes pertenece a nuestro olvido.

Aunque ninguno de los dos lo nombró, Andrés se refería al extrarradio de la Barcelona de los años ochenta, cuando los ídolos de los jóvenes de entonces eran el Vaquilla y el Torete y cuando fumar porros era lo más inocente que un muchacho de aquella época podía hacer. Un policía nacional como Andrés nunca debía aceptar que formó parte de aquella etapa tan oscura. Miguel Ángel Urquijo fue presa de la heroína y, cuando vislumbró su muerte, viajó hasta Huesca para despedirse de su amigo y para pedirle un favor. Miguel Ángel quería decirle algo, pero murió antes de que Andrés llegara al hospital San Jorge. Aquella noche compartía guardia con la joven Diana Dávila, ahora destinada como policía de carrera en Madrid. Entre los dos compartieron muchos recuerdos y secretos que les ayudaron a avanzar hacia delante como peones en un tablero de ajedrez: casilla a casilla.

—Sí, señor —dijo Manuel interrumpiendo la introspección de Andrés—, todo un policía nacional. Quién lo iba a decir, ¿verdad?

Andrés no sabía si sentirse halagado o molesto.

—Ya llevo años en el cuerpo y hasta ahora no me ha ido mal.

—Tiene que ser estimulante poder saber cosas que nadie más sabe.

Andrés no lo comprendió.

—Sí, hombre, eso de meter una matrícula de un coche y saber quién es el propietario, si tiene multas, cuántos dueños tuvo el coche anteriormente. O, mejor aún, saber si una persona ha estado detenida o si está en busca y captura, si tiene coche, si tiene el seguro en vigor...

—Bueno, ser policía es más que eso —replicó Andrés—. Eso que me dices es más propio de un cotilla que de un policía. La base de datos de la policía es sagrada.

—Oh, claro, lo he puesto solo como ejemplo —se disculpó Manuel—. He visto que el chico que nos ha traído los cafés no lleva los mismos galones que tú.

—Está de prácticas. Cuando son alumnos llevan una tira amarilla, dos si son alumnos de la ejecutiva —aclaró—. Luego, cuando juran el cargo se ponen estos —señaló los laureles que portaba en sus hombreras.

—Eso es bueno, que entren policías preparados y que el día de mañana sean tan buenos como los de ahora.

Andrés se sintió enjabonado, pero no le disgustó.

—Y... ¿chicas? —dijo Manuel mirando con picardía a los ojos de Andrés.

—También entran chicas, por supuesto. Aunque proporcionalmente entran más varones que mujeres en la policía. La paridad aún no ha llegado al cuerpo.

—Hay unas policías guapísimas —sonrió Manuel—. Parecen más modelos de pasarela que agentes.

—Son muy competentes —se disgustó Andrés.

—No lo dudo, desde luego. Pero no me negarás que son muy guapas. Además —sonrió—, son jóvenes. Y el uniforme, los grilletes y la pistola las provee de un morbo encantador.

—Bueno, la verdad es que siempre es más agradable rodearse de gente guapa que de viejos barbudos —trató de ser gracioso el policía.

—Ahí quería ir yo a parar —sonrió Manuel—, que ya que hay que trabajar, por lo menos rodearse de chicas guapas. ¿Estás casado?

—Lo estuve. Pero no funcionó y lo dejamos correr.

—Ah, entiendo. Así que estás libre y sin compromiso, como se suele decir.

—Así es —sonrió Andrés.

—Entonces estás libre para poder tontear con una policía... —Manuel puso especial énfasis en la palabra tontear, algo que comenzó a irritar a Andrés.

—Son unas crías —dijo Andrés.

—Bueno, son unas crías las policías de prácticas —dijo—, pero me refería a las policías en general. Siempre he pensado que es bueno buscar una consorte en la misma profesión. Ya sabes: doble sueldo y temas comunes de conversación.

Andrés se sintió ridículo al no haber entendido a Manuel al principio. Quiso disculparse.

—Lo siento, Manuel, no te había entendido bien y pensaba que hablabas de las policías jóvenes...

—No te preocupes. A todos los maduros nos gustan las jóvenes, eso es algo científicamente comprobado.

—Supongo que tienes razón —asintió Andrés—. De

hecho, hace unos meses pasó por aquí una policía de prácticas bastante especial. —Andrés se refería a Diana Dávila, pero no dijo su nombre.

—¿Especial? ¿En qué sentido? —preguntó Manuel.

—¿Quieres otro café?

—Por supuesto, dime dónde está la máquina del café que a este invito yo.

Y Manuel se dirigió a la zona de las máquinas como si fuese un policía más de la comisaría.

16

El coche de policía llegó a la comisaría de la calle Príncipe de Asturias de Madrid. Luis y Diana se bajaron y se encaminaron hacia la puerta de acceso. El policía de seguridad los saludó amigablemente.

—El jefe os llama —dijo.

—Ya, ya —replicó Luis—. A saber qué querrá el Flequi.

Los de la comisaria lo conocían como el Flequi desde que años atrás se había puesto un peluquín para tapar su incipiente calva. Ahora ya no llevaba la peluca, pero conservaba el mote.

—Voy un momento a mear —dijo Diana.

—Te espero aquí —le dijo Luis.

El compañero de Diana se quedó en la puerta charlando con el policía de seguridad.

—Está buena tu *compi* —le dijo.

Luis comprobó que Diana no podía escucharles. Ella había desaparecido por el pasillo de los lavabos de señora.

—Sí, pero es una pasota. Se lo tiene creído.

—Ya, ya, creído todo lo que tú quieras —replicó el policía de seguridad—, pero está para mojar pan.

—Eso lo dices porque no la conoces. Ve un turno con ella de patrulla y verás cómo ya no te cae tan bien.

—Igual es que no sabes tratarla —le dijo el policía de seguridad, riéndose estruendosamente mientras su enorme barriga subía y bajaba amenazando con romperle el cinturón del uniforme.

—¿Qué os hace tanta gracia? —dijo Diana asomando por el pasillo de los servicios—. Se os oye reír desde el váter.

—Este —dijo Luis—, que es un cachondo.

Diana se había soltado el pelo y los dos policías pudieron comprobar que desprendía un fuerte olor a perfume. No le dijeron nada. Ella se anudó la coleta sosteniendo una goma azul entre sus dientes.

—Vamos a ver qué quiere el jefe —dijo—. Igual es para un aumento de sueldo —sonrió.

Mientras subían las escaleras, el policía de seguridad se fijó en el culo de Diana.

—A ti te daba yo un buen aumento —murmuró mientras los dos policías se perdían por el rellano de la primera planta.

El despacho del Flequi estaba al final del pasillo. Vieron la puerta abierta y entraron sin pedir permiso; en la propia puerta había un cartel que decía: ENTRE SIN LLAMAR.

—Ah, estáis aquí —dijo el inspector jefe de Seguridad Ciudadana. Era un hombre afable cuyo aspecto distaba mucho de un rudo policía entrado en años. Los miró a los dos por encima de la montura de unas gafas de concha negra—. Enhorabuena —felicitó a Diana—. Me acaba de llamar el comisario Celestino Rivero de la Brigada de Delitos Tecnológicos, la plaza que ofertaban es suya.

Diana sonrió con sorpresa.

—Ya —chasqueó los labios—. Si hice la entrevista hace dos días.

—Pues parece que les ha gustado —replicó el Flequi—. Los de la Brigada están muy interesados en contar con usted para esa nueva plaza. Se pondrá a las órdenes de la inspectora Arancha Arenzana, una mujer muy capaz y eficiente.

Diana notó un cierto aire proteccionista hacia la inspectora de la Brigada por parte del inspector jefe, se preguntó si también él habría tenido un lío con ella.

—Muchas gracias —dijo.

—Entregue una minuta causando baja aquí —dijo el Flequi—, y mañana vaya a la Brigada de Investigación Tecnológica del Centro Policial de Canillas, en la calle Julián González Segador. Cuando llegue allí pregunte por la inspectora Arancha Arenzana. Ella le recibirá.

—¿A quién entrego la minuta? —preguntó Diana, recordando que las minutas en la policía eran unas peticiones escritas en tamaño cuartilla firmadas por el funcionario que hacía la solicitud y selladas por la secretaría de la comisaría que las recibía.

—Me la puede entregar a mí, y yo le daré el curso apropiado.

Su compañero Luis permaneció mudo. En cierta forma le daba pena desprenderse de la que había sido su compañera de patrulla durante ese mes.

—Es todo —dijo el inspector jefe.

Los dos salieron del despacho y bajaron las escaleras hasta llegar a donde estaba el policía de seguridad. No se dijeron nada en ningún momento hasta que se hubieron sentado en el coche.

—Enhorabuena —le dijo Luis—. Te han dado la plaza.

—Sí —sonrió nerviosa Diana—. La verdad es que no me lo esperaba. Ahora tengo miedo.

—¿Miedo?

—Sí, no sé si he hecho lo correcto.

—Claro que sí —la animó Luis—. Dejarás la calle. Los borrachos. Las peleas. Serás una policía de guante blanco.

—Aquí hay buenos compañeros —dijo Diana torciendo la boca—. Bueno, hay que avanzar, ¿no?

—Claro que sí —insistió Luis—. Entrar en una brigada es todo un progreso como policía. Y no en una brigada cualquiera, sino en la Brigada. —Puso énfasis al decir la última palabra—. Vas a entrar en la todopoderosa Brigada de Delitos Tecnológicos.

—Me estás asustando —le dijo Diana, poniéndose un cigarrillo en los labios.

Luis sabía que Diana estaba teatralizando; por lo que conocía de ella no había nada que la asustara.

17

Diana Dávila traspasó la puerta principal de la sede de la Brigada de Investigación Tecnológica del Centro Policial de Canillas. Uno de los dos policías que prestaban seguridad en el edificio le preguntó adónde iba.

—Me espera la inspectora Arancha Arenzana.

—Segunda planta a la derecha —le dijo—. Ahí tienes el ascensor —señaló con la mano.

Para esa ocasión, Diana se vistió más recatada. Un pantalón vaquero ajustado y un suéter de color azul a juego con el pantalón. No quería causar mala impresión a la inspectora de la Brigada; aunque al no vestir de uniforme se permitió la licencia de llevar el pelo suelto.

Subió por la escalera, desoyendo la recomendación del policía de seguridad de coger el ascensor. Cuando llegó al rellano de la segunda planta vio al fondo a la derecha un despacho abierto y detrás de una mesa de metal, muy moderna, reconoció a la inspectora que la había entrevistado hacía tres días. Al ver que ella estaba hablando con alguien, prefirió preguntar antes de entrar.

—¿Se puede? —preguntó.

La inspectora Arancha Arenzana levantó la cabeza

de unos papeles que tenía sobre la mesa y con semblante serio le dijo que se esperara fuera. A su lado había un chico grueso con unas aparatosas gafas y vestido con una bata blanca. En el bolsillo de la bata tenía hasta cinco bolígrafos, según contó Diana. El chico estaba agachado detrás del ordenador de la inspectora y solamente se le veía asomar por encima del monitor su cabeza completamente rapada.

—Gracias, César —dijo Arancha—. Espero que no se cuelgue más.

—Si me hicieran caso y pusieran ordenadores con Linux en toda la comisaría, esto no pasaría —dijo el informático.

El hombre de la bata blanca metió unos cables en un maletín de plástico negro y salió del despacho de la inspectora. Ni siquiera miró a Diana cuando pasó por su lado.

—Ya puedes pasar —le dijo la inspectora a Diana componiendo en su cara algo parecido a una sonrisa.

La joven policía accedió al interior del despacho y se quedó de pie delante de la mesa.

—Siéntate —le dijo la inspectora, sentándose ella al otro lado de la mesa.

Diana se sentó y observó la ausencia de material de oficina en el despacho, por lo que intuyó que era una especie de sala de entrevistas. Un solitario ordenador que según parecía acababan de reparar era todo lo que había sobre la mesa.

—Antes de que entres en la Brigada quería hablar contigo —dijo la inspectora—. He sido yo la que te he escogido y el motivo es porque estamos trabajando en un asunto para el que creo nos serás útil.

Por la forma de hablar de la inspectora, Diana se sintió como un conejillo de Indias.

—Te cuento para qué es y tú me dirás si estás dispuesta. ¿Qué te parece?

—Me parece bien —respondió Diana con dureza.

—La Brigada es una unidad operativa —comenzó a explicar—. Eso quiere decir que no solo hace trabajo de oficina, sino que también salimos a la calle.

Diana asintió con la cabeza.

—Estamos investigando una serie de crímenes de alguien que utiliza las redes sociales para contactar con las víctimas. Hasta la fecha hemos contabilizado tres hechos relacionados entre sí. A pesar de que se han efectuado en lugares y épocas distintas. Todos los asesinatos tienen un patrón en común y el SAC dice que volverá a actuar otra vez a no ser que lo detengamos antes. ¿Alguna pregunta? —Arancha esperaba que Diana le preguntara qué era el SAC.

—No, hasta ahora todo bien.

—Una chica lista —sonrió la inspectora—. ¿Sabes qué es el SAC?

—La Sección de Análisis de Conducta de la Policía Nacional —respondió sin detenerse a pensar.

La inspectora frunció el entrecejo mostrando una frente arrugada.

—Muy bien. Veo que has estudiado.

—No me trates como si fuese una tonta —le dijo Diana para sorpresa de la inspectora—. Puede que acabe de entrar en la policía, pero sé reconocer cuando alguien me infravalora.

La inspectora entró en cólera y su rostro se amorató.

—Te recuerdo que estás hablando con una inspectora del Cuerpo Nacional de Policía —le dijo.

Diana se puso en pie. Al hacerlo tan rápido dejó al descubierto su ombligo. Arancha no pudo evitar que sus ojos se fueran al vientre de Diana y se clavaran en el *piercing*.

—Lo siento, pensé que iba a entrar en una Brigada distinta a las demás. Para seguir con la servidumbre mejor me vuelvo a los Zetas.

Arancha necesitaba a esa chica si quería atrapar al asesino. Pero la inspectora sabía que la relación no iba a ser fácil, Diana era dominante y tenía las ideas muy claras.

—Espera, espera, espera... —dijo alargando la última vocal—. No vayas tan rápido. Siéntate y seguimos hablando. Quizá no hemos empezado con buen pie.

Diana volvió a sentarse. Arancha pudo percibir un fuerte olor a perfume. Desde luego, la chica sabía vestir y sabía perfumarse, pensó.

—Aún no sabemos cómo lo vamos a hacer —retomó la conversación la inspectora—, pero hay un asesino que ha matado a seis quinceañeras en cinco años y estamos convencidos de que volverá a actuar si no lo atrapamos antes.

Diana se acordó de su madre cuando le dijo que habían matado a dos chicas de quince años en Barcelona. Seguramente ella se refería a uno de esos crímenes.

—¿En Barcelona? —preguntó.

—El último sí. —La inspectora supuso que Diana ya conocía el crimen—. Pero el mismo asesino actuó hace dos años en Nimes y hace cinco en Málaga. En las tres ocasiones mató a dos chicas de quince años. La semejanza entre los asesinatos nos ha llevado a sospechar que se trata de la misma persona.

—¿Dónde encajo yo? —preguntó la joven policía sin andarse por las ramas.

—La única manera que se nos ocurre de cazar al asesino es tendiéndole una trampa.

—¿Ponerse en contacto con él? —preguntó Diana.

—Los del SAC y un inspector jefe muy hábil que tenemos en la Brigada —dijo refiriéndose a Vázquez, aunque Diana no lo conocía— han trazado un perfil bastante ajustado del asesino, ya que mata siguiendo unas pautas muy curiosas.

—¿Un asesino en serie?

—Algo así; aunque no conocemos a ningún asesino como este. Parece que sigue un libro del marqués de Sade, al menos en la metodología sexual.

A Diana le costaba comprender las explicaciones de la inspectora.

—¿Las viola de alguna forma?

—Uf, sabes qué pasa, Diana, que no te puedo resumir en unos minutos todo el asunto, para eso necesito más tiempo. Y para contarte todos los detalles debo estar segura de que quieres seguir con nosotros. De momento quédate con que le queremos tender una trampa al asesino porque, si no, no lo pillaremos nunca.

—¿Y yo seré una de esas quinceañeras a las que quiere matar? —dijo sin poder evitar que se le escapara la risa.

La inspectora sonrió también.

—¿Cuántos años tienes?

—Veintidós.

—Delgada, de tez aniñada... —dijo Arancha— posiblemente podrías pasar por una chica de quince años en el caso extremo de tener que hablar a través de una cámara web. De quince a veintidós tampoco van tantos años, ¿no?

Diana se acordó de la ropa que vistió para la primera entrevista y pensó que menos mal que no fue con dos coletas, como era su idea original.

—Es posible —asintió—. Aunque a través de las redes sociales no es necesario verse. Cualquiera podría hacerse pasar por una quinceañera, incluso un gordo barbudo.

—Eso es cierto, pero hay que saber moverse por Facebook y Twitter y hacer creer al asesino que realmente tienes esa edad. ¿Te ves capaz?

Diana balanceó la cabeza afirmativamente.

—En el supuesto de que tuvieras que hablar a través de una webcam no habría inconveniente en que dieras el pego —dijo Arancha—. Las webcam no tienen una gran resolución y tus facciones son... —pensó bien lo que iba a decir— muy juveniles.

Diana asintió con la barbilla.

—El asesino debe investigar a las víctimas antes de matarlas —prosiguió Arancha—. Tiene que seguirlas, espiarlas, vigilarlas, porque de otra forma no sabría quién son y dónde viven y cómo es que tienen quince años. Si yo pasara por el pasillo de ahí delante —dijo señalando hacia la puerta— y te viera aquí sentada, como estás ahora, me creería que tienes quince años.

—Sí —interrumpió Diana—. Pero si me investiga sabrá que no tengo quince años y que además soy policía.

Arancha chasqueó los labios.

—Ya, ya, pero por eso tenemos que hacerle creer que no eres policía y que tienes esa edad. Recuerda que vas a formar parte de la Brigada de Delitos Tecnológicos... —dijo dando a entender que lo de enmascarar su verdadera identidad era una obviedad.

—Antes me has dicho que mató a dos chicas.

—Así es —asintió la inspectora—. Yo seré la otra quinceañera.

A Diana, el ofrecimiento de la que iba a ser su jefa le pareció infantil y digno de una mujer inmadura. ¿Cómo iba a pensar alguien que ellas dos eran unas quinceañeras? Pero prefirió oír su propuesta completa antes de rechazar la plaza en la Brigada. Diana presentía que con la inspectora no se llevaría bien: las dos eran dominantes. Y sabía que en algún momento terminarían enfrentándose.

18

El tal Manuel Galván regresó de la máquina de café, sosteniendo entre sus manos dos vasos de plástico. En el pasillo que daba acceso a la sala anexa a la Inspección de Guardia de la comisaría de Huesca se cruzó con un subinspector de Seguridad Ciudadana.

—¿Adónde va? —le preguntó.

—Soy amigo de Andrés Hernández —respondió—. Me ha dicho si le podía llevar un café. Estamos los dos ahí. —Señaló con la barbilla la puerta de la Inspección—. Charlando —añadió.

El subinspector lo miró con incredulidad y no le dijo nada más. Dio por buena su respuesta.

—Un policía de poblado bigote me ha preguntado qué hacía por el pasillo —le dijo Manuel a Andrés cuando entró en la Inspección de Guardia.

Manuel dejó los dos vasos de café sobre la mesa.

—No te preocupes —respondió Andrés—. Es un subinspector de Seguridad Ciudadana. Es normal que te pregunte, ya que no te conoce. Cuando lo vea le diré que estás conmigo.

Los dos se acomodaron en los butacones de la sala

anexa a la Sala del 091. Andrés movió el ratón para desactivar el protector de pantalla del ordenador.

—Tiene que ser fantástico disponer de toda la información necesaria a golpe de un clic —dijo Manuel—. Hay que ver lo que la informática hace por nosotros. ¿Te acuerdas del bar del parque?

Andrés asintió con la cabeza.

—Ya lo creo —dijo—. Es difícil olvidar esa época. Entonces no había ordenadores... Ni móviles.

—Cierto —corroboró Manuel—. Todo se hacía a mano. Cualquier labor que entonces nos llevaba horas, ahora se hace en un minuto.

El policía de prácticas de la Sala del 091 se asomó a la puerta.

—Señor —dijo—, me piden datos de un filiado desde el Coso Bajo y no tengo clave para consultarlo.

—Arlequín69 —dijo Andrés.

—¿Todo junto? —preguntó el policía de prácticas.

—Sí —respondió Andrés—. En documento pones mi DNI, lo tienes anotado en la hoja de usuarios de la Sala del 091. Y en el campo clave introduces Arlequín69, así, tal cual, pero sin acento y con la primera letra en mayúscula.

El policía de prácticas se metió de nuevo en la Sala del 091 y por la emisora pudieron oír cómo respondía a la patrulla que había pasado la filiación.

—Háblame de esa policía de prácticas tan especial que pasó por aquí —dijo Manuel mientras arrojaba la cucharilla de plástico del café a la papelera.

Andrés hizo una mueca.

—Sí, antes me has dicho que estuvo destinada aquí una chica de prácticas muy especial. He notado en tu mirada que esa chica te caló hondo.

—Vaya —dijo Andrés—. No me acordaba de que te

había dicho eso. Es verdad, Diana ha sido de todas las policías de prácticas que han pasado por aquí la más especial. Hablamos mucho...

—¿Solo hablasteis? —sonrió Manuel.

Andrés notó un ligero pestañeo en los ojos de Manuel cuando dijo el nombre de la policía. Le pareció que él la conocía.

—¿Conoces a Diana? —le preguntó.

Manuel osciló la cabeza como si estuviera pensando.

—Creo que no. ¿Debería conocerla?

—Bueno, supongo que no. La chica es de por allí. Su madre vive en Canet de Mar y su padre formaba parte de la pandilla de Caldes d'Estrac. Pero ella pertenece a una generación muy distinta a la nuestra.

—Y con esa chica... ¿solo hablabas? —repitió la pregunta entornando los ojos.

—No, no es lo que piensas. Es muy joven, podría ser mi hija. Nosotros ya no tenemos edad para tener líos con niñas de veinte años.

—Habla por ti —comentó Manuel—. A mí no me importaría tener un rollo con una chica de veinte años. Incluso menos —añadió.

—Menos sería un delito —contravino con semblante serio el policía.

—Bueno —se defendió Manuel—. Una cosa es lo que dice la ley y otra cosa es la realidad.

Andrés supuso que se refería a chicas de dieciocho años. No quiso seguir con esa conversación.

—¿Y si ella quiere? —preguntó Manuel.

—No creo que una chiquilla de dieciocho años quiera tener un lío con un hombre que le dobla la edad.

—Las chicas de hoy en día son muy viciosas y les gusta todo: hombres mayores, jóvenes, otras chicas...

—Ya, ya. Veo que eres un salido —rio Andrés viendo que su amigo de la infancia estaba bromeando.

—¿Se puede fumar aquí?

—Aquí no, pero podemos salir al patio, donde sí que está permitido fumar. Ahí es donde Diana se fumaba los cigarrillos.

—Has vuelto a hablar de ella —anotó Manuel.

—Oh, seguramente no podré olvidar a esa chica tan fácilmente. Los dos pasamos muchas cosas juntos.

Manuel había leído en la prensa lo de la confesión de Andrés acerca de lo que ocurrió con el Nani el día que desapareció. Así que conocía el caso muy bien; aunque no le dijo nada al policía.

—¿Y dónde está esa chica ahora?

—En Madrid. Cuando juró el cargo pidió como destino Madrid. La capital es un buen sitio para promocionarse como policía. Aquí solo quedamos cuatro viejos cansados y aburridos de todo.

—Sí, pero fue aquí donde se inició como policía y donde seguro aprendió todo lo que no va a olvidar el resto de su carrera profesional.

—Anda, anda... —dijo Andrés—. Voy un momento al baño. Aprovecha para fumarte un cigarrillo en el patio.

—Te espero aquí —dijo Manuel—. Cuando regreses saldremos los dos al patio. No me gusta fumar solo —añadió.

Mientras Andrés fue al baño, Manuel Galván se sentó con celeridad en la silla de la Inspección de Guardia. La aplicación de consultas policiales estaba abierta desde la última búsqueda que realizó el policía minutos antes. El supuesto amigo de la infancia tecleó varios datos en los campos de búsqueda. El ordenador pensó unos segundos y mostró una pantalla con información sobre dos chicas de Zaragoza que habían sido detenidas por tráfico de drogas. En el atestado policial figuraba todo lo referente a la operación, nombres de los detenidos, material intervenido, droga incautada. La impresora escupió los doce folios del atestado. El policía de prácticas que estaba en la sala anexa pensó que era Andrés el que utilizaba la impresora. Eran las once de la mañana del lunes 25 de junio.

Cuando Andrés regresó del baño, Manuel Galván estaba en el patio de la comisaría y aprisionaba un cigarrillo en la boca mientras lo encendía con un mechero.

—¿Qué es de Raimundo? —se interesó Andrés.

—¿Raimundo? ¿Qué Raimundo? —preguntó Manuel Galván.

Andrés recordaba que ese hombre le había dicho que fue precisamente Raimundo, el jefe de la policía local de Llavaneras, el que le dijo que él estaba destinado en Huesca. Incluso lo nombró como un amigo común de ambos, pero ahora parecía no recordarlo. Manuel lo recordó de repente.

—Ah, Raimundo. Sí, sigue igual, ya lo conoces. Él te admira —dijo Manuel—. No veas lo bien que habla de ti. Que si Andrés esto, que si Andrés lo otro.

—El viejo Raimundo —dijo Andrés con nostalgia—. Me gustaría verlo de nuevo.

—Estoy seguro de que a él también le gustaría verte.

19

El hombre vestido de negro se detuvo en el portal de la calle Joaquín Costa de Zaragoza. Era el domingo 1 de julio de 2012 y en la calle no había nadie. El hombre miró el reloj.

—Las diez —dijo en voz baja, casi susurrando.

Los rayos del sol se colaban a través de las blancas fachadas de los edificios. Un portero de una de las fincas salió a la calle y barrió con una escoba la suciedad que había en su portal. El hombre vestía una camisa azul oscuro con el logotipo de una empresa en el bolsillo derecho. El hombre de negro encendió un cigarrillo y caminó despacio hacia la plaza de los Silos. Una pareja de novios pasó por su lado. En la plaza había aparcado un BMW de color granate. Leyó la matrícula.

«Es este», pensó.

Se sentó en uno de los bancos de madera que había en el parque, a unos escasos diez metros del BMW.

Cuando pasaban quince minutos de las diez de la mañana, abrió sus puertas un quiosco de prensa que había en la plaza. El hombre de negro aprovechó para comprar el diario. Pensó que mientras esperaba sentado en el banco nadie sospecharía de él mientras leía el periódico.

A las diez y media se acercó hasta el BMW una chica muy alta y de tez morena que vestía un elegante vestido rojo. Cuando le faltaban varios metros para llegar al coche accionó el mando a distancia y dos pitidos indicaron que la puerta del vehículo se había abierto. El hombre de negro se puso en pie y se acercó hasta ella.

—Policía —dijo esgrimiendo una placa del Cuerpo Nacional de Policía.

—Mierda —maldijo la chica en voz alta.

—Documentación —solicitó con voz enérgica.

—¿Es qué no descansan ustedes nunca? —preguntó la chica—. Hasta en domingo me tienen que venir acosando.

El hombre se dio cuenta de que la chica se tambaleaba, aunque su dicción era muy buena.

—¿Está tu amiga en el piso?

A la chica no le extrañó que el policía supiera tanto de sus andanzas, ya había intuido que las habían estado investigando.

—¿Fedra? —preguntó—. Sí, está en su piso.

—Pues andando —ordenó.

Los dos caminaron por la calle Joaquín Costa hasta detenerse delante del portal donde vivía Fedra. Fátima hizo el gesto de llamar al portero automático. El hombre la detuvo.

—¿No tienes llave?

—No encontrará nada —replicó.

Ella pensaba que el policía buscaba droga.

—Abre con tu llave y déjate de tonterías.

Fátima buscó con torpeza la llave del piso de Fedra

en su bolso. La metió en la cerradura y accedió al portal. Mientras abría la puerta se preguntó cómo es que solo había un policía.

—¿Ya no vais en parejas?

—Para registrar a dos furcias como vosotras no necesito a nadie más.

El tono del policía le hizo sospechar. Los policías que había conocido anteriormente no se comportaban así. Además, ese hombre no parecía un auténtico policía. Se dio cuenta de que llevaba lentillas y que las debía de llevar puestas desde hacía muchas horas porque no paraba de parpadear.

—Desde la última vez —dijo Fátima—, que no hemos vuelto a trapichear. Estamos limpias.

La expresión «estamos limpias» excitó al hombre de negro. Se imaginó a las dos restregando sus cuerpos mientras él las observaba.

Subieron por el ascensor hasta la cuarta planta, donde Fedra tenía el piso. La otra chica dormía en la cama después de una noche de drogas y sexo con su amiga. Las dos habían sido detenidas en el mes de marzo cuando la Policía Nacional de Zaragoza las pilló vendiendo cocaína en su piso. La investigación se remontaba al mes de enero cuando un vecino denunció que en el piso de Fedra había movimientos extraños de gente que entraba y salía constantemente. El grupo de estupefacientes les pinchó el teléfono y en un par de meses reunieron pruebas suficientes para detenerlas junto a un colombiano, actualmente en prisión, que les proveía la materia prima.

—¿Y el colombiano? —le preguntó el hombre de negro a Fátima cuando el ascensor se detuvo.

—Ya sabes dónde está —respondió.

Fátima seguía dudando de que ese hombre fuese un auténtico policía, pero la información que manejaba, a juzgar por sus preguntas, le hizo pensar que lo era de verdad. Si no, cómo podía saber el nombre de su amiga y lo del colombiano, se preguntó.

—No llames a la puerta —amenazó—. Abre con tu llave.

Fátima metió la llave en la cerradura. Los dos accedieron al interior. El hombre recorrió las habitaciones cerciorándose de que no había nadie más en el piso. En la mesa del comedor había restos de cocaína sobre una bandeja de plata. Pensó que Fátima y Fedra eran unas guarras de alto *standing*. En la cama estaba Fedra echada, medio desnuda. La chica dormía boca arriba y sus pechos desnudos reflejaban un rayo de sol que entraba en ese momento por la ventana.

—Despiértala —ordenó.

Fátima se acercó hasta ella y le tocó el hombro levemente.

—Fedra —dijo—. Despierta. Está aquí la pasma.

Cuando Fedra se despertó, él les dijo a las dos:

—Aquí hay pruebas suficientes como para meteros en prisión una buena temporada.

Las dos se sentaron en la esquina de la cama. Fedra se cubrió los pechos con una camiseta que se puso por encima.

—Pero todo tiene solución —dijo el falso policía.

Las dos lo miraron con miedo.

—¿Qué hay que hacer? —preguntó Fedra. La chica imaginó que un buen polvo aplacaría a ese policía—. ¿Un revolcón con las dos será suficiente? —preguntó.

El hombre de negro descolgó el teléfono y corrió la cortina de la habitación. Todo se quedó a oscuras hasta que accionó el interruptor de la luz. Del bolsillo de su pantalón extrajo un par de cuerdas de nailon que deslió con calma.

—Vamos —exclamó Fedra—, no me jodas. Jueguecitos a estas horas.

—Es muy sencillo —dijo—. Te voy a atar a la cama y tu amiga te comerá el coño mientras yo os observo. ¿A que es fácil? Seguro que es lo que habéis estado haciendo toda la noche.

Las dos se dieron cuenta de la potente erección que surgía del pantalón de ese policía.

—¿Y luego? —preguntó Fedra.

—Luego me iré.

Las dos no le creyeron.

20

—Por lo que sabemos hasta ahora, el asesino utiliza las redes sociales para contactar con sus víctimas —comenzó a hablar la inspectora—. Hasta la fecha se han producido tres crímenes que parecen cometidos por el mismo autor: Málaga, Nimes y Barcelona.

Diana permanecía sentada asintiendo con la barbilla como una alumna aplicada.

—Mi idea, y así se lo plantearé al comisario, es que tú y yo nos hagamos pasar por dos quinceañeras —Diana sonrió con mordacidad— y busquemos la forma de contactar con el asesino. No creo que sea fácil, pero no se me ocurre otra forma de llegar hasta él.

—No parece un plan sencillo de llevar a cabo —objetó Diana.

—No he dicho que lo fuese. En el crimen de Málaga utilizó un blog para contactar con las chicas. En Nimes lo hizo a través de Facebook y en Barcelona a través de Twitter.

—¿Twitter?

—Sí. Los Mossos d'Esquadra disponen de un grupo bastante avanzado de investigación tecnológica.

Han hecho un organigrama muy detallado de los últimos mensajes del asesino con sus víctimas. Sabemos que el asesino se hizo pasar por el cantante Justin Bieber para quedar con las dos quinceañeras. Durante el mes anterior estuvo intercambiando mensajes privados y les hizo creer que realmente era el cantante. Convenció a las chicas y logró citarse en el piso de una de ellas.

—¿Y no lo era? —preguntó Diana para sorpresa de Arancha.

—Pues claro que no. ¿Cómo iba Justin Bieber a matar a dos chicas? Qué tontería has dicho.

Diana sonrió. Pensó que la inspectora tenía razón: había dicho una tontería.

—Los mensajes de correo electrónico, privados de Twitter, Facebook, etc., no se pierden. Los colosales ordenadores de las empresas que gestionan las redes sociales almacenan esa información por un tiempo indeterminado. —Arancha hablaba ahora con energía—. Hay un plazo de seis meses para que la policía pueda pedir la intervención de las llamadas o los mensajes y las empresas están obligadas a entregarlas.

—¿A la policía?

—Sí, a la policía. Pero la orden la tiene que dar un juez. Si yo te llamo ahora por teléfono, lo que hablemos quedará registrado en algún servidor de la operadora telefónica y un juez podrá escuchar lo que hemos hablado dentro de varios meses y utilizarlo como prueba para acusarte. Nosotros recibimos los archivos de sonido y el departamento de informática los procesa y los filtra. Luego el grupo encargado de la investigación los trascribe y los entrega al juez junto con el atestado policial.

—Impresionante —dijo Diana—. No sabía que eso se podía hacer; aunque lo intuía.

—Poder, se puede todo, otra cosa es que sea legal hacerlo —sentenció la inspectora.

—¿Cuál será la siguiente red social que usará el asesino? —cuestionó Diana.

—Habrá que lanzar el anzuelo en todos los sitios que podamos. Cuanto más abarquemos en ese sentido, mejor.

Diana forzó el morro, tocándose la nariz con el labio superior. Sus labios se amorataron al forzar el gesto.

—Hay muchas redes sociales —objetó Diana—. Las más populares son Facebook y Twitter, desde luego, pero no hay que descartar otras menos utilizadas pero que no dejan de ser redes sociales como MySpace, Ning, Orkut, Badoo, MyOpera...

—Soooo —interrumpió Arancha—. Ya veo que estás puesta en Internet, no es necesario que las nombres ahora. Pero haremos una lista exhaustiva y las abarcaremos todas.

—Bien —dijo Diana quedamente, aunque imprimiendo un deje de incredulidad. Por su gesto dejó bien claro que no estaba conforme con el plan de la inspectora.

—Lo importante es seguir el orden de los nombres —siguió hablando la inspectora.

Diana encogió los hombros.

—Ah, no te lo he dicho. El asesino sigue un orden alfabético salteado para elegir a las chicas que asesina.

Diana volvió a fruncir la boca.

—Las de Málaga se llamaban Antonia y Anabel —dijo la inspectora mirando un folio que tenía sobre la mesa—. En Nimes, Catherine y Colette. Y en Barcelona, Eva y Erika.

—¿Qué pasa con la letra «be» y la letra «de»? —preguntó Diana.

—No lo sabemos. Pero el caso es que el asesino se salta esas letras.

—¿Y cómo hace para escogerlas? ¿No tiene que ser fácil para el asesino localizar a dos chicas de la misma edad, que sean amigas, cuyos nombres empiecen por la misma letra...?

—Seguramente por eso hay tanto espacio entre los crímenes —argumentó Arancha—. El asesino tiene que documentarse previamente.

—Sí —dijo Diana—, pero si las chicas tienen la misma edad y tarda años en planear los crímenes, tiene que localizarlas cuando aún no tienen esa edad.

—Sí, sí, claro, ya hemos tenido en cuenta ese detalle.

—Y si fija el objetivo cuando ellas tienen catorce años —dijo Diana—, por poner un ejemplo, y luego cuando cumplen los quince dejan de ser amigas, o se distancian, o no puede llevar a cabo su plan...

—Vale, vale —interrumpió Arancha—. Aún no sabemos cómo piensa ese hombre. Igual marca decenas de chicas a la vez y solo mata a las que puede o a las que coinciden con determinado patrón.

—¿Hombre? —preguntó Diana—. ¿Sabemos que es un hombre?

—Sí, claro. Todo apunta a que es un hombre. Te recuerdo que a una de ellas siempre la viola.

Diana asintió con la cabeza. Se dio cuenta de que había preguntado una tontería.

—Si las viola habrá restos de los que se puede sacar el ADN.

—No se han encontrado restos de semen —contravino la inspectora—, el tío utilizará un preservativo, por supuesto...

—Pero el ADN no solo está en el semen —sonrió Diana viendo que iba a decir una obviedad—, supongo que los investigadores habrán recogido muestras de pelo...

—Ya saben ellos lo que han de hacer —interrumpió molesta la inspectora—. El protocolo de muerte violenta exige que se recojan muestras de ADN en todos los casos, al igual que en agresiones sexuales, pero el problema que tenemos es que la base de datos del ADN aún es muy pequeña y no tenemos datos de este asesino. Pero cuando lo cojamos le caerá todo el peso de la ley sobre sus huevos.

—También pueden ser varios —volvió a interrumpir Diana.

—Pues mira, ahí no estoy de acuerdo contigo —replicó la inspectora—. Yo creo que tiene que ser un solo hombre; aunque puede que tenga varios cómplices o colaboradores o gente que le ayude. ¡Qué sé yo! Pero, en este tipo de criminales, cuanta más gente involucrada haya, antes se les coge. Y este asesino, lamentablemente, lleva demasiado tiempo actuando como para que haya filtraciones o descuidos en su forma de actuar.

Diana relajó el gesto, dando a entender que Arancha la había convencido.

—Si seguimos el orden de los nombres, las siguientes víctimas deberían comenzar por la letra «ge» —dijo la inspectora—. Así que nos tendríamos que llamar, por ejemplo, Gilda y Georgina. Dejaríamos mensajes en todas las redes sociales, blogs, foros, etc. Diríamos que somos lesbianas, todo indica que es lo que le gusta a ese cerdo, y esperaríamos a que se pusiera en contacto a través de los perfiles que crearemos. El Grupo de Medios Especiales nos prepararía un piso donde citar al asesino cuando llegue el momento y allí lo detendríamos.

—Dicho así, parece sencillo —dijo Diana.

—Solo nos quedan dos letras —advirtió la inspectora—. La «ge» y la «i».

Diana no la comprendió.

—Sí, bueno, es que no te lo he dicho, pero el inspector jefe de la Brigada, Vázquez, al que conocerás en breve, argumenta que el asesino sigue un patrón de un libro del marqués de Sade titulado... —la inspectora ojeó las notas que tenía sobre la mesa— *Justine o los infortunios de la virtud*. En esa novela hay dos protagonistas que son hermanas: Juliette y Justine. Te has dado cuenta de que los nombres comienzan por la letra «j», seguramente es hasta donde quiere llegar el asesino.

—De la «i» saltaría a la «k» —dijo Diana.

—Bueno, la verdad es que hablo por hablar, ya que no sabemos muy bien cuál será su siguiente paso, pero basándonos en lo que tenemos hasta ahora, pienso que mi plan es el más adecuado.

Por primera vez Diana percibió que la inspectora le pedía conformidad.

—Es un buen plan —asintió la joven policía.

—Supongo que está de más decirte que no debes comentar con nadie lo que hagamos en la Brigada.

—Por supuesto —dijo Diana.

—¿Novios?

La chica negó con la cabeza.

—¿Novias?

—Nunca se sabe —sonrió Diana.

—Aquí puedes llevar un *piercing* si quieres —dijo

Arancha—. En los Zetas no está permitido, pero en la Brigada nadie te va a decir nada.

—¿Y el del ombligo? —preguntó Diana levantando ligeramente el suéter

—Por mí puedes llevarlo —le dijo—. Y supongo que a más de un compañero le va a gustar.

21

Por la tarde, se citaron Arancha y Diana con el comisario Celestino Rivero y con el inspector jefe Vázquez en el mismo edificio de Canillas. La inspectora les presentó a la joven policía que acababa de ingresar en la Brigada y les explicaría su plan con más detalle. Arancha sabía que Vázquez se quedaría embelesado con Diana. Los dos años de relación que mantuvieron fueron suficientes como para que la inspectora conociera los gustos del veterano inspector jefe.

Después de hacer las presentaciones, el comisario dijo:

—Así que tú eres la nueva adquisición de la Brigada —Diana sonrió—. Arancha ha apostado por ti y espero que podamos cazar a ese cabrón.

Mientras hablaba, Vázquez no le quitaba los ojos de encima a la joven policía. Arancha le dio un puntapié por debajo de la mesa, que no pasó desapercibido para el comisario.

—Creo que lo mejor es ponerle un cebo y traerlo a nuestro terreno —comenzó a explicar la inspectora su plan.

—¿No lo sabe? —preguntó Vázquez.

—¿Qué tengo que saber? —preguntó Arancha a su vez.

—No he tenido tiempo de decírselo.

—¿Alguien me lo va a decir? —Arancha se incomodó.

—El asesino ha vuelto a actuar —dijo el comisario finalmente.

—¿Tan pronto? ¿Estás seguro?

Diana alzó los ojos, la chica no estaba comprendiendo de qué hablaban. Pero pese a todo procuró no perder su semblante inflexible, no quería que ellos pensaran que era una boba y que no se enteraba de nada.

—El domingo asesinaron a dos mujeres en un piso de Zaragoza —dijo el comisario—. Todo apunta a que se trata de nuestro hombre. Pero hay algunos cambios con respecto a los crímenes anteriores, esta vez no ha sido tan meticuloso.

—Está empezando a errar —dijo Vázquez.

—Esta vez no han sido quinceañeras —afirmó el comisario—. Las dos chicas tenían diecinueve años; aunque las mató de la misma forma que a las anteriores.

—¿Diecinueve? —preguntó la inspectora, como si le costara creerlo.

—Así es. Y también hay un cambio en el orden de los nombres. Estas dos se llamaban Fátima y Fedra.

El rostro de Arancha se contrajo.

—La letra «efe» —dijo—. Entonces ha cambiado el orden. El asesino ha ajustado los nombres para cuadrarlos con la letra «jota», los de Juliette y Justine.

—Esto supone un cambio de estrategia —sugirió Vázquez—. Otra edad, menos espacio de tiempo entre los crímenes y diferente orden alfabético.

—Puede ser un imitador —sugirió Diana.

Los tres la miraron a la vez.

—¿Un imitador? —preguntó el comisario.

—Sí —quiso defender su postura la nueva policía—. Alguien que ha seguido los crímenes del abecedario por la prensa y ha querido emularlo.

—No es descabellado —compartió Vázquez—. Pero hay detalles que nadie conoce, solo nosotros —aseveró—. ¿Has dicho crímenes del abecedario? Me gusta. —Chasqueó los labios como si degustase un buen vino.

—Eso es verdad —dijo el comisario—. Lo del libro del marqués de Sade solo lo hemos comentado aquí. Pero la Brigada Central nos ha pasado una información que quizá nos haga reorientar la investigación hacia otros derroteros. Hay un detalle...

El comisario se quedó pensativo, como si le costara terminar la frase.

—Puede que el asesino sea alguien de dentro —terminó de decir.

—¿Un policía? —preguntó Arancha.

—Un policía o alguien que tiene acceso a información exclusiva de la policía —dijo el comisario—. En este último crimen las dos chicas asesinadas tenían antecedentes policiales. Las dos habían sido detenidas junto a un colombiano por tráfico de drogas en un piso de Zaragoza. En la aplicación de atestados policiales figura toda la investigación que se llevó a cabo: datos, teléfonos, seguimiento, domicilio... Para el asesino, llegar hasta ellas leyendo el informe del grupo de drogas de Zaragoza hubiera sido sencillo.

—Pero eso no lo podemos saber —protestó la inspectora—. ¿Cómo podemos averiguar quién ha consultado esa información?

—Atlas —dijo Vázquez desde su rincón. A su lado

estaba sentada Diana expectante ante las explicaciones que iban dando y sin perder detalle—. La aplicación Atlas de la policía permite saber quién ha consultado cualquier servicio de la policía.

El comisario balanceó la cabeza.

—Así es. La Brigada Central de Información a petición de la Policía Judicial de Zaragoza ha utilizado la aplicación Atlas y ha consultado todos los accesos al atestado donde se investigaron a las dos chicas asesinadas y al colombiano. El colombiano no ha tenido nada que ver ya que está en la prisión de Zuera, en Zaragoza, cumpliendo condena —aclaró—. Y precisamente ese atestado ha sido consultado por muy pocos usuarios con suficiente nivel de acceso como para acceder. Valga la redundancia —sonrió.

—Siendo así, pillar al asesino será más sencillo de lo que nos habíamos propuesto —dijo Arancha—. Eso suponiendo que no sea un imitador —retomó la hipótesis de Diana.

—Puede ser, puede ser... —repitió el comisario— que el asesino de Zaragoza no tenga nada que ver con los otros crímenes. En cualquier caso no ha sido tan metódico como habíamos pensado en un momento.

Ahora fue Vázquez el que frunció la boca mientras miraba a Diana. El inspector jefe se esforzaba en parecer gracioso delante de la joven policía.

—La Sûreté nos ha dicho que las chicas asesinadas en Nimes no tenían quince años —dijo el comisario—. Fue un error de traducción nuestro. En el informe dicen *adolescents*, que nosotros tradujimos por quinceañeras, cuando en realidad querían decir eso precisamente: adolescentes. Además, las dos chicas no tenían la misma edad, una de ellas tenía diecisiete, y la otra, catorce.

—Vaya con los franceses —sonrió Vázquez.

—No, ellos lo han hecho bien, hemos sido nosotros los que no hemos traducido bien su informe —dijo el comisario—. El otro crimen, el de Málaga, también tiene varias lagunas. La investigación la llevó la Guardia Civil hace cinco años. Ni siquiera se relacionó en su momento como un crimen de red social, eso es algo que hemos hilado nosotros ahora.

—O sea —dijo la inspectora—, que el asesino no es tan metódico como creíamos en un primer momento.

—Algo así —corroboró el comisario—. Es cruel, despiadado, con un patrón repetido, pero no se guía ni por la edad ni por una red social determinada. Si pensamos que el último crimen de Zaragoza es del mismo asesino, también sabemos que se ha vuelto descuidado y que tiene prisa. En esta ocasión no ha sido tan preciso como las otras veces.

—Con los nombres, sí —afirmó Vázquez.

—Sí, sí, por supuesto —asintió el comisario—. Eso siempre lo hemos tenido claro, pero lo que no respeta es la cadencia de los nombres. Lo único que sí sigue de forma fiel es que los nombres de las dos chicas empiezan por la misma letra.

—Lo del Atlas —dijo Arancha—. ¿Qué ibas a decir?

—Ah, sí —respondió el comisario—. Los de la central han rastreado cuántos policías han realizado consultas sobre la aplicación Atlas y... no os lo vais a creer.

22

El hombre de negro aparcó el Seat León, que conducía, en la plaza San Juan de Teruel. Se apeó del vehículo y ni siquiera se preocupó de cerrar las puertas con el mando a distancia. Comprobó de pie, en la parte delantera, que el coche estaba perfectamente aparcado. La presencia de un policía local hubiera sido nefasta.

Se encaminó hacia un quiosco de prensa donde compró el diario local. El quiosquero, un chico joven con los brazos completamente tatuados, le preguntó si quería algo más.

—No —negó tajante.

—Tenemos estas revistas de oferta —dijo el quiosquero señalando una pila de semanarios atados con una cuerda.

—Ya le he dicho que no —insistió desagradable.

Eran las nueve de la mañana del viernes 6 de julio. A esa hora, y en esa misma plaza de Teruel, varios grupos de personas subían por las escaleras de la Delegación de Hacienda. En la puerta, un vigilante entrado en la madurez saludaba marcialmente a todas las personas que accedían al edificio. El hombre de negro subió las escaleras con paso decidido y se puso a la altura de un hombre que justo iba a traspasar el control de entrada.

—Rubén —gritó con entusiasmo—. ¿Rubén Pardinas?

El hombre se giró y miró con desdén a quien le interpelaba.

—Sí —dijo—. Soy yo.

—¿No te acuerdas de mí, Rubén?

El hombre negó con la cabeza mientras miraba de soslayo al vigilante que custodiaba la puerta.

—Soy yo, Quique. Quique Manrique. Cáceres...

El delegado de Hacienda recordaba fugazmente las palabras que le iba lanzando ese desconocido. Recordaba a un Quique Manrique con el que coincidió en el servicio militar en el cuartel de Cáceres. Pero ese hombre no se parecía en nada a su compañero de la mili.

—¿Quique? —preguntó.

—Claro, Rubén. El mismo que viste y calza. Hace tanto tiempo de eso. ¿Cuánto? Treinta años al menos —se respondió a sí mismo—. Éramos muy jóvenes.

El delegado de Hacienda frunció el ceño. Recordaba al tal Quique, recordaba el servicio militar, pero no asociaba a ese hombre a sus recuerdos. Ese hombre parecía mucho más joven que él. Su tez era resplandeciente y su pelo pelirrojo parecía un estropajo reseco. A su mente llegó la imagen de una fotografía tomada en la cantina del cuartel de Cáceres. Repasó mentalmente uno a uno todos los que estaban en esa foto. Eran muchos como para acordarse de todos. Pensó que en treinta años uno puede cambiar de aspecto y parecer una persona diferente.

—Sí, claro que me acuerdo de ti. Quique Manrique —dijo—. ¿Cómo me iba a olvidar de un nombre y apellido con rima? —sonrió—. ¿Qué te trae por aquí?

—Estoy de viaje —dijo—. Tengo una empresa que fabrica componentes para teléfonos móviles. Carcasas, baterías, botones... He venido a Teruel para contactar con algunos clientes. Abriendo mercado —dijo soltando una sonora carcajada.

—Viene conmigo —le dijo el delegado de Hacienda al vigilante que custodiaba la puerta.

Los dos accedieron sin pasar por el arco de seguridad.

—Tengo muy buenos recuerdos del servicio militar —dijo Rubén Pardinas mientras subían en el ascensor.

—Eso nunca se olvida —aseveró Quique—. ¿Trabajas aquí?

Rubén sonrió.

—Soy el delegado de Hacienda de Teruel —dijo con cierto aire de suficiencia.

—Uf, vaya, Rubén, eres un todopoderoso.

—Bueno, bueno... —protestó con forzada modestia— es un trabajo como cualquier otro.

—Es un pedazo de trabajo —elevó la voz el tal Quique—. Ahora tendréis un montón de trabajo con el tema de las declaraciones de la renta.

—Calla, calla, es la peor época del año. Ya tengo ganas de que llegue el mes de agosto para irme de vacaciones y terminar con la renta y la madre que la parió. —El lenguaje del delegado de Hacienda se estaba equiparando al de su interlocutor.

—La madre que parió al programa PADRE —dijo Quique refiriéndose al nombre del programa informático de la Agencia Tributaria para facilitar la confección de la declaración de la renta.

El delegado no sonrió ya que era un chiste muy manido por parte de todos los funcionarios de la Agencia Tributaria.

—La madre que parió al programa PADRE —repitió Quique creyendo que Rubén no lo había oído o no lo había entendido.

El teléfono del delegado emitió dos pitidos cortos.

—Un mensaje —le dijo el hombre de negro.

—No, qué va, es una mención de Twitter.

—¿Una mención? —preguntó el hombre de negro, como si no supiera a qué se refería.

—Sí, cada vez que alguien me nombra en Twitter recibo una alerta para que yo lo sepa —respondió el delegado—. ¿No tienes Twitter?

—Oh, sí, claro, por supuesto. Hoy en día alguien sin Twitter no existe —sonrió—. Lo que no tengo es móvil. —Frunció el entrecejo.

—¿Y eso?

—Me lo robaron ayer por la noche en Zaragoza —respondió—. Y aún no he tenido tiempo de comprar uno. No sé adónde vamos a ir a parar con tanto chorizo.

—¿Un atraco?

—No, un hijo de puta espabilado. Estuve cenando en un restaurante y me lo dejé sobre la mesa. Cuando me percaté del descuido regresé, pero el móvil ya no estaba. Para mí que se lo quedó el camarero. Era extranjero —dijo bajando la voz.

—Pues hoy en día no se puede ir sin teléfono móvil —le dijo el delegado de Hacienda—. Si quieres te puedo facilitar uno.

El hombre de negro puso cara de sorpresa.

—Sí, no hay problema. Tenemos varios móviles corporativos que utilizan nuestros empleados. Son de «Huelva» —sonrió, dando a entender que no se lo podía quedar—. Úsalo si quieres hasta que tengas otro móvil. No es una maravilla, pero te podrá servir.

—Pues te lo agradezco, ya que la verdad es que no sé estar sin teléfono.

—Ahí delante —señaló hacia una ventana— están todas las tiendas de las operadoras de telefonía móvil, todas juntas una al lado de otra. Hazte un duplicado de la tarjeta SIM y utiliza uno de nuestros teléfonos. Por muy malo que sea, será mejor que cualquiera que te pueda prestar tu operadora.

El despacho del delegado de Hacienda, un amplio salón decorado con muebles antiguos, estaba abierto. Una mujer ataviada con una bata azul estaba terminando de ordenar los utensilios de la mesa.

—Buenos días, señor delegado —saludó.

El delegado devolvió el saludo y la mujer recogió un cubo y una fregona y salió del despacho.

—Vaya, vaya —dijo Quique—. Estoy impresionado.

Rubén Pardinas se acomodó en un excelso butacón de madera detrás de una brillante mesa de pino californiano.

—Por favor, siéntate —ofreció.

El hombre de negro se sentó en un cómodo sofá de tela verde. Cruzó las piernas y echó la cabeza hacia atrás.

—Teruel tiene que ser una ciudad tranquila —dijo—. Apuesto a que aquí nunca ocurre nada.

Rubén sonrió.

—Puedes apostar por ello. Pocos habitantes, buena gente, y un ambiente tranquilo a más no poder. Es la ciudad ideal para vivir.

—Tranquila, sí —afirmó el hombre de negro—, pero tendréis todo lo que tiene una ciudad grande, pero en menor cuantía.

—Bueno, sí —afirmó Rubén—. Eso siempre es así. No olvides que Teruel es una capital de provincia.

—¿Putas?

—Ah, vaya. ¿Una canita al aire?

—No, no. No es lo que te figuras —se disgustó Quique—. Es porque todas las ciudades tienen alguien conocido. En Calatayud está la Dolores y en Teruel están Beatriz y Bárbara.

El delegado de Hacienda dio un respingo en su asiento.

—¿Beatriz y Bárbara Doblas?

—¿Las conoces?

—Son dos chicas de aquí. Dos...

—No me tienes que contar nada si no quieres —dijo Quique—. Por tu cara veo que sabes quiénes son.

—Bueno —se disculpó el delegado de Hacienda—. Son dos fulanas de Teruel, muy conocidas —añadió—. Supongo que es vox pópuli que son amigas de hacer favores. Pero... ¿cómo es que has oído hablar de ellas?

—Bueno —dijo Quique—. Como te he dicho tengo un negocio de fabricación de componentes para teléfonos móviles y viajo bastante. Antes de venir a Teruel ya había oído hablar de esas dos.

—Beatriz y Bárbara Doblas son dos hermanas de Albarracín que viven juntas —dijo el delegado de Hacienda—. Son unas mujeres de la vida a las que les gustan las cosas raras.

—Define raro —sonrió Quique.

—Bueno, pues eso, les va todo el rollo sexual.

—¿Todo?

—Esto es muy comprometido para mí —se excusó el delegado de Hacienda—. Tengo una mujer y dos hijas. Teruel no deja de ser un pueblo, todo el mundo de por aquí sabe las andanzas de los vecinos. Pero una cosa es sospechar y otra tener la certeza.

—Entiendo, entiendo, mi querido amigo —se compadeció Quique de él—. No tienes que contarme nada si no quieres.

—La verdad es que me lo pasé muy bien. Durante unos meses no podía dejar de pensar en ellas. Cada vez que podía me escapaba y me iba hasta Albarracín, donde tienen un piso. No te voy a explicar lo que hacía con ellas, pero son unas viciosas de cuidado.

—¿Las dos?

—No por igual —dijo el delegado—. Hay una que es una viciosa extrema, le gusta el sexo lo más guarro posible. Sin embargo, la otra, siendo también viciosa, es más recatada.

El hombre de negro se excitó pensando en la novela del marqués de Sade y en sus dos protagonistas, ambas hermanas, Juliette y Justine.

—¿Tienen Twitter?

—Sí, claro —respondió el delegado de Hacienda—. Las puedes seguir si quieres. De vez en cuando ponen comentarios cachondos —sonrió—. Espera —dijo mientras pasaba el dedo por la pantalla de su *smartphone*. Mira, aquí tienes uno.

El delegado de Hacienda le mostró un *tuit* donde *@barbecarlin* decía:

«Por no comer por haber comido, mejor que me comas el higo.»

El hombre de negro rio estruendosamente, mostrando un diente de oro en la parte superior de la boca. Rubén Pardinas no le prestó atención.

—Ya te lo he dicho, unas cachondas —se jactó el delegado de Hacienda.

—¿Y quedas con ellas utilizando Twitter? —preguntó Quique.

—Es la forma más segura —dijo—. Lo hago a través

de un mensaje privado. Ten, apúntate el usuario y agrégalas para seguirlas.

El hombre de negro encogió los hombros.

—Sin móvil.

—Ah, sí, disculpa —dijo descolgando el teléfono de su despacho—. Alicia, trae un móvil corporativo —ordenó—. Cualquiera. Sí, sí, con una tarjeta de las nuestras. —Rubén ya no se acordó de que Quique podía hacer un duplicado de su tarjeta en la tienda de telefonía.

—Les puedes enviar un privado diciéndoles que me sigan —solicitó el hombre de negro.

—Claro —accedió el delegado de Hacienda—. Pero me has de decir tu usuario.

Quique pensó unos segundos y respondió:

—Diles que soy @*alphonsedonatien*.

—Original —aseveró Rubén Pardinas—. ¿Qué significa?

—Es el nombre del marqués de Sade —respondió—. Donatien Alphonse François de Sade. Me encanta ese tío...

23

—¿Qué es eso de la aplicación Atlas? —preguntó Diana

Arancha la censuró con la mirada. La inspectora pensó que su pupila aún era muy nueva en la Brigada como para interrumpir las disertaciones de todo un comisario y un inspector jefe.

—Es una aplicación exclusiva de la Policía Nacional donde se pueden consultar todos los datos de una investigación, de un vehículo, de una persona, de un teléfono, de un número de serie de cualquier artículo, del IMEI de un teléfono móvil, de...

—Vale, vale —interrumpió el comisario al inspector jefe Vázquez—. Creo que la chiquilla te ha comprendido.

A Diana no le gustó el apelativo de chiquilla. Su rostro la delató y el comisario se dio cuenta.

—¿No conoces Atlas? —preguntó Arancha.

—No estaba segura —replicó Diana.

—Pues en la academia os deberían haber hablado de las aplicaciones policiales.

—No seas tan dura, Arancha —medió el comisario—. La aplicación Atlas es muy reciente y puede ser que...

Diana —hizo un esfuerzo para no llamarla chiquilla— no la conozca por ese nombre. Pero es una fusión de Objetos y Perpol, las dos grandes aplicaciones de consulta de datos de la Policía Nacional.

Diana asintió con la cabeza.

—Supongo que dadas las connotaciones de estos crímenes podremos acceder libremente a la red Carnivore y Echelon. —Dijo Vázquez.

Arancha lo miró con inquina.

—Supongo que sí —asintió.

Minutos antes la inspectora había pensado esa misma cuestión y le supo mal que Vázquez se le adelantara.

—Carnivore y Echelon ya están trabajando a tope con este asunto —dijo el comisario—. Una sección de la Brigada de Información está rastreando los correos electrónicos, las IP, los teléfonos... También está haciendo un peinado exhaustivo de todos los mensajes de las redes sociales.

—¿Hay aplicaciones que pueden hacer todo eso? —preguntó Diana—. Pensaba que era un bulo.

La inspectora Arancha suspiró.

—Estoy empezando a arrepentirme de escogerte para esta misión.

El comisario censuró a la inspectora con la mirada. Ese comentario hacia la chica nueva no era propio de Arancha.

—Las aplicaciones existen —dijo Vázquez. El inspector jefe se puso en pie y se acercó hasta el termostato del aire acondicionado bajándolo un par de grados—. El problema es conseguir la autorización para hacerlas funcionar. Solo un juez puede autorizar que los chicos de la Brigada de Información rastreen correos, teléfonos, IP... En el caso contrario sería ilegal.

—Supongo que el fin justifica los medios —dijo Diana para asombro de todos los presentes—. Si para cazar a un asesino como este al que nos enfrentamos hay que saltarse alguna norma, creo que estaría justificado.

Esa no era la forma de pensar de Diana, pero creyó que con su comentario sería aceptada en la Brigada. La joven policía quería transmitir la idea de que lo importante era dar caza a ese asesino y que cualquier medio para conseguirlo sería válido.

Vázquez abrió la boca para decir algo, pero el comisario se le adelantó.

—No —dijo—. No, no y no. Vamos a hacer las cosas de forma legal. Atlas, Echelon y Carnivore se pondrán en marcha cuando el juez lo autorice. Ni un minuto antes, ni un minuto después.

—Bueno, siempre podemos tirar del método tradicional —dijo Vázquez.

Arancha lo miró con ironía.

—Tirar del cable del teléfono hasta llegar al usuario —dijo jocosamente la inspectora.

—Muy graciosa —sonrió Vázquez—. Me refería a solicitar a los responsables de la red social en cuestión todos los archivos que obren en sus ordenadores de la persona que buscamos. Es solo un documento formato Oficio y firmado por el comisario —dijo señalando a Celestino con la barbilla—. Twitter, por ejemplo, nos responderá con la IP desde donde se hicieron todas las conexiones, qué dirección de correo electrónico facilitó el usuario cuando se dio de alta, etc.

—Ya sabes, Vázquez, que esos datos pueden ser falsos —contravino Arancha.

—El correo electrónico, sí —asintió Vázquez—. Pero no la IP... La IP es sagrada.

—La IP puede ser de un cibercafé, por ejemplo —objetó Arancha.

—En un cibercafé no hay anónimos —contravino a su vez Vázquez—. El problema es de la Brigada Operativa que sepa hacer los deberes—. Tan solo tiene que ir allí y pedir la lista de los usuarios. Pudieron pagar el servicio con una tarjeta de crédito, con lo que sabríamos quién fue la persona que se conectó.

—En un cibercafé puede haber muchos usuarios —dijo Arancha.

—Eso era antes —protestó Vázquez—. Antes la gente no tenía Internet en sus casas porque era muy caro y se conectaban en los cibercafés, pero ahora están prácticamente vacíos. Me juego lo que quieras a que Twitter nos da la IP desde donde se conectó el asesino, la compañía telefónica nos dice desde dónde se hizo esa conexión, y si es un domicilio ya lo tenemos, y si es un cibercafé solo hay que mandar a los muchachos de la Brigada Operativa a que hagan gestiones.

Tanto el comisario como Diana asistían impávidos a la discusión de Arancha y Vázquez. Ninguno de los dos dijo nada.

—Y si es tan sencillo —dijo Arancha—, ¿cómo es que no lo hemos cogido aún?

Vázquez se encogió de hombros.

—Está muy bien esta tertulia al atardecer entre investigadores —interrumpió finalmente el comisario—, pero hablando no vamos a coger a ese hijo de puta.

Diana sacó un paquete de tabaco de su bolso.

—Aquí no se puede fumar —recriminó Arancha.

—Aquí no, pero sí en la galería —dijo el comisario.

Anexa al despacho del comisario Celestino Rivero, había una galería de cinco metros cuadrados que daba a un patio interior. Diana, muy resuelta, cogió el paquete de tabaco y abrió la puerta de la galería. Al empujar la ventana se le levantó levemente la blusa, dejando a la vista un tatuaje tribal en la base de la espalda. Los dos hombres no pudieron evitar hacer resbalar sus ojos por la espalda de Diana. Arancha se dio cuenta.

—Hombres —murmuró resoplando.

—Yo creo en el dicho que dice «divide y vencerás» —dijo el comisario—. Hay algunas consideraciones a tener en cuenta. La primera es que cuanta menos gente trabaje en este asunto mejor para todos. Con los que estamos aquí, en esta sala y la galería —dijo señalando hacia donde estaba Diana fumando—, hay suficiente. El trabajo de investigación nos corresponde a nosotros, así que os propongo dos líneas de investigación. —Vázquez y Arancha se rieron al acordarse de una frase del ministro Ángel Aceves cuando los atentados del 11 de marzo de 2004, donde el entonces ministro dijo: «Hay dos líneas de investigación», refiriéndose a la hipótesis de ETA y a la islamista—. Una es la que sugiere Arancha —señaló con un bolígrafo a la inspectora—, la otra la que sugieres tú —le dijo a Vázquez—. Así que poneos manos a la obra y dejaos de cháchara. Arancha y Diana que tiendan un cebo a ese hijo de puta, y tú —le dijo a Vázquez— sigue el cauce tradicional: pinchazos telefónicos, rastreo de IP de correos electrónicos, lo que quieras.

En el despacho del comisario se hizo el silencio. Tan solo se oía el barullo de los otros despachos, proveniente de la puerta de la galería que permanecía abierta mientras Diana fumaba al lado del marco.

—Las intervenciones y uso de Carnivore y Echelon... ¿legal o ilegal? —preguntó Vázquez.

El comisario se quitó las gafas y miró directamente a los ojos del inspector jefe.

—Tú coge a ese hijo de puta —dijo.

Diana sonrió. Su teoría de que el fin justifica los medios había sido validada por el comisario.

24

El hombre de negro aparcó el Seat León en el primer aparcamiento que halló a la entrada del pueblo. Abrió el maletero del coche y cogió una cuerda de nailon que se metió en un bolso de tela. Una pareja joven que estaba sentada en la terraza del bar de enfrente, donde había dejado el coche, lo miraron. Albarracín es una localidad donde se practican deportes de montaña, así que no les extrañó que ese hombre cogiera una cuerda de nailon y la metiera en una mochila.

Subió una empinada rampa que le llevó directamente hasta la plaza principal del pueblo. Desde allí accedió a una calleja donde únicamente había una casa entera. Las demás, o estaban en obras o estaban completamente derruidas. A esa hora el calor era abrasador y no había nadie en la calle. Eran las tres de la tarde del domingo 8 de julio.

En el balcón de la única casa habitada había una chica joven que leía un libro sentada a una mesa pequeña de madera. El hombre de negro levantó la vista y supo enseguida quién era ella.

—Beatriz —la llamó.

La chica se incorporó sobre la barandilla y miró al hombre. Y aunque se fijó bien en él no atinó a reconocerlo.

—Sí —dijo la chica—. ¿Qué quiere?

—Soy amigo de Rubén —dijo—. El delegado de Hacienda de Teruel —sonrió.

—¿Rubén? —preguntó otra chica que en ese momento salía al balcón. El hombre supo que era Bárbara, la hermana de Beatriz—. Conozco a Rubén —dijo—, pero... ¿quién es usted?

—Soy un amigo de Rubén. Un buen amigo. Estoy de viaje —sonrió—. Y solo quería saludarlas.

—Un poco pronto para saludos —dijo Bárbara mirando un reloj que había colgado en el balcón.

El hombre de negro se fijó en que en una de las esquinas del balcón había una bombilla de color rojo que permanecía apagada. Sabía que en los pueblos se utilizaba para indicar si las meretrices estaban disponibles. Encima de la bombilla había un interruptor, y al lado, un reloj de agujas.

—Os traigo un regalo —insistió.

Del bolsillo de su pantalón extrajo un puñado de billetes de cincuenta euros. Las chicas pudieron contar hasta cuatro.

—Doscientos euros —dijo Bárbara alzando la voz. A la chica no le importaba hablar en voz alta ya que no había nadie en la calle y las casas de al lado estaban vacías—. ¿Por una de nosotras?

—Doscientos por cada una de vosotras —respondió el hombre sacando un puñado de billetes idéntico del otro bolsillo del pantalón.

—¿Podrás con las dos? —preguntó Beatriz poniéndose de pie.

El hombre contempló a las dos hermanas juntas. Desde luego eran dos bellezas, pensó.

—¿No serás tú @*alphonsedonatien*? —preguntó Bárbara sosteniendo en su mano un teléfono móvil—. Ayer me llegó un mensaje privado de @*petitvolontaire* solicitando que te siguiéramos.

El hombre de negro pensó que @*petitvolontaire* era un nombre de usuario muy original. Muy poca gente sabía que Petit Volontaire (el pequeño voluntario) era el apelativo con el que se conocía a Voltaire.

—Así es —dijo—. Me gustaría averiguar qué podéis hacer por cuatrocientos euros.

—Sube —le dijo Bárbara—. La puerta de abajo está abierta.

25

El lunes 9 de julio habían quedado, en el despacho de la Brigada de Investigación Tecnológica del Centro Policial de Canillas, la inspectora Arancha y la policía Diana. Arancha la citó a las ocho de la mañana, ya que iba a explicarle cómo quería llevar la investigación del que comenzaron a denominar asesino del abecedario.

Diana llegó cinco minutos antes, no quería la joven policía causar una mala impresión el primer día de incorporación oficial a su nuevo destino. La chica sabía que tendría que trabajar codo con codo con la inspectora Arancha e intuía que la relación con su nueva jefa iba a ser complicada.

—A sus órdenes —dijo Diana nada más acceder al despacho.

Arancha se incomodó.

—No es necesario —dijo—. Aquí no.

Diana llevaba un vestido corto de color rojo, muy sensual, y unos zapatos de color gris perla de medio tacón. Las piernas de la policía le parecieron a la inspectora muy bonitas, pero se abstuvo de comentarlo.

—Has madrugado —dijo Arancha.

Diana asintió con la barbilla, sin responder.

—¿Has desayunado?

—No. Un café y un cigarrillo —dijo.

La tosquedad en el trato que había percibido Diana al conocer a la que sería su jefa en la Brigada había dejado paso a una relación más amable.

—Luego desayunaremos —dijo—. Pero antes tengo que contarte cómo quiero planificar la estrategia para coger al asesino antes de que lo coja Vázquez.

Diana percibió un resquicio de competencia entre ella y el inspector jefe. Imaginó que detrás de todo había una relación de amor. Aunque la joven policía aún no había terminando de comprender de qué iba su jefa. Para Diana, la inspectora Arancha podía ser cualquier cosa, desde una resentida del amor, a juzgar por las pullas que se lanzaban ella y el inspector jefe Vázquez, a una lesbiana no declarada, según pudo percibir en las miradas que le lanzaba cuando ella parecía que estaba distraída.

—Nunca nos habíamos enfrentado a un criminal así —comenzó a decir la inspectora—. Para nosotras hubiera sido más cómodo que el asesino respetara las pautas que parecía seguir en un principio. Pero no es así. —Sobre la mesa de Arancha había esparcidas varias cartas de la baraja española con un pósit amarillo en cada una de ellas. A Diana le chocó ver a la inspectora tocando las cartas con la yema de los dedos—. No nos vamos a centrar en los crímenes anteriores, ya que creo que lo que hace es jugar al despiste. Así que lo mejor es buscar un perfil criminal que coincida con todos los crímenes. —Diana miró la ventana del despacho de la inspectora que permanecía cerrada y el aire acondicionado en marcha—. Puedes fumar si quieres —le dijo—. Pero abre la ventana para que no se cargue el ambiente de humo.

Diana se puso en pie y abrió la ventana. Del bolso que había dejado en la silla extrajo un paquete de tabaco y se encendió un cigarrillo. Al otro lado del tragaluz había un policía de la Brigada de Crimen Organizado que la miraba sonriendo. Diana ya se había fijado en él con anterioridad cuando se lo cruzó en los laberínticos pasillos del edificio de Canillas, era un chico muy atractivo. El policía también estaba fumando. Detrás de él había una pareja más de policías. La chica era rubia y en su hombro pendía un enorme bolso de color marrón. El otro policía recogía unos folios de una impresora. La imagen de la joven policía apostada en la ventana, ligeramente ladeada y exhalando una columna de humo que se desvanecía por el tragaluz del despacho de la inspectora Arancha Arenzana, produjo en el policía una extraña sensación de sensualidad que fue captada por la otra chica.

—Nos vamos ya —le dijo a su compañero, que seguía embelesado con la imagen de Diana.

—Hola —saludó el policía girando la mano como si estuviera enroscando una bombilla—. ¿Estás en la Brigada?

Diana respondió con un balanceo de su cabeza. La otra policía estaba visiblemente molesta. Diana pensó que la vería a ella como a una intrusa.

—Sí. En Delitos Tecnológicos —sonrió.

—Yo en Crimen Organizado —dijo el policía con cierto tono de superioridad.

—Vámonos ya —insistió la otra policía—. No tenemos todo el día.

Diana entornó la ventana y siguió escuchando a la inspectora que permanecía ajena a los policías del grupo que había al otro lado del tragaluz.

—Pienso —carraspeó Arancha para aclararse la garganta— que mi idea del cebo es la mejor.

—¿Te molesta el humo? —preguntó Diana al ver que Arancha carraspeaba. La joven policía había entornado la ventana y parte del humo se colaba dentro.

—No, no, qué va. Hubo un tiempo en que fumé, pero ahora opto por la vida sana.

—Yo también tengo que dejarlo algún día —dijo mientras arrojaba el cigarrillo al interior del patio. Arancha la censuró con la mirada, pero no le dijo nada.

—Mi idea es que tú y yo nos hagamos pasar por dos chicas jóvenes, la edad ya no importa —aclaró—. Si se confirma que el crimen de Zaragoza es obra del mismo autor, sabremos que la edad no es determinante para elegir a las víctimas. Lo que sí sigue a rajatabla es el nombre de las chicas, siempre empiezan por la misma letra y sigue un orden alfabético.

La inspectora movió algunas de las cartas que había sobre la mesa.

—En Málaga fueron Antonia y Anabel. En Nimes, Catherine y Colette. En Barcelona, Eva y Erika. Y en Zaragoza, Fátima y Fedra —repasó mirando los pósit de las cartas que había desplegadas sobre la mesa.

—Se ha saltado el orden —dijo Diana, mientras se sentaba en la silla delante de la mesa de la inspectora.

—Sí, es lo que ha descuadrado la lista —asintió Arancha—. En el último crimen tenía que haber matado a dos chicas cuyos nombres comenzaran con la letra «ge».

—¿Y las ciudades? —preguntó Diana reclinándose hacia delante—. Puede que también sigan un orden.

Arancha negó con la cabeza.

—No veo la relación. Málaga, Nimes, Barcelona, Zaragoza... —enumeró en voz alta—. No creo que haya ninguna concordancia entre ellas.

—Son ciudades mediterráneas —apuntó Diana.

Arancha balanceó la cabeza ligeramente.

—Nimes no, ni siquiera tiene puerto.

—Tampoco lo tiene Zaragoza —sonrió Diana—. Lo que quiero decir es que son ciudades pegadas al Mediterráneo.

La inspectora arrugó la boca.

—Bueno, es una pista más —dijo con desdén—. Aunque decir que Zaragoza es mediterránea es un poco aventurado.

—De todas formas —habló Diana—, no entiendo muy bien tu plan, Arancha —la relación entre las dos mujeres comenzaba a ser muy afable—, ya que el hecho de poner un cebo no quiere decir que el asesino pique en él. Eso de hacernos pasar por dos chicas jóvenes con un nombre que empieza por la misma letra y dejar mensajes en las redes sociales, como Facebook y Twitter, está bien, pero las posibilidades de que él dé con nosotras son tan remotas que no sé... no sé.

Arancha se incomodó. A la inspectora no le gustó que Diana desmontara su plan de cazar al asesino.

—¿No sería mejor utilizar las aplicaciones policiales específicas de la Policía Nacional para dar caza a ese hijo de puta? —cuestionó Diana—. Estoy segura de que con los programas de rastreo Carnivore y Echelon, o incluso el propio Prism de los estadounidenses...

—¿Qué sabes de Prism? —interrumpió la inspectora.

Diana dudó un instante antes de hablar.

—Prism es un programa para vigilar las comunicaciones entre millones de usuarios de Internet, así como de los archivos que alojan en las compañías de Internet afectadas por este algoritmo —respondió Diana lentamente, estando segura de lo que quería decir—. A través de las grandes empresas informáticas como Microsoft,

Yahoo, Google, Facebook, Apple... se filtra la información que es útil para los investigadores.

—¿Eso te lo han enseñado en la academia? —preguntó Arancha un poco desconcertada.

—No, hay cosas que en la academia no enseñan.

Arancha sonrió.

—Está bien. Veo que sabes lo que hay que saber —dijo la inspectora recogiendo las cartas que había sobre la mesa—. Utilizar esos programas informáticos entraña ciertos riesgos —dijo. Diana frunció el entrecejo—. Para empezar, la intervención de las comunicaciones tiene que ser autorizada por un juez, en caso contrario todo lo que podamos sacar no tiene validez jurídica. ¿De qué nos sirve saber quién es el asesino si no podemos detenerlo? —preguntó de forma retórica.

—Nos sirve para saber quién es —aseveró Diana—, y entonces ya tiene más sentido tenderle una trampa para poder detenerlo. O vigilarlo para evitar que siga asesinando —añadió—. A veces nos olvidamos de las víctimas.

La inspectora se volvió a incomodar. Esa joven policía era más lista de lo que había pensado en un primer momento, pensó.

—Los programas de la policía ya los usará Vázquez —dijo Arancha—. Eso es lo que hemos convenido con el comisario Celestino Rivero, que a fin de cuentas es el jefe, y el que manda. En unos días Vázquez nos dirá quién es el asesino, de eso puedes estar segura. Lo que ocurre... —la inspectora bajó la voz como si temiera que alguien pudiera escucharla— es que no nos servirá para detenerlo.

—Entonces... —Diana se puso en pie y se acercó de nuevo a la ventana donde se encendió otro cigarrillo— ¿cómo se caza a los grandes criminales, como el Solitario, por ejemplo?

Arancha también se puso en pie y se acercó hasta Diana, sentándose en el pico de la mesa.

—Es así porque nuestros servicios secretos utilizan esos programas que invaden la privacidad para saber quién es. Y cuando lo saben a ciencia cierta es cuando se solicitan los registros domiciliarios o la intervención de las comunicaciones o lo que haga falta, ¿entiendes?

—Es decir —simplificó Diana—, que primero se sabe de forma ilegal quién es el autor, y luego se buscan las pruebas de forma legal...

—Más o menos —corroboró Arancha—. Aunque es más complicado que todo eso. Para detener al asesino del abecedario no queda otra que tenderle una trampa, pero... ¿cómo vamos a tenderla sin saber quién es?

—¿Y no es mejor detenerlo una vez que sepamos quién es? —siguió defendiendo Diana—. Habrá un millón de pruebas en su contra: ADN, imágenes de cámaras de seguridad, testigos, huellas...

—Un tío que lleva varios años matando de la manera que lo hace este, y que aún no ha sido detenido, no es un criminal cualquiera —argumentó la inspectora—. Ya has oído al comisario, ni siquiera la Sûreté francesa ha podido cazarlo.

—¿La Sûreté? —preguntó Diana.

—Ah, no me acordaba de que no estabas cuando lo contó —se excusó Arancha—. Nada, la policía nacional francesa, con lo eficientes que son y no han sido capaces de dar con el asesino.

—Pero ese es un problema nuestro —dijo Diana.

—¿Por?

—Porque el asesino está en España y somos nosotros los que tenemos que cogerlo.

—Sí, pero cuando mató a las chicas de Nimes —argumentó la inspectora—, tuvo que estar en suelo francés, ¿no? Y entonces no lo cogieron.

—Puede ser que cometiera el crimen y se viniera para España —justificó Diana.

—Es igual —dijo irritada la inspectora—, el caso es que ni los franceses nos han podido dar una pista sobre el asesino, lo cual indica que es muy cauto.

Diana apagó el cigarrillo en el marco de la ventana y lo envolvió con un papel que arrojó a la papelera.

—También —siguió argumentando la inspectora—, es posible que ninguna Brigada se haya puesto a trabajar en serio. Son muchos crímenes ya y la alarma social juega en nuestra contra.

Diana frunció los labios.

—Sí, no hay nada peor para una investigación que la prensa comience a meter las narices. De seguir así, en unas semanas todos los programas de televisión hablarán del asesino del abecedario, relacionarán sus crímenes, la forma de actuar, explicarán con todo detalle cómo mata a las chicas... Eso no es bueno para nosotros.

—El pánico —dijo Diana.

—Sí, los servicios de emergencia de la policía recibirán decenas de llamadas al día de gente que habrá visto al presunto asesino, de chicas que estarán solas en su casa y habrán visto a alguien merodeando por la escalera, de mensajes sospechosos en Twitter o Facebook. Así nunca pillaremos al hijo de puta.

—O puede que sí —contravino Diana—. Quizás entonces empiece a cometer errores.

—Puede que sí, puede que no —sonrió la inspectora mientras sacaba un álbum de fotos del cajón—. ¿Has visto las fotografías?

—Sí, ya sé cómo las mata —dijo Diana—. Es terrible.

—Obliga a una de las chicas a hacerle el cunnilingus a la otra mientras está atada de pies y manos. Antes le practica varios cortes en las muñecas para que se vaya desangrando. Cuando las chicas han terminado, degüella a la que le ha comido el coño a su amiga, mientras que la otra se va desangrando lentamente por las muñecas mientras la viola.

Diana frunció la frente en señal de repugnancia. No le pareció fina la expresión «comer el coño» dicha por la inspectora y especialmente hablando de un crimen tan atroz. Sobre la mesa, Arancha había dejado el álbum de fotos donde se veían varias escenas de las chicas muertas: las de Barcelona, las de Nimes y las de Málaga. Faltaban las de Zaragoza, pero las dos sabían que eran muy similares. A Diana le chocó que las fotografías estuvieran en un álbum de papel, la inspectora pareció prever esa pregunta y la respondió antes de que la hiciera ella.

—Las sacamos en papel —dijo— para evitar que circulen por los ordenadores de la policía. Tal y como están las cosas cualquier imbécil las podría meter en Twitter o Facebook. Son pocos los ordenadores donde están: Policía Científica y algún jefe. Con estas cosas no nos podemos arriesgar.

Diana pensó que era extraño que la propia jefa del Grupo de Delitos Tecnológicos de la Policía Nacional no tuviera las fotografías en su ordenador, pero como tampoco estaba segura de ello no se lo preguntó.

—¿Un café, Arancha? —le preguntó.

—Vamos al bar, si quieres —respondió la inspectora.

—No, no hace falta. Voy a la máquina del pasillo y traigo un par de cafés y nos los tomamos aquí charlando tranquilamente —dijo Diana.

—Vale —asintió la inspectora—. Me parece una buena idea.

Y mientras Diana salió al pasillo a buscar los cafés, Arancha se quedó mirando las fotografías de las chicas asesinadas. Sus ojos se deslizaron por cada una de las terribles imágenes. Trató de recrear en su mente los momentos antes del crimen, la agonía de las dos cuando el asesino las ataba, cuando obligaba a una de ellas a hacerle un cunnilingus a la otra, cuando luego la degollaba, la muerte lenta y dolorosa de la chica que estaba atada. Recogió el álbum de fotografías y lo guardó en el cajón. En ese momento llegó Diana con dos cafés.

—¿Te encuentras bien? —le preguntó.

Arancha abrió los ojos.

—¿Por qué lo preguntas?

—Tienes la cara roja —le dijo.

La inspectora no respondió.

—Sabes, Arancha, que me acabo de cruzar con un policía de Judicial en el pasillo y me ha llamado Twittercop.

—¿Twittercop? —preguntó Arancha.

—Sí, es un chico de mi promoción; aunque lo he visto pocas veces.

—No les hagas caso a esos —dijo Arancha refiriéndose a los policías de Judicial—, son todos unos cachondos que no tienen otra cosa más que hacer que reírse de todo.

—Me parecen muy majos —replicó Diana sonriendo.

—Voy al lavabo —dijo la inspectora—. Creo que estoy resfriada por culpa del aire acondicionado —se justificó.

Diana se acercó a la ventana y encendió un cigarrillo mientras pensaba que el comportamiento de su jefa era muy extraño.

26

El comisario Celestino Rivero se retrepó en la cómoda silla de su despacho de la primera planta de la Brigada de Delitos Tecnológicos. La puerta entreabierta indicaba que cualquier policía del edificio podía entrar sin pedir permiso. Sobre su mesa había varios papeles esparcidos y la pantalla del teléfono móvil parpadeaba indicando que estaba entrando una llamada, pero el comisario no respondió. Lo había puesto en modo silencio hacía apenas unos minutos, con la firme determinación de no ser interrumpido. Eran las ocho y media del lunes 9 de julio.

—Buenos días —saludó Vázquez desde el marco de la puerta.

El inspector jefe accedió al despacho dejando sobre uno de los butacones la chaqueta que pendía de su brazo izquierdo.

—¿Hasta cuándo piensas ir con chaqueta? —le preguntó el comisario sonriendo.

—Hasta el cuarenta de mayo no te quites... —se detuvo Vázquez al darse cuenta de que ya estaban en la primera semana de julio—. Bueno —justificó—, nunca se sabe si va a volver el frío.

—Edelmiro, cierra la puerta —le dijo el comisario.

El comisario Celestino Rivero era de los pocos que se permitían la licencia de llamar a Vázquez por su nombre de pila: Edelmiro.

Vázquez cerró la puerta mientras el comisario se ponía de pie y cerraba la ventana. Antes de sentarse en uno de los butacones accionó el aire acondicionado. El inspector jefe supo que le iba a decir algo importante.

—Acabo de hablar con la Comisaría General de Policía Judicial —comenzó a decir Celestino Rivero—. Bueno, más concretamente me ha llamado el director adjunto operativo.

Vázquez sabía que cuando llamaban de la dirección es que el asunto era realmente serio.

—Ayer por la tarde mataron a otras dos chicas en una localidad de Teruel, Albarracín. Un pueblo de apenas mil habitantes, aunque muy turístico. La investigación la lleva la Guardia Civil, pero la Jefatura Superior de Aragón ha trasladado agentes del grupo de homicidios de Zaragoza para que averigüen todo lo que puedan sobre ese crimen.

—¿Es nuestro hombre? —preguntó Vázquez, solemne.

—Las dos chicas eran hermanas que ejercían la prostitución. Cuando te diga los nombres te vas a morir de la risa —avanzó.

Vázquez no dijo nada.

—Beatriz y Bárbara —dijo el comisario.

—La letra «be» —mencionó Vázquez—. Ha cambiado el orden —puntualizó como si eso fuera importante.

—El orden es lo de menos, Edelmiro —elevó la voz el comisario—. Ya no hay orden, ni concierto, ni nada. El asesino está perdiendo la cabeza. Mata sin ton ni son, los crímenes son cada vez más seguidos. El uno de julio mató a las dos chicas de Zaragoza, y una semana después, también en domingo, mató a las de Albarracín. No anda muy lejos el hijo de puta, se mueve poco. De Albarracín a Zaragoza apenas hay doscientos kilómetros, o puede que menos. El hijo de puta sigue con un único patrón...

—El nombre de las chicas —interrumpió Vázquez.

—El nombre, que tampoco sigue un orden. Pero sí que las dos chicas se llaman igual —afirmó el comisario—. Y la forma de matarlas es idéntica.

—Una atada desangrándose y la otra delante de ella degollada.

—Sí, sí, igual en todas. La policía científica y el forense están aún haciendo pruebas, pero ocurre lo mismo en todos los crímenes. Hay marcas de las rodillas de una de las chicas delante de la otra, las pruebas de la saliva y el ADN y las dichosas ruedas de lo que parece un trípode. El hijo de puta obliga a una de ellas a practicarle el cunnilingus a la otra, mientras está atada. Luego viola a la que está atada mientras se muere desangrada y la otra lo mira todo, para acabar degollando a la última. O al revés, los forenses no se ponen de acuerdo para saber a quién mata primero.

—Y lo graba todo —dijo Vázquez—. Si no, no tendría sentido hacer algo así.

—Claro que lo graba, Edelmiro —dijo colérico el comisario—. ¿Por qué iba a hacer algo así si no lo grabara como recuerdo? Y por eso lo vamos a pillar, porque esas grabaciones o fotos o lo que sea deben de estar en algún sitio. Y deseo —añadió—, que sea en una nube de algún servidor de Internet, ya que tenemos a los programas Carnivore y Echelon rastreando toda la red. ¿Recuerdas lo del pederasta de Figueras?

—Sí, claro, cómo me iba a olvidar. Lo localizamos gracias a la Marina estadounidense —dijo Vázquez.

—Bueno, en esa época había buenas relaciones entre el Gobierno de Aznar y el de Bush y los americanos nos ayudaron mucho. Ahora es más difícil y sobre todo al no tratarse de un caso de terrorismo. Si ese hijo de puta fuese un terrorista ya estarían los satélites estadounidenses apuntándole a los huevos.

El comisario respiró profundamente. Su voz se había desvanecido al elevar el tono.

—Bueno. Hay dos cosas que te quiero comentar antes de que vengan las Twittercop.

—¿Twittercop? —preguntó Vázquez, risueño.

—¿No lo sabes? A Arancha y Diana las han bautizado como las Twittercop.

Vázquez soltó una risotada.

—Los muchachos de la Brigada son unos cachondos.

—Sí, sí. —El comisario parecía que no quería perder el tiempo hablando de cosas banales—. Bien, hay dos o tres cosas que quiero comentarte.

—Antes has dicho dos.

—No me interrumpas más o no acabaremos ni para el mes de agosto —se quejó el comisario—. Los de la Brigada de Información dicen que es posible que no sea un único asesino, sino varios, y que estén organizados.

Vázquez frunció el ceño mientras negaba con la cabeza.

—Escucha, escucha lo que te voy a decir. —El semblante del comisario se tornó serio—. Días antes de asesinar a las chicas de Zaragoza, Fátima y Fedra —dijo de memoria—, un policía de la comisaría de Huesca llamado Andrés Hernández estuvo consultando el atestado de la detención de esas dos prostitutas. El grupo de informática de El Escorial ha revisado todos los accesos a la base de datos de la policía y salvo dos consultas rutinarias de los de Judicial de Zaragoza, hay una de ese tal Andrés de Huesca que estuvo visualizando el atestado donde figuraban como detenidas las dos fulanas de Zaragoza.

—Puede haber sido una consulta casual —defendió Vázquez.

—Puede que sí o puede que no —dijo el comisario—. ¿Por qué coño un policía de Huesca se mete en un atestado de la Jefatura de Aragón? Pero, bueno, hay más que te contaré después.

Vázquez cambió la posición de sus piernas y colocó la rodilla derecha sobre la izquierda.

—La mañana antes de asesinar a las de Albarracín —siguió hablando el comisario—, el delegado de Hacienda de Teruel, que por lo que parece es un vicioso y le gustan las putas más que a un tonto un lapicero, les envió un mensaje privado por Twitter a la cuenta que utilizan las dos chicas y les pidió que siguieran a... Sé que no te lo vas a creer —avanzó—. Que siguieran a @*alphonsedonatien*.

—Alphonse Donatien —repitió Vázquez, despacio—. ¡El marqués de Sade!

—Tócate los cojones —chilló el comisario—. Es lo que decías tú de que el asesino seguía las pautas marcadas por el marqués hijo de puta Sade.

—¿Están detenidos? —preguntó Vázquez.

—¿El policía de Huesca y el delegado de Hacienda de Teruel? No, no lo están, pero tienen a toda la Policía Judicial y a la Brigada de Información encima. No pueden ir ni a mear sin que lo sepamos.

—No lo entiendo —dijo Vázquez—. Lo del delegado de Hacienda, aún, pero un policía, por muy tocho que sea, sabe que lo podemos localizar. Sabe que miraremos las consultas, los teléfonos, las IP de las conexiones... ¿Un policía?

—Vamos por partes —dijo el comisario—. No es un policía cualquiera. ¿Te acuerdas de ese imbécil que declaró ante un juez que sabía lo que pasó cuando desapareció el Nani?

—¿Ese?

—Ese mismo. Ese ha sido el que ha consultado el atestado de las chicas de Zaragoza. Y, además, me acabo de enterar hace una hora de que fue el tutor de una tal Diana Dávila cuando hacía las prácticas en la comisaria de Huesca.

—La Twittercop —dijo Vázquez.

—Esa misma —dijo el comisario poniendo voz de flauta—. Y... bueno, ¿qué tal te llevas con Arancha desde que lo dejasteis?

—Arancha es buena tía —dijo Vázquez.

—Arancha es buena tía, buena funcionaria y la mejor jefa de Brigada que hemos tenido —avaló el comisario—. Pero es una viciosa, Vázquez, ¿o no?

Vázquez bajó la cabeza.

—Ya sabes que no me gusta hablar de eso, Celestino.

—Nunca te he preguntado nada, ya lo sabes. Somos amigos desde hace treinta años, pero las casualidades no existen y tenemos demasiados datos conexos. Un policía de Huesca que traicionó a toda la Policía Nacional contando lo del Nani y jodió a más de un compañero que tuvo que ir a la cárcel, con el descrédito que eso supuso para el cuerpo y para los policías que estuvieron en ese caso, una joven policía que por lo que cuentan le gusta todo, lo mismo le da a un ajo que a una cebolla. Y una jefa de brigada en la que confío, pero que, tú y yo sabemos, también le da a todo. ¿Te has fijado en cómo mira a esa chiquilla?

—La eligió ella para el grupo —dijo Vázquez.

—Claro que la eligió. Ya viste como vino vestida el

día de la presentación. Arancha, hasta ahora, siempre ha sido muy eficiente, pero esa idea de tender un cebo al asesino y hacerse pasar por dos víctimas... ¿no te parece que quiere liarse con esa cría?

Vázquez no respondió.

—Responde, hombre, ¿no crees que lo de hacerse pasar por las víctimas es para tirarse a esa chica? —volvió a preguntar.

—Hombre, Celestino —dijo Vázquez—. A Arancha le gusta todo y es muy activa sexualmente. No niego que quizá le guste esa policía... ¿quién no? —sonrió—. Pero ya sabes que es una gran profesional y lo primero es lo primero.

—Está bien, está bien —asintió el comisario—. Vamos a darle una oportunidad. Pero a partir de ahora hay datos de la investigación que habrá que reservar.

—Siempre lo hemos hecho, ¿no? —dijo Vázquez como si lo que le decía el comisario fuese algo anormal.

—Ya, ya, pero me refiero a lo del policía de Huesca, que Diana conoce, y a lo del delegado de Hacienda de Teruel que no sabemos qué vela tiene en este entierro.

—Vale, vale —acató Vázquez.

—Bien, voy a llamar a las Twittercop y vamos a preparar la estrategia para coger al asesino o a los asesinos. El director adjunto operativo me ha asegurado que disponemos de un comando del Grupo de Operaciones Especiales a nuestra disposición. Una llamada de teléfono y despega el helicóptero desde Guadalajara. ¿Alguna cosa más antes de que les diga a esas dos que vengan?

—No —negó Vázquez—. Bueno, sí.

—¿Sí o no?

—¿Has oído hablar de un grupo llamado el Club Bilderberg?

27

Arancha regresó del baño aparentemente recompuesta; aunque su tez aún no había recuperado el color natural. No era la primera vez que se había excitado pensando en otra mujer. Ya le había ocurrido en la Escuela de Policía, en Ávila, cuando compartió habitación con una joven inspectora de Málaga. Entonces se sorprendió a sí misma imaginando escenas sexuales con esa chica. Macarena era una andaluza de apenas un metro sesenta de altura, que aprobó la oposición de milagro, ya que tenía la altura mínima para entrar en la policía. Muy delgada y deportista, no había tarde que no fuese al gimnasio a entrenar, ni domingo que no jugara a tenis con algún chico de la ejecutiva, al que solía dar una paliza no dejando que el otro ganara ningún set. En la habitación del módulo de las chicas, que las dos compartían en la academia, se habían acostumbrado a estudiar juntas. Macarena se sentaba descalza en la cama y, cuando tenía que repasar apuntes, se tumbaba boca abajo vestida tan solo con unas bragas. La soledad y el aislamiento de la academia hacían que Arancha utilizara la imagen de Macarena para desahogar su necesidad sexual. Nunca llegó a materializar su deseo, ya que solo mantenía relaciones con esa chica en su imaginación. Alguna vez, cuando las dos coincidían con otras alumnas de la escuela en las duchas colectivas, Arancha se fijaba en Macarena y le repugnaba la sola idea de tener una relación con ella. Pero luego, cuando ella no estaba delante, se la imaginaba y entonces se excitaba. Arancha aprendió que el impulso sexual hacia Macarena era más fruto de la soledad del centro policial que de un conato de lesbianismo. Nunca más le volvió a ocurrir, hasta ahora...

Para la inspectora Arancha, Diana era especial. Le gustaba tener a esa chica cerca. Confiaba en ella y tenía la sensación de que las dos podían llegar a ser grandes amigas. Durante el fin de semana se había imaginado a la joven policía en las escenas de los crímenes del abecedario, y lo que más le preocupaba era que esos pensamientos la habían excitado.

—Se te va a enfriar el café —le dijo Diana, apostada en la ventana del despacho y fumando.

El vestido corto de color rojo de la joven policía resaltaba sobre la pared blanca.

—Es igual —replicó Arancha—, con este calor casi es mejor beberse el café frío.

—Me has de explicar muchas cosas —comenzó a decir Diana—. Apenas llevo año y medio en la policía y no sé nada de lo que hace la Brigada de Delitos Tecnológicos. Supongo que el trabajo debe de ser apasionante.

—Bueno —dijo Arancha—, hacemos muchas cosas, la verdad. Pero el que estés tú aquí es solo para atrapar al asesino del abecedario.

Diana se había dado cuenta de que su jefa no le había presentado a nadie más de la Brigada. Excepto al comisario jefe y al tal Vázquez, no conocía a nadie más.

—Esto es tan distinto —dijo Diana—. Mi experiencia policial ha sido exclusivamente en Seguridad Ciudadana. Allí hay más compañerismo. Los policías de Seguridad Ciudadana hacemos una piña entre todos nosotros. Nos conocemos todos y tomamos café juntos, pero aquí todo es más hermético. Parece que cada grupo va a su bola.

—Olvídate de las patrullas —le dijo Arancha—. Aquí trabajamos en grupos reducidos, como en la Brigada de Información. Nuestras investigaciones son más sensibles y cuanta menos gente sepa lo que hacemos, mejor para todos. Piensa que no cazamos a carteristas o personas que roban maquinillas de afeitar en un supermercado, nosotros picamos alto —se jactó—. Y lo que tenemos ahora entre manos es algo grande. Muy grande. Cuando pillemos a ese asesino la noticia no solo saldrá en la prensa nacional, sino que también lo hará en la internacional. ¿Sabes lo que eso significa?

Diana encogió los hombros. No quiso arriesgarse a responder a la inspectora.

—¡Fama, Diana! Significa fama. Prestigio. Medallas...

Diana imaginó que Arancha tendría muchas medallas. No estaba conforme, la joven policía, en que una inspectora de treinta y pocos años ya tuviera varias medallas, cuando los compañeros de patrulla que había conocido hasta ahora apenas tenían alguna felicitación pública. Se ahorró el comentario.

—Además, este caso será muy sonado —siguió hablando la inspectora—. Vamos a coger a este asesino en su propio terreno.

—El cebo —dijo Diana.

—Sí. Le tenderemos un cebo y lo vamos a pillar con las manos en la masa.

—¿No es arriesgado? —cuestionó Diana.

—Sin riesgo no hay éxito.

Diana se dio cuenta de que la inspectora no la había entendido.

—No me refiero a nosotras —dijo—. Ya sé que ser policía entraña riesgo. Me refiero a las víctimas.

Arancha frunció el entrecejo.

—Para las víctimas tampoco hay riesgo —dijo—. Te recuerdo que las víctimas seremos nosotras.

Diana se encendió otro cigarrillo. Arancha la estaba poniendo nerviosa.

—Nosotros no hacemos trabajo de campo —siguió explicando la inspectora—. Nuestro trabajo es de investigación. Para el trabajo de campo ya está la Brigada Operativa. Además, habrá dispuesto un comando del Grupo de Operaciones Especiales para actuar cuando sea necesario. Hay que acorralar al asesino y pillarle con las manos en la masa.

Diana se imaginó a cinco fornidos agentes de los GEO vistiendo el uniforme negro y con la cara cubierta con un pasamontañas. Le gustaba la idea de ser rescatada por ellos.

—Al pillarlo in fraganti —siguió argumentando la inspectora—, llevará encima todo lo que le incriminará: cámara de vídeo, cuerdas de nailon...

—Pero no hace falta pillarlo en el momento que actúe —interrumpió Diana—. Antes de subir al piso ya llevará encima todo eso: la cámara, el teléfono móvil, las cuerdas, incluso el cuchillo con el que las degüella. Una vez que sepamos que acudirá a la cita tan solo tienen que esperarlo los de la Judicial en la puerta de la casa y detenerlo.

Arancha frunció el entrecejo. Había cosas que no le iba a tolerar a Diana. Y una de ellas era que la contradijera.

—Tú déjame que yo me encargue de la planificación, que para eso soy la jefa.

Diana se incomodó. Arancha se dio cuenta de ello.

—Lo que quiero decir es que tú no tienes experiencia —se disculpó Arancha—. La Brigada de Delitos Tecnológicos ya sabe cómo hacer este tipo de operaciones. Hay un sinfín de criminales que están en la calle por no haber hecho bien las cosas. No solo hay que identificarlo, sino que hay que reunir pruebas para que vaya a prisión. ¿De qué sirve saber quién es si no podemos detenerlo? ¿De qué sirve detenerlo si no podemos culparle? ¿De qué sirve acusarlo si no tenemos pruebas?

Diana pensó que la inspectora tenía razón.

—Acaso crees que un tío como ese, que lleva varios años matando y que además comete los crímenes siempre de la misma forma es fácil de coger. Ese hijo de puta sabe mucho.

—¿Te traigo otro café? —preguntó Diana, viendo el vaso lleno de café frío de la inspectora.

—Sí, gracias, Diana. El comisario debe de estar a punto de llamarnos para subir a su despacho. Sácamelo descafeinado, presiento que va a ser una mañana de infarto.

Diana salió al pasillo y se encaminó hacia la máquina de café. La puerta del despacho de la inspectora se quedó entreabierta. Dos agentes de la Policía Judicial que había apostados en una ventana al lado de la máquina se abrieron en círculo dejando paso a Diana.

—Hola —le dijo uno de ellos—. Soy Armando —le alargó la mano—, estoy en el grupo de blanqueo de capitales. —Señaló con la barbilla hacia un despacho que había cerca de la máquina de café.

Diana le estrechó la mano sin dejar de sonreír.

—Yo soy Elías —dijo el otro—. Estoy en *estupas*,

pero a mí no me des la mano, eso es para los hombres de negocios y nosotros somos compañeros —dijo propinándole dos besos.

—Yo estoy allí. —Diana evitó decir el nombre de su grupo.

—Ya te hemos visto —dijo Elías—. Estás con Arancha, ¿verdad? Es un buen grupo y tienes una buena jefa.

La joven policía asintió con la barbilla.

—Las Twittercop —vocalizó Armando.

Diana lo miró risueña.

—¿Es así como nos habéis bautizado?

—Sí, sí —asintió el policía—, toda la planta ya os conoce con ese nombre.

—Bueno —se disculpó Diana cuando la máquina sirvió los cafés—, me voy a trabajar un rato, que mi jefa me espera.

Diana regresó al despacho de Arancha sosteniendo dos vasos de café humeante en sus manos.

—Cómo se nota que la máquina lleva rato funcionando —dijo—. Ahora el café sale más caliente.

—Mejor —aseveró la inspectora.

—Son simpáticos los chicos de la Judicial —dijo Diana—. Está confirmado ya —sonrió—. Somos las Twittercop. Al menos eso me han dicho los dos que había al lado de la máquina.

—La Twittercop serás tú —afirmó Arancha.

—No, no. Se refieren a nosotras dos.

—Ves lo que te decía antes. Cuanta menos gente sepa lo que hacemos, mejor. Alguien más ya sabrá lo del cebo al asesino y por eso nos han bautizado con ese nombre —se quejó Arancha.

—Armando es muy guapo —dijo Diana.

—Pues cuidado con ese —dijo—. Es un metomento-do. Además, no es la primera vez que seduce a una poli-cía y luego la deja en la estacada —mintió.

—Pues parece buen chico —dijo Diana.

—Todos son buenos hasta que te joden —dijo Aran-cha.

Diana no tuvo más remedio que darle la razón. Ella sabía por propia experiencia que la inspectora estaba en lo cierto.

—¿Estás casada, Arancha? —preguntó Diana mien-tras cogía un cigarrillo de su bolso y se apostaba en la ven-tana.

—No —negó tajante—. Nunca lo he estado —aña-dió—. No tengo tiempo.

Diana se encendió el cigarrillo y soltó una bocanada que se perdió por el hueco de la galería. Al otro lado de la ventana estaba el informático renegando.

—Cabrón de fusible —decía entre dientes.

Diana lo miró jovial. Ese hombre le hacía mucha gra-cia. Él se dio cuenta y le devolvió la mirada.

—Este fusible —dijo sosteniendo en sus gruesos dedos lo que parecía un fino alambre— me ha tenido toda la ma-ñana ocupado —sonrió—. Pero ahora ya está arreglado...

—Un aquí te pillo y aquí te mato ocasional y nada más —siguió diciendo la inspectora.

Diana cerró la ventana del tragaluz mientras guiñaba un ojo al informático, que cerraba la caja de fusibles con un destornillador.

—¿Y Vázquez? —le preguntó Diana.

—Ya te han dicho algo esos de la máquina del café, ¿no?

—No me han dicho nada —se defendió la joven poli-cía—, pero creo que acabo de hurgar en una herida.

—Para nada —sonrió Arancha—. Un lío de varios meses y después nada. Supongo que nos separan demasiados años como para que la relación hubiera funcionado.

—Vázquez ya debe de ser mayor, ¿no? —dijo Diana.

—Como el comisario, son de la misma quinta. Los dos tienen cincuenta y cinco años.

—Bueno, veinte años no es mucha diferencia de edad para una relación —dijo Diana tratando de ser convincente.

—Veintidós —puntualizó Arancha—. Yo solo tengo treinta y tres años.

—Tres generaciones trabajando en el mismo caso —dijo Diana cerrando la ventana del despacho—. ¿Mejor enciendo el aire acondicionado?

—¿Tres generaciones?

—Sí. Entre Vázquez, tú y yo hay dos décadas de diferencia.

Arancha pensó si para Diana ella era una mujer mayor.

—¿Te parezco vieja?

—No, qué va. Me parece viejo Vázquez. Un añoso —dijo—. Tú me pareces una mujer estupenda y muy guapa —afirmó Diana.

En ese momento sonó el teléfono del despacho. Arancha descolgó.

—Ahora mismo —le dijo a su interlocutor.

El comisario quiere vernos —le dijo a Diana—. Luego seguimos hablando y me cuentas qué es un añoso —sonrió.

28

—¿Eso del Club Bilderberg es un secreto o lo puedes explicar delante de las Twittercop? —le preguntó el comisario Celestino a Vázquez.

—Es una chorrada —dijo Vázquez—. Pero lo puedo contar delante de ellas perfectamente.

—Me asustas, Edelmiro. Cada vez que tramas algo nuevo creo que va a llegar el fin del mundo.

—Bueno, Celestino, ya sabes que me gusta darle vueltas a las cosas.

El comisario descolgó el teléfono:

—Arancha, venid a mi despacho —ordenó.

El despacho del comisario jefe Celestino Rivero estaba en la tercera planta del edificio de Canillas, mientras que el de la jefa Arancha Arenzana estaba en la segunda. En un minuto subieron las dos, ella y Diana, y llegaron hasta el despacho del comisario. La puerta estaba abierta, como casi siempre. Celestino solo mantenía la puerta cerrada cuando estaba reunido o cuando hablaba por teléfono con el director de la policía.

—Buenos días, jefe —saludó Arancha.

—A sus órdenes —dijo Diana, marcialmente.

Arancha la censuró con la mirada. Diana recordó que le había dicho que en la Brigada no era necesario el saludo militar.

—Aquí nos saludamos con un buenos días —recordó el comisario—. Los aspavientos marciales son para Seguridad Ciudadana.

Diana notó un cierto aire de menosprecio del comisario hacia los policías de uniforme.

—Luego Vázquez nos va a sorprender, estoy seguro de ello, con una nueva teoría conspirativa, pero de momento os tengo que decir —dijo el comisario mirando a Arancha y a Diana— que el asesino ha vuelto a actuar.

Arancha abrió los ojos de par en par.

—¿Cuándo, dónde? —preguntó visiblemente alarmada—. Nadie me ha dicho nada.

Para Arancha era incomprensible que el asesino del abecedario hubiese vuelto a actuar y ella no hubiera sido informada inmediatamente de ello.

—Fue ayer por la tarde —dijo el comisario—. Otra vez en domingo. Ahora, el hijo de puta mata de domingo en domingo. Pero no nos hemos enterado hasta esta mañana.

Arancha encogió los hombros.

—Sí, porque el crimen ha sido en Albarracín, muy cerquita de Teruel. La investigación la lleva la Guardia Civil y ellos no sabían nada de que andamos detrás de un asesino en serie.

—¿No lo saben? —cuestionó Arancha—. ¿Y la junta de coordinación? ¿Ya no funciona?

—Pues no, no ha funcionado nunca —sonrió el comisario.

Vázquez permanecía callado expectante ante el cruce de palabras entre el comisario y Arancha, mientras que

Diana descruzó las piernas al ver que el veterano inspector jefe no dejaba de mirarla. Él se dio cuenta de que ella se había dado cuenta y dirigió su vista al lugar donde estaba el comisario.

—La junta de coordinación es más simbólica que otra cosa —siguió hablando el comisario—. La Guardia Civil que lleva la investigación de Albarracín halló coincidencias en el crimen de Málaga de hace cinco años. Las chicas cuyos nombres empezaban por la letra «a», las primeras, que sepamos. Lo pusieron en conocimiento del delegado del Gobierno de Aragón esta mañana a primera hora. Y el delegado lo ha relacionado con el crimen de Zaragoza.

—Así sí que vamos bien —sonrió irónicamente Arancha—. Los asuntos policiales son ahora asuntos políticos.

—Arancha —la miró seriamente el comisario—, la política está en todo. No olvides que los delegados de Gobierno están por encima de los comisarios.

—Pero nosotros somos los que investigamos —interrumpió Vázquez, que había permanecido en silencio hasta entonces.

—¿Estás seguro de que es el mismo asesino? —preguntó Arancha, sin responder al comentario de Vázquez.

El comisario balanceó la cabeza levemente mientras arrugaba la boca. Su semblante se tornó serio, casi malhumorado.

—Seguro, seguro —afirmó—. Esta vez han sido dos hermanas prostitutas. Beatriz Doblas y Bárbara Doblas. Y el asesino ha vuelto a contactar con ellas a través de Twitter. Alguien les recomendó que siguieran a... —el comisario cogió un folio que había sobre su mesa— @alphonsedonatien.

—El marqués de Sade —dijo Arancha.

—Así es —corroboró el comisario—. La teoría de Vázquez comienza a coger fuerza.

Arancha balanceó la cabeza de un lado a otro.

—No entiendo muy bien. Todo esto es muy extraño. Si alguien recomendó a esas chicas que siguieran la cuenta del asesino, entonces ya no hay caso —dijo—. Hay varios implicados y la persona que recomendó a las chicas que siguieran esa cuenta de Twitter ya estará detenida, ¿no?

Vázquez y el comisario se miraron con un aire de complicidad que no gustó nada a Arancha. Diana se acarició el dorso de su mano izquierda con la palma de la mano derecha.

—Puedes fumar si quieres —le dijo el comisario—. Abre un poco la ventana.

Diana lo agradeció, se puso en pie y se acercó a la ventana; en su mano llevaba un paquete de tabaco. El vestido rojo resplandeció al apoyarse sobre un radiador blanco que había bajo la ventana.

—La Jefatura de Zaragoza ha mandado a un grupo de la Judicial a Albarracín con la autorización del delegado del Gobierno —dijo el comisario—. Pero ya sabes cómo es la Guardia Civil: no le gusta que nos entrometamos en sus asuntos.

—No es su asunto. —Arancha remarcó el «su»—. Es un asunto internacional —dijo recordando el crimen de Nimes—. Y no me puedo creer que la Guardia Civil mande más que el Gobierno.

—Cómo se nota que no has conocido a ningún general de la benemérita —sonrió Vázquez mientras se ponía en pie.

—¿Adónde vas? —le preguntó el comisario.

—¿Puedo usar tu ordenador?

—Sí, claro.

—Quiero buscar algo —dijo el inspector jefe.

El comisario y Arancha siguieron enfrascados en la conversación, mientras Vázquez se sentaba en la mesa del jefe y se ponía a navegar por Internet. A su lado colocó un folio donde iba haciendo anotaciones. Mientras, Diana seguía fumando en la ventana sin decir nada.

—La persona que recomendó a esas chicas de Albarracín que siguieran la cuenta del que posiblemente es el asesino, es el delegado de Hacienda de Teruel —dijo el comisario.

Arancha divagó los ojos de un lado hacia otro. La joven inspectora cada vez entendía menos qué estaba ocurriendo.

—¿El delegado de Hacienda? —preguntó con extrañeza.

—Sí, sí, ya está bajo vigilancia. La Brigada de Información lo está siguiendo veinticuatro horas al día —afirmó el comisario.

—Pero... ¿cómo iba todo un delegado de Hacienda a meterse en ese lío? —cuestionó Arancha.

—Porque el delegado no sabe nada —respondió el comisario—. O eso pensamos. No tiene ningún sentido que en cinco años no hayamos podido coger a ese hijo de puta y que de repente se delate de una manera tan burda.

—Un imitador —dijo Arancha.

—No, no. No creo que sea ningún imitador —negó el comisario—. Es el mismo, lo que pasa es que cada vez va más acelerado. No hay que olvidar que los crímenes siempre se producen de la misma forma. Es un asesino sexual y está desbocado.

—Pues si está desbocado será más fácil pillarlo —aseguró Arancha.

—El hijo de puta utiliza a otras personas —afirmó el comisario—. O eso es lo que piensan los del SAC.

Para la inspectora era insólito que el comisario supiera tantas cosas, sobre todo teniendo en cuenta que ella era la jefa del Grupo de Delitos Tecnológicos. No pudo callarse y se lo dijo:

—A veces me pregunto cómo es que sabes más que yo de todo, cuando yo soy la jefa del Grupo.

Vázquez levantó los ojos del ordenador y miró a Arancha con estupor.

—Quizás es porque yo soy el jefe de todo este edificio y tu Grupo está dentro de él —sonrió el comisario.

El jefe sabía que la pregunta de Arancha no era nada personal, sino más bien una reacción de impotencia al no poder controlarlo todo.

—Entonces... —siguió hablando Arancha— los de la Sección de Análisis de Conducta dicen que el tío utiliza a otras personas.

—Más o menos. En los últimos crímenes han saltado a la palestra personas de relevancia que nunca antes habían sido investigadas por nada, lo que hace suponer que han sido utilizadas —argumentó el comisario—. El caso más grave es el de un policía de Huesca que días antes del crimen de Zaragoza estuvo consultando el atestado de la detención de las dos prostitutas.

Diana dio un respingo. Apuró el cigarrillo y lo arrojó al patio interior de la comisaria por la ventana. En ese momento el comisario la miró directamente y le dijo:

—El policía es Andrés Hernández, ¿lo conoces, Diana?

—Ya está —interrumpió Vázquez mientras terminaba de anotar algo en el folio que tenía al lado del ordenador del comisario.

Los demás lo miraron con curiosidad.

—Es lo que me figuraba —dijo pletórico el inspector jefe Vázquez—. El Club Bilderberg está detrás de los crímenes.

—¿Club Bilderberg? —preguntó Arancha.

Diana cerró la ventana y se sentó en una de las sillas del despacho.

«Ojalá el comisario se haya olvidado de la pregunta que me hizo sobre Andrés Hernández», pensó.

Diana hizo las prácticas como alumna de policía en la comisaría de Huesca. Allí conoció a Andrés Hernández, un veterano policía con el que intimó y del que aprendió que la policía había cambiado mucho en los últimos cuarenta años. Andrés le contó una noche de servicio cómo era la policía al final de la dictadura de Franco y también le explicó asuntos personales que nunca había contado a nadie. Diana se sintió tan unida a ese policía, que esa misma noche de guardia se sinceró con él y le contó partes oscuras de su pasado, como cuando se duchaba desnuda en los chiringuitos de la playa de Arenys de Mar ante hombres que pagaban por verla. Esas revelaciones de ambos consiguieron que los dos se sintieran muy unidos. Para Diana, Andrés era el padre que nunca tuvo.

29

El hombre de negro aparcó el Seat León de color rojo en la calle Bienvenido Calvo de la localidad de Soria. Dejó el coche al lado de un muro de casi cuatro metros de altura. El morro del Seat lo pegó a un contenedor de basura metálico. Cuando se bajó del coche vio a un anciano que fumaba en la ventana de la segunda planta de un bloque de cinco alturas que había enfrente.

El hombre abrió el maletero y se fijó en un trozo de cuerda de nailon. Lo cogió con la mano y lo metió dentro de una caja de herramientas de plástico que había en uno de los laterales del amplio maletero. Con el dedo buscó un interruptor. Lo accionó. En ese momento supo que disponía de quince minutos para huir del lugar.

Eran las nueve en punto de la mañana del lunes 9 de julio.

Pasó por delante de un edificio oficial de la Junta de Castilla y León. Frente al edificio había un pequeño parque donde jugaban dos niños de corta edad. Se los quedó mirando. Pensó que la onda expansiva del Seat León los podía alcanzar. Giró sobre sus propios pies y regresó al coche. Pero, para el hombre de negro, el lugar escogido ya estaba bien. El problema de que hubiera niños delante del coche cuando explotara lo podía encontrar en cualquier otra calle. Los colegios habían cerrado y los niños se repartían por la ciudad. Para el asesino eso era algo inevitable. Miró el reloj, tan solo quedaban nueve minutos para la explosión.

El anciano de la ventana había terminando su cigarrillo, pero seguía apostado observando las deliberaciones del hombre del Seat León mientras este miraba a los niños del parque y el coche al mismo tiempo.

—Puta mierda —blasfemó en voz alta.

Sin perder tiempo se acercó hasta los niños que jugaban en el parque. Se dirigió al que parecía mayor, un mocoso de apenas once años.

—Oye, chico —le dijo—. ¿Cómo es que no estáis en el parque que hay detrás de la muralla?

El niño lo miró con ojos cristalinos y le respondió:

—Mi mamá no quiere que nos alejemos de la puerta de casa.

—Pero si ese parque está allí enfrente —señaló el hombre de negro con la mano.

El niño se fijó que en su mano derecha, entre el nudillo del dedo índice y el dedo pulgar, tenía tatuadas dos letras «J».

—¿Qué hay en el parque grande? —preguntó el otro niño, dos años más pequeño, mientras jugaba con una pala y un cubo amontonando tierra al lado de la rueda de un coche.

El hombre pensó un momento. Mientras lo hacía miró el reloj de su muñeca. Tan solo le quedaban tres minutos.

—Hay unos payasos repartiendo juguetes —dijo sonriendo—. Solo hay juguetes para los primeros diez niños que lleguen. Los últimos se quedarán sin juguetes —elevó la voz.

Los ojos del niño mayor se abrieron de par en par.

—Vamos, Tato —le dijo al otro niño.

Los dos salieron corriendo en dirección al parque que había detrás de la muralla, mientras el hombre de negro volvió a mirar el reloj. Apenas quedaban dos minutos. Echó a caminar en dirección opuesta al Seat León. Al llegar a la primera esquina se ocultó detrás de un camión de reparto de paquetería que había aparcado. En ese momento el coche explotó, saltando trozos de carrocería por todas partes. La onda expansiva destrozó algunas ventanas del edificio de enfrente.

El hombre de negro siguió andando por la calle Bienvenido Calvo mientras a lo lejos escuchaba el sonido de las sirenas de la policía.

30

El comisario Celestino se ladeó ligeramente en la silla de su despacho. Cruzó la pierna izquierda sobre la rodilla derecha y cogió una estilográfica que había encima de su mesa, la balanceó en la mano derecha frotando silenciosamente un calendario que había abierto por el lunes 9 de julio de 2012. Momentos antes había escrito las palabras Club Bilderberg, cuando las mencionó Vázquez. Diana se había sentado en un butacón cerca de la ventana y en su mano sostenía un paquete de tabaco al que no paraba de dar vueltas. Cuando la joven policía cruzó las piernas, su vestido rojo dejó poco a la imaginación.

—Vázquez —avanzó el comisario— nos quiere decir algo sobre el Club Bilderberg.

El inspector jefe se aclaró la garganta y comenzó a hablar.

—Creo que detrás del asesino del abecedario hay algo más que un simple obseso que se dedica a matar chicas jóvenes sometiéndolas antes a vejaciones sexuales. Ese tío no actúa solo y tiene que haber algún motivo para que cometa esos crímenes, y sobre todo para que los grabe en vídeo.

—¿Lo de que los graba ya está comprobado? —preguntó Arancha.

El comisario removió un grupo de folios que tenía sobre su mesa al mismo tiempo que dijo:

—Sí, sabemos con toda seguridad que graba lo que hace. En todas las escenas del crimen los de la Científica han hallado tres marcas de goma en el suelo, equidistantes —añadió—. Parece que no hay duda de que es un trípode sobre el que encaja una cámara. Lo que no sabemos es si es de fotos o de vídeo. Aún nos tiene que llegar el informe de Zaragoza y el de Albarracín, por supuesto —dijo el comisario ante la obviedad de que aún era muy reciente el crimen como para ya tener esos datos—, pero según los primeros análisis se trata del mismo trípode.

—Bueno —siguió hablando Vázquez—, y... ¿para qué graba lo que hace?

—Como recuerdo —respondió Arancha—. Para recrearse en sus crímenes. Para excitarse viendo cómo una de las chicas le come el coño a la otra.

Vázquez negó con la cabeza.

—Para que otros vean lo que ha hecho —dijo Diana, que había permanecido en silencio hasta entonces.

El comisario sonrió.

—¡Exacto! —exclamó Vázquez—. ¿Quién pagaría por esas imágenes? —preguntó a Diana directamente.

Arancha apretó los labios. Temía que ella supiera todas las respuestas.

—Nadie —respondió Diana—. Nadie pagaría por unas imágenes así. Nadie sería tan tonto de almacenar una prueba que lo llevaría a prisión una buena temporada.

—¿Alguien ha visto la película *Eye Wide Shut*? —A Diana le hizo gracia la pésima pronunciación en inglés de Vázquez.

—Sí —dijo Diana—. Además la he visto varias veces.

Arancha también había visto esa película muchas veces, pero no respondió.

—¿Y tú qué opinas, Arancha? —le preguntó el comisario.

La inspectora dudó unos instantes.

—Tiene sentido que el asesino grabe todo lo que hace —dijo—. Pero no creo que sea para enseñarlo a otras personas, sino más bien para su recreo personal. Estoy segura de que ese hijo de puta se masturba viendo la grabación.

—Hay un grupo de personas lo suficientemente poderosas como para poder ver esas imágenes en secreto sin que nadie lo sepa. Ni la policía, ni los servicios secretos, ni nadie. Un grupo como el de la película *Eye Wide Shut* que sea capaz de reunirse en un palacio y ver lo que el asesino ha grabado en una pantalla enorme.

—¿Son esos del Club Bilderberg? —preguntó Arancha.

—Esos u otros —dijo Vázquez—. He dicho Bilderberg porque son los más conocidos. Esos no se ocultan e incluso sus reuniones son públicas. Es decir —aclaró—, todo el mundo sabe dónde se reúnen; aunque lo hacen a puerta cerrada. Pero hay un montón de clubes de notables, de poderosos, de gente que son los que mueven los hilos de la economía y de la política. Ellos deciden cuándo empiezan las guerras y cuándo terminan, qué gobiernos ascienden al poder, qué dictadores conviene mantener y qué presidentes conviene eliminar. —El inspector jefe Vázquez había entrado en trance y divagaba con los ojos cerrados, como si estuviera visionando todo lo que decía—. Creo que detrás del asesino hay un grupo de personas que son los que le dan la información para ejecutar los crímenes.

—¿Un sicario? —interrumpió Arancha.

—Alguien le tiene que decir dónde viven esas chicas que tienen la misma edad y cuyos nombres comienzan por la misma letra, sus cuentas de Twitter, de Facebook, sus direcciones, sus andanzas. Alguien le tiene que marcar los objetivos. ¿Imagináis la infraestructura necesaria para ejecutar estos crímenes? —preguntó de forma retórica el inspector jefe—. Ningún particular sería capaz con sus propios medios de recabar la información necesaria. Tiene que haber toda una organización detrás que le vaya marcando los objetivos.

—Lo cierto es que nos está costando pillarlo —dijo el comisario.

—Eso es porque actúa en ciudades distintas, o incluso países —afirmó Arancha.

—El que haya tantas policías investigando lo único que hace es entorpecer y dificultar la investigación. —El comisario descruzó las piernas y se sentó correctamente delante de su mesa—. Tenemos a la Sûreté francesa, la Policía Nacional, la Guardia Civil, los Mossos...

—¿Qué dice el ministro del Interior? —preguntó Arancha.

—El ministro ni entra ni sale. Esto es un asunto policial y somos nosotros los que tenemos que solucionarlo. Mi colega de la Sûreté —dijo el comisario— me dará más información a lo largo de esta semana. La Guardia Civil de Málaga y la de Albarracín me han dicho que intentarán pasarme todos los datos que tengan de los crímenes que investigan ellos. Los Mossos son más reacios, pero tienen un comisario bastante competente que me ha asegurado que nos echará un cable.

—Todos los comisarios son competentes —dijo Vázquez sonriendo.

El comisario aceptó la broma y sonrió también.

—Vosotros no perdáis tiempo consultando datos. —El comisario se puso en pie para hablar—. Todo lo que sea investigación de base de datos que lo hagan los de la Brigada —dijo refiriéndose al grupo de la Policía Judicial—. Arancha —la inspectora se incorporó en su butaca—, da órdenes a los de tu grupo para que cotejen todos los datos de los crímenes con eventos de clubes importantes. Quiero saber si hubo alguna reunión del Bilderberg ese, o de otro por el estilo, los días previos a los crímenes.

—Sí —dijo Vázquez—. Un club poderoso quiere tener poder. Ya sé que es una obviedad, pero antiguamente los clubes buscaban decidir en las guerras, en los gobiernos, en la economía... Ahora puede que quieran decidir en Internet, en las redes sociales. Controlando las redes sociales controlarán el mundo —vaticinó Vázquez a modo de Apocalipsis—. El quinto poder —concluyó.

—Ya has oído, Arancha. Gestiona con los tuyos que rastreen todo Internet buscando grupos de control. Asociaciones, organismos, foros, grupos desestabilizadores... —El comisario había empezado a dar órdenes—. Luego, cuando lo tengas todo organizado, ponte en marcha con tu idea de tender una trampa al asesino. Crea esos perfiles con Diana —señaló con el dedo a la joven policía— y haz que caiga en la trampa. No hace falta que te recuerde que los dos últimos asesinatos se han producido en domingo. Los dos últimos domingos —elevó la voz—. Todo apunta a que volverá a actuar este domingo 15 de julio. Tenemos que saber dónde o tenemos que llevarlo a nuestro terreno. Hay que intentarlo todo. —Por el último comentario del jefe, Arancha y Diana intuyeron que no tenía mucha fe en esa estrategia para cazar al asesino—. Y tú, Vázquez —dijo señalando al inspector jefe—, lo que más te gusta, el trabajo de campo. Coge el AVE y vete a Huesca, estarás allí en un par de horas. Recaba información de ese policía que consultó el atestado de las chicas que mataron en Zaragoza. —Diana respiró de alivio al darse cuenta de que el comisario se había olvidado, al menos de forma momentánea, de que ella estuvo en Huesca y conocía a Andrés Hernández, el policía que consultó el atestado—. Luego vete a Teruel, haz que te lleve un coche nuestro desde la Jefatura de Aragón. Habla con el delegado de Hacienda, él vio al asesino...

—¿Y si el delegado es el asesino? —interrumpió Vázquez las órdenes del comisario.

—Ya sabes que no lo es. Habla con él, sácale todo lo que puedas; tú sabes hacerlo —alabó el comisario—. Seguro que los de la Brigada de Información y los de la Policía Judicial lo tienen atemorizado. Y un hombre con miedo nunca dice nada, y si lo dice es para mentir —sentenció—. Inspector jefe, inspectora —nombró sus cargos mientras los señalaba—, poneos a trabajar ahora mismo. Antes del domingo tenemos que saber quién es el asesino —dijo mirando a Vázquez—. O antes del domingo tenemos que saber dónde actuará —dijo mirando a Arancha y a Diana.

—¿Y la investigación de las redes sociales? —cuestionó Arancha.

El comisario torció la boca, no pareció gustarle esa pregunta.

—De Carnivore, Echelon y Prism ya me encargo yo —dijo hablando entre dientes—. Si nos pillan, con uno que pague el pato es suficiente.

Diana se acercó a la ventana con el paquete de tabaco en la mano.

—Ahora no, no fumes aquí —dijo el comisario—. Ya os podéis ir.

El comisario conectó el teléfono de su despacho y en ese mismo momento entraba una llamada.

—Sí. ¿Quién? ¿Está comprobado? ¿En Soria? Mándame un correo electrónico con toda la información. Sí, vale. Mantenme al corriente de todo.

Vázquez, Arancha y Diana se quedaron en la puerta del despacho sin salir, por la cara que puso el comisario parecía que la llamada era importante.

—Ha habido una explosión en Soria —dijo el comisario—. La Guardia Civil de Albarracín está interrogando a un posible testigo que vio como un hombre vestido de negro aparcó un Seat León a la entrada del pueblo el domingo por la tarde, cuando asesinaron a las hermanas de Albarracín. La matrícula era falsa, ya que no se corresponde con ningún coche matriculado. El grupo de la Judicial se ha puesto en contacto con la Guardia Civil de Albarracín, creen que es el coche del asesino.

—Lo ha hecho para borrar posibles huellas —dijo Vázquez.

—Está empezando a cometer errores —murmuró el comisario—. Ahora es cuando empieza a ser un asesino muy peligroso. Si el coche hubiera explotado cinco minutos antes, hubiera matado a unos niños que jugaban en un parque próximo.

31

El martes 10 de julio, Arancha y Diana habían quedado en el despacho de la inspectora. Arancha la citó a las ocho de la mañana, no quería perder más tiempo para iniciar la investigación encaminada a atrapar al asesino del abecedario. Para la reunión del martes Diana se vistió más recatada, eligiendo para la ocasión unos pantalones vaqueros anchos y una camisa corta de color fucsia muy claro. También procuró llevar un sujetador entallado de color rosa, pero cuando se vio en el espejo del ascensor se percató de que ese sujetador y la camisa dejaban poco a la imaginación.

—Eres puntual —le dijo Arancha cuando la vio entrar por la puerta.

—No estaría bien que llegara tarde a mi puesto de trabajo los primeros días —sonrió Diana.

La inspectora se puso en pie y le propinó dos besos en la cara, algo que confundió a la joven policía. No se esperaba una reacción así de su jefa. El informático, que estaba en esos momentos instalando una aplicación en el ordenador de la inspectora, sonrió.

—¿Conoces a César?

Diana recordaba haber visto a ese hombre el día que la entrevistó Arancha para el puesto en la Brigada. Entonces estaba igual que ahora: trasteando en el ordenador.

—Sí, aunque no nos han presentado.

—César Ramos es informático de la policía —explicó Arancha—. Trabaja para InforMadrid, la empresa que gestiona los ordenadores de la Dirección General. Prácticamente es como si fuese uno de nosotros —dijo cordialmente.

César sonrió sin dejar de teclear. Se sintió halagado.

—Estos me dan mucho trabajo —dijo jocoso—. Cuando no se estropea uno, lo hace otro. Y, si no, se cuelgan todos a la vez.

—En el fondo César es un modesto. Gracias a él esto luce —siguió alabando la inspectora—. Desde hace cuatro años que estos ordenadores funcionan como la seda. Y es gracias a él —añadió.

Diana se fijó en que su tez se había sonrojado. El tal César le pareció una persona retraída y quizá la inspectora lo estaba poniendo en un aprieto.

—Ya estoy —dijo el informático—. Cuando quieras me llamas para que instale las aplicaciones de rastreo de las redes sociales en los ordenadores —le dijo a Arancha.

—Gracias, César.

El informático recogió su maletín y salió del despacho con un rollo de cables debajo del sobaco. Esta vez tampoco miró a Diana. La joven policía pensó que ese chico era muy tímido y no la miraba por pura vergüenza.

—Siéntate —le ordenó Arancha.

Diana se acomodó en la silla que había delante de la mesa, mientras la inspectora se sentaba en su puesto.

—Solo tenemos hasta el domingo para desenmascarar a ese asesino —comenzó a hablar Arancha—. Vamos a apostar todas las cartas en la próxima jugada y espero que nos salga bien. Tiene que salirnos bien —sentenció.

Diana percibió un aire masculino en los gestos de su jefa. La inspectora se había desabrochado el primer botón de la camisa y se fijó en que en su cuello pendía una gargantilla de oro con un colgante de acero con forma abstracta.

—El informático del grupo, César, nos dejará cuatro ordenadores configurados para crear varios perfiles en tres redes sociales y un foro de lesbianas.

Diana estuvo tentada de preguntarle a qué se debía lo del foro de lesbianas, pero la chica pensó que tenía cierto sentido que un asesino que antes de matar a dos chicas obligaba a que una de ellas le practicara el cunnilingus a la otra buscara a sus víctimas en un foro de tortilleras.

—Los dos últimos asesinatos los ha cometido en domingo —afirmó—. Todo hace pensar que el próximo también será en domingo, es decir —añadió—, el domingo 15 de julio es nuestra fecha.

La inspectora miró un calendario que pendía de la pared de su izquierda, como queriendo estar segura de la fecha. Diana se fijó en tres pendientes de botón que adornaban su lóbulo y pensó que ese ornamento en su oreja indicaba que era una mujer moderna y no una estirada inspectora, como pensó la primera vez que la conoció.

—Es festivo —anotó Diana.

—Sí, ya, el domingo es festivo —dijo imprimiendo un tono de sarcasmo a sus palabras.

—Quiero decir —insistió Diana— que actúa en domingo porque es festivo. Es posible que el asesino lleve una vida normal entre semana y el domingo sea el día que pueda ausentarse de sus quehaceres sin ser detectado.

Arancha no había caído en ese detalle. Pero siguió hablando como si no fuera importante.

—Crearemos las mismas cuentas en todos los perfiles, todas con el nombre de Demetria y Diana.

—¿Demetria y Diana? —preguntó la joven policía.

Para Diana había momentos de lucidez en Arancha, pero también percibía momentos de locura, como si hiciera las cosas por motivos externos, más que por motivaciones estrictamente policiales. Lamentó que el comisario no le parara los pies y le dejara hacer a su antojo; en la última reunión presintió que el jefe no aprobaba sus métodos, pero aun así dejaba que ella hiciera las cosas a su manera. Diana sabía que él nunca desacreditaría a una jefa. Lo de tender un cebo al asesino le parecía una majadería. «Estoy segura de que la Policía Nacional cuenta con los medios necesarios para cazar al criminal sin necesidad de tanta pantomima», pensó.

—Es una correlación lógica —argumentó Arancha—. Las primeras fueron Antonia y Anabel, en Málaga. Catherine y Colette, en Nimes. Eva y Erika, en Barcelona. Fátima y Fedra, en Zaragoza. Y las últimas, Beatriz y Bárbara, en Albarracín.

Diana se sorprendió de que la inspectora no necesitara leer los nombres de esas chicas en ningún papel y fuese capaz de recitarlos de memoria y por orden.

—De lo que no se ha hablado es de los apellidos de esas chicas —dijo Diana.

Arancha se sorprendió por la pregunta de la policía. Pensó que tenía razón. Siempre habían tenido en cuenta los nombres, pero nunca los apellidos.

—Tienes razón —le dijo—. ¿Es importante?

—No sé —negó con la cabeza Diana—, pero sería

bueno tener en cuenta los apellidos por si fuera importante para la investigación.

Arancha tecleó en el ordenador y dijo en voz alta:

—Antonia Casado y Anabel Giménez, en Málaga. Catherine Eluchans y Colette Lemoine, en Nimes. Eva Santana y Erika Fraguas en Barcelona. Fátima Bernal y Fedra García, en Zaragoza y Beatriz Doblas y Bárbara Doblas, en Albarracín. Estas dos eran hermanas —especificó.

Diana cogió un folio de la impresora que había sobre la mesa y con un lápiz hizo varias anotaciones. Arancha la miró divertida, sin decir nada.

—¿Sabes los nombres de la que obliga a arrodillarse y comerle el chichi a la otra?

La palabra chichi dicha por Diana provocó una sonrisa en la inspectora.

—Te lo puedo decir —avanzó Arancha mientras seguía tecleando en el ordenador—. Mira, en Málaga fue Antonia.

—¿Antonia Casado? —preguntó Diana.

Arancha asintió con la cabeza.

—¿Y en Nimes?

—En Nimes, Catherine Eluchans.

—¿Y en Barcelona?

—En Barcelona fue Erika Fraguas.

Diana anotó los nombres y apellidos en el folio.

—Sigue —le dijo a la inspectora.

—En Zaragoza, Fátima Bernal.

—Vale, y en Albarracín, las dos hermanas Doblas —dijo finalmente Diana.

—Así es —asintió Arancha—. ¿Has llegado a algún sitio? —preguntó con retintín.

—Creo que sí. Y tienes razón, las próximas en asesinar serán dos chicas y al menos el nombre de una de ellas

empezará por la letra «d». De eso puedes estar segura
—afirmó Diana.

—¿Y eso?

—El apellido de la chica que obliga a arrodillarse delante de la otra empieza por la letra del nombre de la siguiente chica en ser asesinada.

La inspectora balanceó la cabeza.

—No me he enterado de nada.

—Es muy sencillo, Arancha —dijo Diana repasando
sus anotaciones—. Antonia Casado, apellido que empieza por la letra «c», la siguiente Catherine Eluchans, cuyo
nombre empieza por la misma letra. De Eluchans nos
vamos a Erika, las dos con la letra «e». Erika Fraguas,
entonces la siguiente es...

—La efe —interrumpió la inspectora—. El hijo de
puta busca el nombre de las siguientes víctimas en el apellido de la que le come el coño a la otra.

—Que le hace un cunnilingus —dijo Diana.

—Sí, sí, comer el coño —volvió a decir la inspectora.

A Diana le pareció que en su nueva jefa afloraba la
tosquedad por momentos.

—¿Y quién estaría tan loco como para planificar unos
asesinatos con tanta relación entre ellos? —cuestionó
Diana.

Arancha se frotó la barbilla y respondió:

—Alguien que está muy loco y que es muy listo.
Y no hay nada peor que un loco inteligente.

32

El martes 10 de julio, el inspector jefe Vázquez se subió al primer tren AVE que salía de la estación de Atocha con destino a Huesca. Era el único tren que llegaba directamente hasta la ciudad aragonesa. En su mano portaba una pequeña maleta de viaje donde incluyó un neceser de baño, dos camisas, un pantalón y varias mudas de ropa interior. Pegada a su cintura, y por debajo de la camisa, llevaba un 9 corto de la marca Astra. Era una pistola muy antigua, pero eficaz. Su cargador de ocho balas nunca le había fallado al veterano inspector jefe en todas las ocasiones en que practicó en la galería de tiro.

Durante las dos horas y media de viaje, Vázquez se entretuvo en organizar las notas que tenía dispersas en su carpeta. Había anotado los nombres de las chicas asesinadas, las fechas de los crímenes, la relación entre las chicas, los nombres, los apellidos. El comisario había dado órdenes a la inspectora Arancha para que los miembros de su Brigada indagaran en las reuniones del Club Bilderberg y la relación entre las reuniones y los asesinatos, pero Vázquez, que fue el primero que relacionó al club con los crímenes, no podía esperar a que la Brigada de Arancha lo sacara. Sobre la mesa de su asiento en el AVE puso la tableta de diez pulgadas y activó el *router* de su teléfono móvil para conectarse a Internet mediante red wifi.

—Veamos —murmuró en voz baja.

El navegador estaba preparado para recibir su primera búsqueda. Vázquez tecleó: «Reuniones del Club Bilderberg.» El navegador pensó unos segundos y desplegó 78.000 resultados. El inspector jefe se centró solo en las noticias. Ahí los resultados eran más escuetos, tan solo 152. Tecleó «Reuniones del Club Bilderberg en Málaga». La respuesta ya se la temía Vázquez, fueron solo dos. En la primera que consultó leyó la fecha de una reunión que tuvo el club de poderosos en Málaga, la fecha fue el 13 de marzo de 2007. No necesitó mirar sus notas para comprobar que una semana después eran asesinadas Antonia y Anabel en Málaga.

«¿Una coincidencia?», pensó.

Para Vázquez, al contrario de lo que opinaba el comisario Celestino, las coincidencias eran posibles. Pero siguió con sus pesquisas. El navegador de su tableta estaba preparado para otra búsqueda. Tecleó: «Reuniones del Club Bilderberg en Nimes.» Su corazón se aceleró. El veterano inspector jefe sabía la respuesta que le iba a devolver el buscador. El 7 de septiembre del año 2009 el club se reunió en Avignon, a tan solo cuarenta kilómetros de Nimes. El inspector jefe comprobó en sus notas que una semana después mataron a Catherine y Colette. A pesar del aire acondicionado del vagón, el calor le empapó la camisa.

«Una vez es coincidencia, dos, casualidad, pero tres...», pensó.

No era una casualidad que los crímenes coincidieran

con las reuniones del club. Pero no tenía ningún sentido que un club tan poderoso estuviera detrás de los crímenes. En la mente analítica de Vázquez se fraguó la respuesta. El club lo integraban muchos miembros. Eran los amos del mundo. Empresarios, banqueros, políticos, militares, príncipes, reyes... Pero él sabía que no todos podían ser asesinos, solo hacían falta uno o dos... o varios. En la tableta tecleó: «Lista de miembros del Club Bilderberg.» El buscador mostró varias páginas donde se listaban los participantes en las reuniones del Club. Pero en esas listas no estaban todos; solo los más importantes. El asesino podía ser cualquiera: un empresario, un banquero, un político... Vázquez pensó que era alguien despiadado y que sabía matar degollando a sus víctimas.

—¡Claro! —dijo en voz alta.

Una señora que había en el asiento contiguo se giró levemente. Vázquez se puso el teléfono en la oreja y simuló hablar con alguien.

Para el inspector jefe el enigma comenzaba a tener sentido. El asesino era un escolta, un guardaespaldas de alguno de los potentados que acudían a las citas. Por eso manejaba información confidencial y podía indagar sobre las víctimas antes de asesinarlas. Seguramente trabajaba para alguien muy poderoso al que deleitaba con las imágenes de las chicas teniendo su última sesión de sexo lésbico antes de morir. Era una idea terrible, pero el inspector jefe pensó que basándose en esa idea todo comenzaba a tener sentido.

«¿Y por qué los últimos crímenes han sido tan seguidos?», se preguntó.

Los asesinatos de Barcelona, Zaragoza y Albarracín se habían cometido en muy poco espacio de tiempo y Vázquez sabía que el club no se reunía tan a menudo.

Buscando en Internet no halló ninguna reunión en todo el año 2012. Pero pensó que quizás el asesino o los asesinos estaban trabajando por su cuenta. Podía ser algún escolta o un policía que hiciese de escolta, que cogiera las vacaciones por quincenas, entre el 15 de junio y el 15 de julio, pensó Vázquez. El primer crimen de los tres de este año había sido el 16 de junio. Su tesis, aunque descabellada, encajaba.

La megafonía del tren avisó de que estaba llegando a Huesca. Vázquez recogió la tableta y desconectó el teléfono móvil de Internet. El viaje se le había pasado muy rápido, pero estaba desconcertado. Se disgustó consigo mismo por no haber sido más hábil antes y buscar la relación entre el club de poderosos y los asesinatos. Tenía que llamar a Arancha y contarle sus últimos avances para que ella estuviera preparada. La inspectora y su alumna iban a tender una trampa a un policía o alguien muy bien relacionado.

—Pero qué coño —murmuró en voz baja mientras metía la tableta en su maleta de viaje—. Lo mejor es que ella siga con su investigación y yo con la mía. Así avanzaremos más.

La mujer lo volvió a mirar y él simuló hablar con el móvil de nuevo.

Desde la relación que mantuvo con Arancha que se había vuelto muy proteccionista con ella; aunque la inspectora no lo sabía.

En la estación se subió a un taxi.

—A la comisaría de Huesca —le dijo al conductor.

33

La inspectora y Diana accedieron a un despacho contiguo en la segunda planta, donde el informático del Grupo de Delitos Tecnológicos les había configurado cuatro ordenadores para que pusieran en marcha su plan.

—Lo hemos hecho otras veces —le dijo sonriendo Arancha.

Los cuatro ordenadores estaban uno al lado de otro en una mesa lo suficientemente larga como para que cupiesen de forma holgada. César, que vestía una bata blanca, les dio las explicaciones necesarias.

—Los cuatro utilizan Linux —dijo—. Es el sistema operativo más seguro que hay. No tenéis que preocuparos por la configuración, los navegadores ya están preparados para comenzar a trabajar de inmediato.

—Gracias, César —dijo Arancha—. No sé qué haríamos sin ti.

César sonrió.

—Solo cumplo con mi deber —dijo.

—César Ramos es un policía más —dijo Arancha mirando a Diana—. Desde que pusimos en marcha el Grupo de Delitos Tecnológicos él ha sido un pilar imprescindible para el funcionamiento del sistema informático.

—Algo de policía tengo —sonrió el informático—. Tan solo tenéis que pronunciar mi nombre y apellido juntos.

Diana frunció los labios.

—Sí, mujer —insistió César—. Cesáramos —dijo—. ¿Entiendes? César y Ramos es Cesáramos...

—Uf, qué malo —dijo Arancha alargando la letra «a».

—No creas, inspectora —argumentó César—, la expresión «cesáramos» es muy policial.

—Bueno, bueno, César, tampoco creas que somos tan rígidos. Cesar a alguien es una expresión más política que policial; aunque también nos vale.

—Y no has pensado nunca en entrar en la policía —dijo Diana queriendo participar en la conversación—. Creo que un informático es alguien muy importante para la policía de ahora.

—No me aprobaron —respondió el informático con cierta tristeza—. Ahora ya he pasado la edad, estoy cerca de los cuarenta y la edad tope para entrar es a los treinta.

—Hace unos años la aumentaron hasta los treinta y cinco —rectificó Arancha.

—Aun así. A mí se me pasó el arroz —se rio de forma estruendosa—. De pequeño devoré los tebeos de Mortadelo y Filemón y siempre quise ser un agente de la T.I.A. Me fascinaba sobre todo el personaje de Mortadelo y su capacidad de disfrazarse en lo que quisiera. Así, en un abrir y cerrar de ojos.

El comentario de César le pareció infantil a la joven policía. La chica no había leído los tebeos de Mortadelo y Filemón ya que le parecían simples e ingenuos y no comprendía qué podía encontrar de emocionante un hombre hecho y derecho en esas historietas para niños.

—Bueno —interrumpió Arancha—. Vamos a ponernos manos a la obra. ¿Preparada, Diana?

—A tus órdenes.

El informático salió del despacho y la inspectora se sentó en el primer ordenador de la izquierda.

—Mira —le dijo a Diana mientras movía el ratón—. Empezaremos por crear la cuenta de correo electrónico.

La inspectora accedió a la página de Google y pulsó sobre Gmail. En un minuto había creado una cuenta de correo con la dirección *demetriaydianatortilleras@gmail.com*. Su teléfono móvil emitió un pitido cuando recibió un mensaje de texto con el código de verificación de la recién creada cuenta.

—No pasó la prueba del psicólogo —dijo Arancha refiriéndose al informático—. Y no me extraña, ¿cómo puede aprobar alguien que le gustaría disfrazarse como Mortadelo?

Las dos sabían que la prueba del psicólogo es la última que se pasa cuando se accede a la policía y es la única contra la que no cabe recurso. Si el psicólogo dice que no eres apto, es que no eres apto.

—¿Qué te parece nuestra dirección de correo? —preguntó Arancha señalando con la barbilla a la recién creada cuenta: *demetriaydianatortilleras@gmail.com*.

—Bastante explícito —dijo Diana.

—Ven, siéntate a mi lado.

Diana se sentó en el ordenador de al lado de la inspectora y movió el ratón. El protector de pantalla se desactivó.

—Al hijo de puta le van las lesbianas, y Demetria y Diana tienen que ser dos lesbianas de lo más sugerente.

A Diana no le hacía gracia que la inspectora utilizara su nombre real. Pero la siguiente letra que creían iba a utilizar el asesino era la «d» y el nombre de Diana coincidía precisamente con esa letra. Arancha accedió a la página principal de Facebook y creó un perfil con la cuenta de correo de Gmail. Los datos se los fue inventando conforme el formulario los pedía. En intereses puso: «Nos gustan las mujeres y cuanto más guarras mejor.»

—Ese se va a relamer cuando lea esto —dijo Arancha.

Diana pensó que si ella viera un perfil de Facebook donde una mujer dijese que es lesbiana y que le gustan las mujeres y cuanto más guarras mejor, lo primero que pensaría es que quien había creado esa cuenta era un hombre; ninguna lesbiana hablaría de esa forma. Pero la joven policía ya sabía que en Internet casi todo era mentira.

—Lo que no sabemos es si el asesino lo verá —objetó Diana.

—Si no lo probamos tampoco lo sabremos nosotras —dijo Arancha mientras seguía tecleando en el ordenador.

Una vez creado el perfil, la aplicación le sugirió que incluyera una fotografía. Arancha se levantó y abrió un armario que tenían detrás. De su interior extrajo una cámara de fotografiar digital. Era un modelo que utilizaba el Gabinete de Policía Científica. Montó la cámara sobre un trípode y lo puso al lado de uno de los ventanales del despacho. Bajó la persiana hasta la mitad. La penumbra asoló la sala.

—¿Enciendo la luz? —preguntó Diana, incómoda.

—No, espera. Es mejor que haya poca luz —replicó Arancha.

La joven policía intuía lo que la inspectora quería hacer.

—Nos tenemos que tomar alguna foto sugerente

para el perfil de Facebook —dijo. Era lo que Diana se temía—. No te importa, ¿verdad?

—¿Se nos verá la cara? —preguntó.

—La mía es mejor que no —dijo la inspectora—. Yo no soy guapa. Pero la tuya es mejor que sí. Nadie se resiste a un rostro angelical y vicioso al mismo tiempo como el tuyo.

Diana se sintió violenta, pero trató de que no se le notara. Por primera vez comenzaba a arrepentirse de haber entrado en la Brigada de Delitos Tecnológicos.

—Ven aquí —le dijo Arancha—. Y siéntate en esta silla.

La inspectora colocó una silla cerca de la ventana. Un haz de claridad entraba desde la calle.

—Quiero hacerte unas fotos de frente. No hace falta que se te vea toda la cara, puedes taparte la mitad con el pelo, así si alguien conocido te ve no sabrá que eres tú. No te preocupes por eso. Yo me pondré delante y simularé besarte. Lo importante —añadió— es que pongas cara de estar disfrutando.

Diana pensó que la inspectora podía haber cogido cualquier fotografía de Internet donde salieran dos lesbianas. Incluso podía buscar imágenes donde estuvieran haciendo cualquier postura más sexual que la que proponía.

—Es mejor utilizar fotografías originales —dijo Arancha, como si le hubiera leído el pensamiento—. Si cogiera una imagen de Internet y el asesino la cotejara con el programa de imágenes de Google, sabría que es un perfil falso y no picaría.

La inspectora accionó el disparador automático de la cámara.

—Tirará diez fotografías en lapsos de tres segundos —le dijo Arancha mientras se sentaba en sus rodillas.

A Diana le subió un sofocón que le mojó la camisa por la espalda. La joven policía pensó que la inspectora se estaba extralimitando en la preparación del cebo.

—Pon cara de guarra —le dijo Arancha.

Mientras oían el disparador de la cámara de fotos, Diana procuraba poner cara de vicio. La inspectora hizo resbalar sus labios por el cuello en una de las fotografías. Mientras la cámara seguía disparando fue subiendo su boca muy despacio y se detuvo en la oreja derecha de Diana.

—Recuerda que tienes que poner cara de vicio —insistió.

La incomodidad inicial de la joven policía iba desapareciendo. Pensó que la inspectora tenía razón. Desde luego, el asesino se excitaría al ver el perfil de Facebook. Pero para Diana quien se estaba excitando era su jefa.

La cámara terminó la tanda de fotografías.

—A ver —dijo Arancha.

Sacó la cámara del trípode y se acercó hasta donde estaba Diana. Una a una fue pasando las diez fotografías. Las dos primeras no salieron bien, ya que la inspectora no se había colocado en su sitio. De las siguientes solo se podía aprovechar una en donde Arancha rozaba la oreja de Diana y la joven policía se mordía el labio inferior simulando que estaba disfrutando con ello.

—Bueno, bueno —dijo Arancha—. No están mal, pero no son lo suficientemente sugerentes para que un hombre pique, ¿no?

—No han quedado muy bien —confirmó Diana.

—Vamos a probar de nuevo.

La inspectora se levantó y cerró la puerta del despacho. Diana supo que la sesión fotográfica iba a subir varios grados más.

—¿Tienes algún problema moral en quitarte la camisa? —preguntó la inspectora.

Arancha forzó una sonrisa.

—Bueno...

—Sí, está bien. No se te verá nada porque yo te taparé con mi cuerpo.

Y mientras Diana se quitaba la camisa, Arancha hizo lo mismo. Las dos mujeres se quedaron en sujetador, una frente a otra.

—Repetiremos las fotos, pero es importante que pongas cara de estar disfrutando —insistió Arancha para incomodidad de Diana—. Esto tampoco es fácil para mí —se excusó—. Pero si queremos coger a ese hijo de puta tenemos que darle la mejor carnaza posible.

Diana sonrió más relajada. En el fondo pensó que la inspectora tenía razón. Arancha montó de nuevo la cámara sobre el trípode y accionó el mecanismo de disparo automático. Justo antes de sentarse en las rodillas de Diana se quitó el sujetador.

La joven policía abrió los ojos.

—A ti no se te verán los pechos —dijo—. Pero mi espalda es mejor que salga sin el sujetador —argumentó.

Mientras la cámara disparaba, Diana pudo sentir el calor de los pechos de la inspectora sobre su pecho. Una a una se fueron tomando las fotografías mientras Arancha hacía resbalar sus labios por el cuello de Diana y con la mano izquierda le iba acariciando el pelo. En la última fotografía Arancha besó levemente los labios de Diana. Alargó el beso incluso cuando la cámara indicó que ya no iba a tirar más fotos.

—Si con esto no se pone cachondo ese hijo de puta —dijo la inspectora— es que no le pone cachondo nada.

La puerta del despacho se abrió y las dos mujeres torcieron su cabeza hacia la silueta que había apostada en el marco de la puerta.

—¡César! —gritó Arancha.

El informático trató de bajar los ojos, pero por más que lo intentaba le era imposible.

—Perdón —dijo sin saber qué hacer—. Me he dejado un disco duro —comentó mientras señalaba una caja de cartón cuadrada que había sobre la mesa, al lado del ordenador. En ese momento no sabía si salir huyendo o si entrar y coger la caja como si tal cosa. Optó por lo segundo.

—No es lo que parece —dijo Arancha.

César agarró la caja con las dos manos, como si temiera que se le fuera a caer al suelo, y salió del despacho a toda velocidad.

Diana no dijo nada. Se puso en pie y cogió la camisa que había colgado en el respaldo de una silla.

—Uf —resopló la inspectora—. Ese va a pensar que somos lo que no somos.

—¿No habías cerrado la puerta con llave? —preguntó Diana.

—Yo creía que sí.

Las dos se miraron y no pudieron evitar explotar en una risa contagiosa e imparable. La situación producida con la llegada del informático las había sobrepasado.

—Los chicos de la Judicial nos mirarán de otra forma —dijo Diana sin parar de reír.

—¿Por qué?

—Supongo que cuando César les cuente lo que ha visto seremos la comidilla de la Brigada.

—No creas, por lo que sé de César es muy reservado. Creo que no contará nada por temor a que no le crean. ¿Quién iba a creer eso? —volvió a reír la inspectora.

Las dos se sentaron frente al ordenador y miraron las fotos que se habían tomado en la cámara.

—Estas han quedado perfectas —dijo Arancha.

Durante toda la mañana siguieron creando perfiles con la misma cuenta de correo de Gmail en Twitter, Tuenti y en un foro de lesbianas. No habían terminado de crear las cuentas de cada una de las redes sociales que ya les llegaban infinidad de peticiones de amistad. Arancha miró el correo electrónico y al menos había doce mensajes de usuarios que querían conocerlas.

—Cuánto salido —exclamó Diana.

—La mayoría de los que escriben son hombres —dijo la inspectora—. Y seguramente son mayores de lo que pensamos.

Diana frunció el entrecejo.

—Son unos puercos añosos.

—Es la segunda vez que te oigo esa palabra —dijo Arancha—. ¿Qué significa añoso?

—Es la palabra que utilizo para referirme a los hombres maduros que creen que aún pueden ligar con una chica joven.

Por la expresión de desprecio de Diana, Arancha pensó que la chica había tenido algún percance con un hombre maduro, pero no se lo quiso preguntar.

—Entiendo —dijo—. A todos los maduros les gustaría estar con unas chicas como nosotras.

Diana se acordó de que Arancha y Vázquez habían tenido una relación. Pensó que quizá la inspectora también estaba resentida con los hombres maduros.

—¿Un café? —preguntó Arancha—. Llevamos toda la mañana trabajando y creo que nos merecemos un café, ¿no?

—Sí, por supuesto.

—Pues espera aquí —dijo Arancha—. Que este lo pago yo.

La inspectora salió del despacho y Diana aprovechó para encender un cigarrillo. Abrió una de las ventanas.

En apenas dos minutos regresó de la máquina de café.

—He traído dos cortados —dijo—. Por suerte no me he cruzado con el informático, no hubiera podido mirarle a la cara —se rio de forma estruendosa.

—Creo que nunca más podré hablar con ese hombre —confirmó Diana.

—Tienes toda la razón del mundo. ¿Qué tal estás en Madrid?

Diana apagó el cigarro en la repisa de la ventana y dejó la colilla al lado del vaso de café en la mesa de uno de los ordenadores.

—Bien. Estoy bien, pero echo de menos Huesca.

—Es verdad —dijo la inspectora—. Estuviste allí de prácticas. Hoy llegaba Vázquez para entrevistarse con ese policía.

—Andrés —dijo Diana melancólicamente.

—¿Estás de alquiler?

—Sí. En la calle Sagasta.

—Muy ruidosa —dijo Arancha—. Aunque en Madrid todas las calles son ruidosas.

Las dos sonrieron.

—¿Está amueblado el piso? —se interesó la inspectora.

—Sí, por supuesto.

—Bueno, no creas. Todavía hay gente que alquila los pisos sin muebles.

—Pues este tiene de todo. Lo único que echo de menos es un televisor.

—¿No tienes televisión?

—No. Un ordenador portátil donde veo alguna película de vez en cuando.

—Yo tengo un pequeño televisor de veinte pulgadas de plasma que no utilizo. Si quieres te lo puedo dejar. Al menos mientras estés en Madrid tendrás entretenimiento.

—Estaría bien —aceptó Diana.

—Pasa esta tarde por mi casa y te lo llevas.

—No quiero molestar —dijo Diana.

—No es molestia, mujer. Así verás mi piso.

34

El martes por la mañana, se encontraba el jefe de la Brigada, el comisario Celestino Rivero, leyendo el correo electrónico en su despacho. La puerta permanecía entreabierta, como siempre, y desde el pasillo provenía el murmullo habitual de las mañanas. Una ingente cantidad de funcionarios pululaban de un lado a otro intercambiando frases cortas. El comisario pudo escuchar que los del grupo de la inspectora Arancha Arenzana decían en varias ocasiones la palabra Twittercop. Pensó que el nombre con que bautizaron a Arancha y Diana les iba a perseguir durante toda su carrera policial. Sonrió pensando en eso.

El teléfono sonó con varios tonos cortos. Eso significaba que la llamada era interna, pudo ver cómo estaba encendido el botón rojo del personal de seguridad del edificio.

—Sí —dijo nada más descolgar.

—Comisario —habló con una voz tosca el funcionario de la puerta de acceso—, el director adjunto acaba de entrar en el edificio.

—Gracias —respondió antes de colgar.

No era nada extraño que el director adjunto de la Policía Nacional viniera a visitarles, pero sí que era inusual que lo hiciese sin avisar. El director adjunto siempre avisaba con tiempo. Generalmente su secretaria llamaba una semana antes, al menos, e indicaba qué día les visitaría y cuál era el motivo de esa visita. El comisario repasó el calendario que había sobre su mesa por si se le hubiera pasado la visita del jefe, pero el martes 10 de julio estaba completamente vacío.

—¿Qué querrá este ahora? —pensó en voz alta.

Justo se había puesto en pie cuando la puerta de su despacho se abrió. Él estaba allí. Era el director adjunto del Cuerpo Nacional de Policía. Una mueca en la cara del comisario no pudo disimular su sorpresa.

—¡Jefe! —exclamó—. Vaya sorpresa.

El director adjunto ostentaba el cargo de comisario principal y aunque era un cargo político, el peso que tenía Ángel Redondo dentro de la corporación era tal que ya había sido director en dos legislaturas con dos gobiernos distintos, lo que significaba que las distintas administraciones confiaban en su gestión.

—Celestino —saludó quedamente el director—. ¿Qué tal va todo?

—Siéntate —le dijo cortésmente Celestino—. Si alguien me hubiera avisado...

El director alzó la mano y la movió de arriba abajo. Eso significaba que sobraban las explicaciones.

—No es una visita oficial —dijo—. Es una visita de cortesía. Pasaba por aquí —sonrió.

El director se sentó en uno de los cómodos butacones que había al fondo del despacho del comisario. Ese gesto obligó a Celestino a sentarse frente a él. Tan solo les separaba una diminuta mesa de cristal donde no cabían más de cuatro platos de café, uno al lado de otro.

—Creo que estáis haciendo un gran esfuerzo en atrapar al asesino de las tortilleras —dijo sin andarse por las ramas—. Eso está bien, no podemos dejar que gente como esa campe a sus anchas por nuestras ciudades y mate a nuestras chicas.

Celestino ya estaba acostumbrado al tono paternal del director, siempre hablaba como si España fuese suya.

—Estamos sobre la pista —dijo el comisario—. Hay dos líneas de investigación.

—Te pareces a uno que yo me sé —sonrió el director—. ¿Está Vázquez trabajando en esto?

—Vázquez siempre está trabajando —replicó el comisario—. Ya sabes que no se puede estar quieto.

—¿Y esas chicas? ¿Cómo las llaman...? Ah, sí, las Twittercop. ¿Avanzan algo?

—Veo que ya ha corrido la voz —dijo el comisario—. Es Arancha Arenzana, la jefa del grupo de investigación, y una policía nueva, recién incorporada.

—La de Huesca, ¿verdad? Ya me han hablado de ella. Dicen que es muy guapa.

El comisario asintió con la cabeza.

—Que está buena, vamos —añadió el director.

—Es una chica resultona —avaló Celestino.

—¿Por dónde para Vázquez? Es raro que no esté aquí contigo.

—Lo tengo haciendo trabajo de campo. Está en Huesca.

El director abrió los ojos de par en par.

—¿En Huesca? No andará buscando a la familia de esa policía. Este Vázquez siempre fue un ligón.

—Es una niña —dijo el comisario.

—Si está en el cuerpo es que ya es mayor de edad

—dijo con sorna—. Alguien que tiene edad para portar un arma no puede decirse que sea una niña.

—Las chicas van a tender una trampa al asesino. Lo quieren cazar en su propio terreno.

—Bien, bien. —El director balanceó la cabeza—. Y Vázquez... ¿qué hace en Huesca?

—Los de la Judicial de Zaragoza nos han dicho que las dos chicas que mataron allí habían estado detenidas por tráfico de drogas en la capital aragonesa. Han peinado la base de datos de Atlas y unos días antes un policía de Huesca estuvo consultando el atestado de la intervención.

—¿Andrés Hernández?

El comisario dio un respingo en su asiento que no pasó desapercibido al director.

—Soy el director adjunto —dijo—. Lo sé todo —murmuró en voz baja.

—Sí, ese es el policía que estuvo consultando el atestado.

—El que fue al juez con la historia del Nani —sonrió el director—. El traidor que nos ha puesto en entredicho.

Casi todos los mandos de la policía conocían a Andrés Hernández. El veterano agente presenció la detención del Nani, un delincuente de poca monta, y su posterior desaparición por la que se culpó a todo un grupo de la Policía Judicial de Madrid y en un arrebato confesó todo lo que ocurrió en el Juzgado de Instrucción número 5 de Huesca. El cuerpo del Nani nunca apareció, ni el oro que se supone que robaron los agentes. Varios mandos fueron juzgados y condenados, pero el secreto de lo que ocurrió permaneció oculto hasta que Andrés lo contó todo. El delito había prescrito, pero el descrédito planeó sobre las cabezas de varios comisarios e inspectores que participaron en la desaparición del Nani. En círculos policiales eso era una traición en toda regla.

—¿Y qué busca Vázquez en Huesca? —preguntó el director.

—Ha ido a Huesca para interrogar a ese policía.

—¿Interrogarlo?

—Quiere saber por qué consultó el atestado de las chicas asesinadas en Zaragoza —aclaró el comisario.

—¿No sería mejor detenerlo como sospechoso del asesinato de esas dos putas? —amenazó el director—. Me han dicho los de la central que tiene todos los números.

—Es un policía.

—¿Y qué? Se le detiene y se le interroga como sospechoso. Así tendrá derecho a una defensa justa. Vázquez ya sé lo que hará: hablará con él y le dirá más de lo que el policía le puede decir a él.

Por un momento el comisario Celestino pensó que el director se había olvidado de cómo trabajaba Vázquez. El inspector jefe era una leyenda viva dentro de la policía.

—Vázquez no hará eso —lo defendió.

—Bueno. —El director recompuso el gesto—. Echelon y Carnivore ya están trabajando. Ya tenemos datos para ir avanzando.

El comisario sabía que el uso de las redes de espionaje solo podía ser autorizado por el director de la policía o el ministro del Interior.

—Ya tenemos las tiendas donde adquirió los teléfonos móviles con los que se dio de alta en todas esas redes sociales —dijo con desprecio—. Un buque de la Armada estadounidense nos está ayudando desde el Mediterráneo. Esos tíos tienen unos radares de la hostia. En el crimen de Barcelona captó la señal y rastreó sus movimientos. Sabemos en qué hotel se alojó. Los Mossos ya han intervenido las cámaras de vigilancia de una calle comercial y en unos días le pondremos cara a ese cabrón. Sabemos que utilizó un garaje de Barcelona donde le cambiaron las placas a un Seat León de color rojo. La policía autonómica ha interrogado al dueño del garaje, un chorizo de tres al cuarto que dice que ese hombre, al que no le vio la cara, le pagó un pastón para que le consiguiera las placas falsas.

El comisario se sorprendió de que nadie le hubiera facilitado esa información. El director vio la duda en su mirada.

—Todo esto es muy reciente, apenas hemos tenido tiempo de informarte.

—Entonces... ¿ya está? Estamos a punto de saber quién es —dijo el comisario cruzando las piernas.

—No es tan sencillo. En cuanto tengamos su imagen de alguna de las cámaras de seguridad, habrá que distribuirla por las tiendas de telefonía donde se compró los móviles y comprobar que es él. Reunir pruebas. Detenerlo. Ese es vuestro trabajo.

El comisario tuvo la sensación de que el director le estaba mintiendo, o no le estaba diciendo la verdad.

—Tus chicas pueden seguir tendiendo cebos, si quieren. Pero dile a Vázquez que no se complique la vida. Quizás está entrevistándose con el asesino sin saberlo, pero entonces el asesino sí que sabrá que vamos tras su pista.

—¿Crees que el policía de Huesca es el asesino?

—No lo sé —replicó el director—. Tú eres el investigador, yo no soy más que un director político de la policía.

—Creo que no. Demasiado fácil. Un asesino lleva varios años cometiendo el mismo tipo de crimen, es policía y se le atrapa así, como si nada... Ummm —chasqueó los labios el comisario—, demasiado fácil —repitió.

—Esta semana te diré algo a través de la comisaría general de la Policía Judicial —avanzó el director.

—¿Has oído hablar del Club Bilderberg? —preguntó de sopetón el comisario justo cuando el director parecía que iba a levantarse.

El director Ángel Redondo se volvió a sentar. No pudo ocultar una mueca de disconformidad.

—¿Qué ocurre con ese club?

—Según Vázquez...

—¿Según Vázquez?

—Bueno, ya sabes cómo es Vázquez, siempre haciendo conjeturas. Ha establecido una relación entre el tipo de crimen y el Club Bilderberg.

—¿Qué tipo de relación? —se interesó el director.

—Nada, cosas de Vázquez.

—El Club Bilderberg es un club de gente muy importante —dijo el director—. No se reúnen para jugar a las cartas, ¿sabes? Se reúnen para dirigir el mundo. Qué tontería es esa de que ellos están detrás de los crímenes. Mucho cuidado, Celestino, mucho cuidado con esas cosas. Y dile a Vázquez que piense bien las cosas antes de hablar, creo que está enfocando la investigación en la dirección equivocada.

El comisario sonrió.

—Vamos, Ángel, solo son hipótesis. Nada más que eso.

—De todas formas —dijo el director—, el Club Bilderberg está compuesto por muchos pudientes. Hay políticos, banqueros, reyes, príncipes, gobernantes. Toda esa gente arrastra otra gente que no es tan buena: escoltas, servicios secretos, militares, policías... Es algo así como el circo. ¿Te acuerdas cuando el circo llegaba a los pueblos? Montadores de las carpas, electricistas, carpinteros, domadores... Entre todos había mucha purrela que hacía que aumentaran los robos de los pueblos adonde iban. Pero no era culpa de los payasos, ni de las bailarinas.

El comisario pensó que el director había puesto un buen ejemplo.

—De todas formas —siguió hablando el director—, esos chicos tienen derecho a divertirse un poco.

El comisario levantó la mirada y clavó sus ojos en los del director.

—Quiero decir que el club arrastra un montón de indeseables que nada tienen que ver con los participantes en las reuniones. Y esos indeseables tienen derecho a divertirse —matizó intentando imprimir cierta ironía en su voz—. Pero ata corto a Vázquez, no sea que pierda el tiempo cazando fantasmas. En unos días te diré algo de Echelon y Carnivore y, si no, tenemos a ese policía de Huesca. Yo no me complicaría indagando, ordenaría su detención y asunto resuelto.

El comisario pensó que el director estaba demasiado seguro de que el policía de Huesca era el culpable.

—Bueno, me tengo que ir. La policía no se dirige sola —dijo el director poniéndose en pie y sonriendo—. Mantenme al tanto de todo lo que avance tu brigada. Ya sabes mi número, infórmame directamente.

—Así lo haré —dijo el comisario poniéndose en pie también.

Cuando el director adjunto de la policía abandonó el despacho, el comisario Celestino Rivero llamó desde su móvil a Vázquez. Tenía que hablar con él urgentemente.

35

A las once de la mañana del día 10 de julio, el taxi donde viajaba Vázquez se detuvo delante de la comisaría de Huesca. El inspector jefe pagó el viaje y se bajó ligero. El conductor abrió el maletero para que el viajero pudiera coger la maleta.

—Gracias —le dijo el inspector.

El taxi continuó por la avenida de la Paz y Vázquez se quedó de pie, inmóvil, delante de la comisaría. Sus ojos memorizaron la puerta principal. Un policía maduro con la cabeza completamente rapada y poblada perilla lo miraba a través de los oscurecidos cristales del vestíbulo.

—Buenos días, señor —saludó mientras abría la puerta—. ¿Le puedo ayudar en algo?

—Soy el inspector jefe Vázquez —dijo mostrando su carné profesional y su placa emblema—. Vengo de Madrid para entrevistarme con el policía Andrés Hernández.

—Hoy no está —respondió el policía—. Andrés tiene libre, inspector jefe.

—Entiendo. ¿Está el comisario?

El policía pensó unos instantes y dijo:

—Sí. Pase al vestíbulo y le llamo. ¿Cómo ha dicho que se llama?

—Vázquez. Él ya me conoce.

El inspector jefe vio como el agente hablaba a través del teléfono de seguridad. Balanceó la cabeza un par de veces y colgó.

—Por aquí, inspector jefe —le dijo mientras le acompañaba hasta el ascensor—. En la tercera planta le espera el comisario, en la puerta del ascensor.

Vázquez ya conocía al comisario de Huesca, al famoso Daniel Tosat. Los dos habían coincidido en alguna ocasión en Madrid, cuando Daniel Tosat formaba parte de la Comisaría General de Información. Pero hacía varios años que no lo veía. En España no había tantos comisarios para que no se conocieran entre ellos, la mayoría se habían visto alguna vez en alguna reunión, en algún acto, gala, evento o curso. Técnicamente, Vázquez era comisario, pero suspendió las dos últimas veces que se presentó al ascenso. Pero dentro del mundo de la policía era todo un mito; había pocos jefes que no abrieran los ojos al oír su apellido.

—¡Vázquez! —exclamó el comisario de Huesca—. Menuda sorpresa —le dijo desde la puerta del ascensor—. Pero... ¿cómo es que nadie me ha dicho que venías por aquí?

—Hola, Daniel, ¿cómo estás?

El inspector jefe se sorprendió de que el comisario aún conservara intacto su flequillo de pelo canoso. Tan solo una arrugada frente indicaba que rondaba la sesentena.

—Vázquez, Vázquez, qué coño. Pasa, hombre, pasa.

Los dos accedieron a un despacho que había justo delante del ascensor.

—Que no nos moleste nadie, Encarna —le dijo el comisario Tosat a una secretaria de casi sesenta años que había sentada en una pequeña mesa ante un ordenador.

Cuando entraron al despacho, el comisario cerró la puerta.

—Es un viaje relámpago —se disculpó Vázquez—. He venido por un asunto y tengo la intención de irme mañana por la mañana.

Daniel lo miró a los ojos por encima de unas enormes gafas de concha negra.

—No me estarán investigando otra vez —dijo quedamente.

Vázquez balanceó la cabeza de un lado a otro.

—No, no, nada de eso —sonrió—. Quiero entrevistarme con un policía de tu comisaría.

—Ummm, una leyenda viva como tú aquí, en mi comisaría, para entrevistarse con un policía. Tiene que ser algo gordo, ¿eh?

—No te puedo decir gran cosa.

—Ya, ya, los de Madrid nunca podéis decir gran cosa, por supuesto. ¿Quién es?

—Se llama Andrés Hernández —respondió Vázquez de inmediato.

—¿Andrés Hernández? —dijo en voz alta—. ¿Es por el tema del Nani?

Vázquez negó con la cabeza.

—Menuda guarrada nos hizo ese yéndose de la lengua en el juzgado. Hay algunos que cada vez que abren la boca la cagan.

—No he venido por eso —dijo Vázquez.

—¿Es el tema de las dos putas que han matado en Zaragoza?

—Caliente, caliente. Tiene algo que ver.

—¿Y las dos hermanas de Albarracín?

—Veo que sabes casi más que yo —sonrió Vázquez.

—¿Andrés Hernández? ¿Qué tiene que ver ese policía con todo esto?

—Hasta aquí puedo leer —volvió a sonreír Vázquez.

—Está bien, está bien —asintió el comisario Daniel mientras descolgaba el teléfono de su despacho—. ¿Está Andrés Hernández hoy? Entiendo. Llámale al móvil y pregúntale si puede venir por aquí.

—Ya me ha dicho el policía de la puerta que no está de servicio.

—Mi secretaria le llamará ahora a su teléfono móvil. En un minuto te diré algo. Bueno, bueno, bueno, ¿qué tal está Celestino Rivero? ¿Sigues en su brigada?

Vázquez asintió con la cabeza sin responder.

—Un asunto feo el de esos asesinatos a pares. El jefe superior me ha dicho que van de culo en Zaragoza. Pero para que tú estés aquí quiere decir que es algo más grande, ¿verdad, Vázquez? Nos conocemos de hace años. Es algo serio, ¿no?

—Es más serio de lo que parece. Ya van demasiados asesinatos y... —pensó un momento antes de seguir hablando—. Bueno, que esto tiene que parar como sea.

El teléfono del despacho del comisario sonó.

—Sí. Sí. Vale. Muchas gracias.

Colgó el teléfono.

—En unos minutos lo tienes aquí. ¿Quieres hablar en privado con él?

—Por supuesto —dijo Vázquez.

—Os dejaré un despacho que hay aquí al lado —dijo

poniéndose en pie—. Ahí podréis hablar sin que nadie os moleste.

El comisario le indicó a Vázquez para que pasara delante y los dos salieron al pasillo.

—Menudos tiempos que corren, ¿eh? —dijo el comisario—. Ahora el jefe de una comisaría es un mojón —sonrió—. Hasta un policía de la escala básica puede saber más que yo.

Vázquez no le hizo caso. Comprendió que era lógico que el comisario de Huesca se sintiera dolido. Un inspector jefe de Madrid llegaba sin avisar y pedía entrevistarse con un policía para hablar de algo que ni el propio comisario conocía. Sintió lástima de él.

—Solo serán unos minutos —le dijo guiñándole un ojo.

La secretaria del comisario Tosat entró en el despacho donde se iban a entrevistar Vázquez y el policía con una bandeja conteniendo dos vasos de café y un vaso de leche. Al lado había una pequeña caja de galletas con el escudo de Huesca.

—Aquí aún no hemos perdido las formas. Seguimos siendo una ciudad hospitalaria —dijo el comisario, acariciándose la barbilla.

La secretaria entró de nuevo.

—Comisario —dijo—. Andrés Hernández está abajo.

—Vale, Encarna, muchas gracias. Dile que suba. Bueno —dijo mirando directamente a los ojos de Vázquez—. Aquí podréis hablar tranquilos.

Vázquez balanceó la cabeza sin decir nada mientras el comisario salía por la puerta. El inspector jefe colgó su bolso en el respaldo de una silla y apoyó la maleta de viaje al lado de un armario metálico. Sacó el teléfono móvil de su bolsillo y lo puso en silencio. Luego se sentó en una silla de la esquina de una larga mesa de reuniones y esperó a que llegara el policía.

—¿Da su permiso? —oyó que dijo alguien al otro lado de la puerta.

—Adelante —ordenó Vázquez.

Un policía veterano y de mirada profunda accedió a la sala. El inspector jefe tan solo tuvo que mirarle a los ojos para darse cuenta de que no era un policía normal. Su sola presencia irradiaba tal incandescencia que Vázquez pensó si no sería un jefe disfrazado de cordero.

—Buenos días, inspector jefe —saludó el policía—. Me han dicho que quería hablar conmigo.

—Así es, señor Hernández. Siéntese, por favor.

Andrés se sentó en la única silla que había al otro lado de la larga mesa. Mientras lo hizo Vázquez no le quitó los ojos de encima. Buscaba incomodar al policía, pero lejos de conseguir su objetivo, Andrés Hernández se sublevó con la mirada.

—¿Sabe por qué he venido a Huesca? —preguntó Vázquez al tiempo que cruzaba las manos encima de la mesa.

Andrés adoptó la misma posición. Parecía que quisiera imitarlo.

—No. Pero intuyo que usted me lo dirá.

—Hace dos domingos asesinaron a unas chicas en Zaragoza.

Andrés balanceó la cabeza.

—Esas dos chicas figuran en los archivos de la policía porque hace unos meses fueron detenidas por tráfico de drogas.

—Fátima y Fedra —dijo Andrés.

Vázquez levantó la mirada. No le gustaba que el policía le llevara la delantera.

—¿Las conocía?

—No. Pero leo la prensa.

El inspector jefe sonrió.

—Unos días antes estuvo usted mirando el atestado policial de la detención de esas dos mujeres —dijo en tono acusador.

—Yo leo muchos atestados —se defendió Andrés—. Es parte de mi trabajo, estoy en la Oficina de Denuncias y tengo que estar informado.

—Ese atestado es de Zaragoza y usted trabaja en Huesca.

Andrés levantó los ojos como si estuviera pensando.

—¿Está usted seguro de que lo consulté?

—¿Cuánta gente accede a la base de datos de la policía utilizando sus claves?

—Solo yo.

—¿Seguro?

—En alguna ocasión algún policía de prácticas consulta la aplicación utilizando mis claves, pero siempre estoy yo delante. ¿Adónde quiere ir a parar, inspector jefe?

—Quiero saber por qué consultó el atestado de dos mujeres que fueron asesinadas un par de días más tarde —se la jugó Vázquez preguntando sin rodeos.

Andrés lo miró con inquina.

—Yo no he consultado nada.

El inspector jefe vio en los ojos del policía que este decía la verdad.

Los dos se mantuvieron en silencio unos segundos que parecieron horas. Entonces Andrés golpeó la mesa con los nudillos.

—¿Sabe la hora y el día exacto que se consultó ese atestado? —preguntó Andrés.

—Sí, por supuesto —replicó Vázquez—. Fue el lunes 25 de junio —dijo sin dudar—. A las once y diecisiete minutos de la mañana. El acceso fue desde uno de los ordenadores de esta comisaría. El domingo 1 de julio asesinaban a las dos chicas de Zaragoza.

Andrés Hernández bajó la cabeza.

—Inspector —dijo solemne—. Conozco a la persona que consultó ese atestado.

Durante la hora siguiente Andrés le explicó cómo había recibido la visita de una persona que dijo conocerle de la infancia y con el pretexto de tomar un café se quedó solo delante de su ordenador, con las aplicaciones de la policía abiertas. Esa persona fue la que consultó el atestado de las chicas que asesinaron en Zaragoza. Esa persona era el asesino.

—Solicitaré la grabación de las cámaras de seguridad —dijo Vázquez—. Quiero verle la cara.

—¡Vaya! —exclamó Andrés Hernández—. Creo que las cintas solo guardan la grabación una semana.

Vázquez comprendió que las cámaras ya no graban en cintas, pero que el policía seguía utilizando ese nombre para referirse al sistema de almacenamiento.

—¿Quién me podría asegurar que es así?

—El policía de transmisiones —respondió Andrés—. Aunque solo hay uno y creo que este mes está de vacaciones.

—¿No hay nadie que lo sustituya?

Andrés sonrió.

—Esto es Huesca, con uno de transmisiones es suficiente.

—Si viera a ese hombre otra vez, ¿lo reconocería?

Andrés torció el gesto.

—Vale, vale. Es posible que le enseñe alguna fotografía, cuando la consiga, claro.

—Estoy a su disposición para lo que necesite —se ofreció Andrés.

36

La tarde del martes, Diana Dávila fue caminando desde su piso de la calle Sagasta de Madrid hasta el piso de la inspectora Arancha, en la calle Goya. La joven policía se había vestido con un pantalón corto de color beige, una camiseta de tirantes azul claro y unas deportivas de color rojo. Parecía una tenista rusa. Cuando pasó por la plaza Alonso Martínez, un grupo de obreros que estaban arreglando la acera le lanzaron todo tipo de piropos que la joven policía agradeció con la mirada. Pensó que si esos obreros supieran que en su bolso llevaba una pistola quizá no hubieran sido tan espléndidos con sus malsonantes galanterías. La inspectora le había dicho por la mañana que le entregaría un televisor que no utilizaba para que la joven policía pudiera ver la tele, ya que era una de las cosas que echaba de menos en su piso.

A las cinco de la tarde Diana llamó al portero automático del piso de Arancha.

—Sube, está abierto —le indicó.

El vestíbulo era amplio y se veía un bloque antiguo pero bien cuidado y con un mantenimiento impecable.

Diana llegó hasta la puerta del piso de Arancha subiendo por las escaleras.

—Buenas tardes —saludó la inspectora, propinándole dos sonoros besos en las mejillas.

Mientras Arancha le daba los besos frotó su mano en la espalda de la joven policía. Diana dudó entonces si había sido buena idea haber ido al piso de su jefa. Pero pensó que ya era tarde para arrepentirse.

—Deja el bolso aquí —le dijo Arancha señalando una percha que había detrás de la puerta—. ¿Café, cortado, refresco, cubata? Tengo de todo —ofreció.

La inspectora Arancha vestía con un pantalón corto de tela fina de color negro y una camiseta blanca muy transparente, e iba descalza. Diana se fijó en que era una mujer atractiva y que sus piernas eran realmente bonitas.

—Descálzate si quieres —le ofreció—. Sobre el parqué es como mejor se va.

Diana se quitó las deportivas y las dejó al lado del tresillo que presidía el comedor.

—¿Vives sola?

El piso estaba decorado con sencillez, pero se veía una mano femenina en todo: cortinas hechas a medida, cuadros de flores, paredes de color melocotón.

—Ahora sí —respondió Arancha—. Es como mejor estoy —aseguró.

—Más vale sola que mal acompañada —afirmó Diana. Después se dio cuenta de que no había sido un comentario acertado.

—No es eso —se quejó Arancha—. Tuve un lío con Vázquez. La relación sigue siendo buena, pero hemos comprobado que no podemos estar juntos.

—Entiendo —ratificó Diana.

—Durante unas semanas, después de dejarlo correr,

él seguía viniendo por aquí de vez en cuando y me pegaba un repaso.

Diana frunció el entrecejo. Ese comentario no encajaba en el lenguaje de la inspectora.

—Vázquez, pese a su edad, sigue siendo un toro bravo —siguió hablando—. Venía por la tarde, tomaba café y luego... aquí te pillo y aquí te mato.

Diana se sintió incómoda cuando vio que la puerta de la habitación de matrimonio estaba abierta. Desde su lugar podía ver perfectamente la cama con una fina colcha floreada de color blanco que la cubría. En ambas mesillas de noche había dos velas rojas encendidas. La joven policía tuvo la sensación de que la inspectora la estaba cortejando.

—En nuestra profesión es fácil ligar —murmuró Arancha—. Supongo que tú ya sabrás a qué me refiero. Los hombres son casi todos unos bobos y son capaces de todo con tal de echar un polvo. Si nosotras queremos tirarnos a un policía, tan solo tenemos que insinuarnos y la testosterona hará el resto.

Diana asintió con la cabeza sin replicar.

—Claro que hay que ser selectiva —siguió hablando la inspectora—. Tampoco es cuestión de irse a la cama con el primero que pase. Si fuese así estaríamos todo el día follando. Figúrate, hasta el informático me tiró los tejos un día.

—¿César?

—Sí, el papanatas ese. Me invitó a cenar —sonrió—. Esta mañana ha visto más de mí de lo que podrá ver nunca —se rio al acordarse de la escena que presenció cuando entró en el despacho y las pilló a las dos semidesnudas.

—Lo intentó —se compadeció Diana—. Si no lo hubiera intentado no hubiese sabido que no querías nada con él.

—Sí, claro. Por intentarlo que no quede. Los chicos del grupo son más reservados —dijo Arancha—. Ese es el problema de ser la jefa, no creo que ninguno de ellos quisiera salir conmigo, y menos siendo policías de la escala básica. Y tú, Diana, ¿tienes novio?

—No —negó con la cabeza—. Aún no he encontrado a ninguno que sea merecedor de ello —sonrió, demostrando que su comentario era una broma—. Si alguna vez tengo pareja estable prefiero que no sea compañero. Ya sabes lo que dicen, ¿no? Dónde tengas la olla no metas la polla.

—Cuánta razón tienes —avaló Arancha—. Yo estuve liada con Vázquez y al final tuvimos que dejarlo correr. Ven, te quiero enseñar algo —le dijo mientras la cogía de la mano y la acompañaba a la habitación de matrimonio.

Diana la siguió sin decir nada.

—¿Qué te parece? —dijo cuando llegaron al centro de aquella estancia.

Sobre una elegante cómoda de madera de pino había un televisor de plasma de veinte pulgadas. Diana sonrió inquieta cuando se dio cuenta de que la inspectora solo quería mostrarle el televisor que ella había venido a buscar.

—Tengo la caja en el trastero —le dijo—. Apenas pesa, así que te lo podrás llevar ahora mismo sin problema.

Diana se sintió como una tonta. Cuando Arancha le cogió la mano y la acompañó a la habitación ella había pensado otra cosa.

—Tienes un piso muy bonito y la habitación es acogedora —dijo Diana mientras miraba las velas de las mesillas de noche.

—Son perfumadas —replicó Arancha—. Me gusta el olor que desprenden.

Diana se fijó en que a los pies de la cama, y haciendo

tope, había una barra metálica y de forma cilíndrica que destacaba por encima de la colcha. Le chocó que el resto de la cama fuese de madera y el pie reluciera con una pieza distinta. Arancha se percató de que Diana se había dado cuenta de la diferencia.

—Tuvimos que cambiar el pie de la cama —dijo sonriendo—. Vázquez es todo un experto en practicar... —carraspeó levemente—. Bueno, en practicar el cunnilingus. Me excitaba tanto que no podía aguantar sin balancear las piernas con furia. Así que a Vázquez se le ocurrió atarme los tobillos al pie de la cama. Pero la primera vez que lo hicimos me moví tanto que rompí el pie y la cama cayó a plomo. Si no fuese porque Vázquez está en forma le hubiera chafado el pito —rio estruendosamente.

El concepto que Diana tenía de su jefa estaba cambiando de forma radical. En esos momentos le parecía una quinceañera contando sus amoríos. Pensó que quizás Arancha se extralimitaba explicándole todo lo que hacía con Vázquez.

—Hace unos meses que lo dejamos —siguió hablando la inspectora—. Y la verdad es que algunas veces lo echo de menos. Pero lo nuestro no podía ir más allá, no podíamos continuar... —se sinceró.

El silencio siguiente le hizo ver a Diana que la inspectora no iba a seguir hablando de qué pasó después.

—Bueno, borrón y cuenta nueva —dijo Arancha—. Ahora me tengo que centrar en mi trabajo, que es lo que me llena de verdad, y atrapar al asesino que nos trae de cabeza.

Para Diana no pasó inadvertido que el método que seguía el asesino para matar a sus víctimas coincidía con los gustos sexuales de Arancha y Vázquez. Dos chicas.

Una de ellas atada a la cama mientras la otra le practicaba el cunnilingus. Luego el asesino violaba a una de ellas y después las mataba a las dos.

—¿Cómo te ataba los tobillos?

Calculó mentalmente cuánto tiempo tardaría en llegar hasta su bolso que colgó en la percha que había en la entrada del piso. Pensó que tener cerca su pistola la tranquilizaría.

—Con esto —respondió la inspectora sacando una cuerda de nailon del cajón de la mesilla de noche.

Diana respiró con fuerza.

—Igual que la que utiliza el asesino del abecedario —afirmó.

El rostro de Arancha se contrajo bruscamente.

—No es lo que piensas, Diana —dijo la inspectora. Su semblante se tornó serio—. O al menos no es lo que me parece que estás pensando.

Diana se fue echando hacia atrás hasta que tocó la puerta de la habitación.

—Por favor —rio de forma nerviosa la inspectora—. Ahora me doy cuenta de que has podido pensar algo que no es. Esto que te he contado es algo que le gusta a Vázquez, pero empezamos a hacerlo mucho antes de los crímenes. Es un juego nuestro. Qué estúpida he sido en contártelo, aún no sé por qué lo he hecho.

Diana miraba con el rabillo del ojo el bolso de la entrada.

—Es mucha casualidad, ¿no? —preguntó con seriedad la joven policía.

—Vázquez es un gamberro —dijo Arancha—. Cuando se cometió el crimen de Nimes fue el primero en enterarse. Me contó cómo había sido y me propuso recrear esa escena en nuestra alcoba. Como un juego, ¿entiendes? Por eso me ató los tobillos. Fue un juego, Diana —repitió—. Un inocente y excitante juego entre adultos. Siento que al explicártelo hayas podido pensar mal.

Diana no la creía.

—¿En Nimes? —cuestionó—. ¿Cómo se enteró Vázquez que se había cometido ese crimen en Nimes?

—Porque dos años antes se había cometido un crimen similar en Málaga. Los datos de ese asesinato se metieron en los ordenadores de la Interpol y, cuando se repitió el modus operandi en Nimes, el ordenador saltó y nos envió la información. Vázquez se enteró y lo estuvimos comentando. Por aquel entonces estábamos empezando nuestra relación y a él le excitó la idea de que nosotros repitiéramos lo que le había pasado a esas niñas.

—¿Y a ti te pareció bien? —siguió preguntando Diana. Las explicaciones de la inspectora le parecían convincentes.

—Claro que me gusta lo que Vázquez me hacía. A qué mujer no le gusta que le...

—¿Por qué me has invitado a tu casa?

Arancha miró el televisor que había encima de la cómoda.

—Para regalarte el televisor —señaló con la barbilla—. ¿Por qué otra cosa sería?

El tono de Arancha se había suavizado. Diana empezó a dudar. Quizá la inspectora decía la verdad y todo era un cúmulo de coincidencias.

—¿No has pensado que el asesino puede ser Vázquez? —Se la jugó con la pregunta.

Arancha frunció el entrecejo.

—¿Vázquez? Por favor, Diana. Qué tonterías. Me estoy empezando a enfadar, de verdad. ¿Quién te crees que eres para hablarme así?

La inspectora pasó a la defensiva. Diana se sintió insignificante.

—Vázquez es el mejor inspector de la Brigada. Es todo un icono dentro de la Policía Nacional y un ejemplo de buen profesional. Y ahora está en Huesca indagando. Está trabajando para detener a ese asesino.

—¿Y lo de atarte a la cama?

—Un juego, Diana. Ahora me arrepiento de habértelo contado. Un juego —repitió—. ¿Tú no tienes sueños sexuales? ¿No te has excitado alguna vez pensando que te violan varios hombres a la vez? Pero eso no quiere decir que quieras ser violada, ¿no? —terminó el ejemplo.

Diana asintió con la cabeza. Ella también era una mujer muy sexual y entendía de lo que era capaz un hombre por satisfacer su instinto.

—Bueno —dijo Diana—. Será mejor que me marche.

—Coge el televisor —indicó Arancha—. Mañana nos veremos en la Brigada a las ocho. —Le guiñó un ojo—. Solo tenemos hasta el domingo para cazar al asesino. Tarde o temprano caerá en alguno de los perfiles que hemos creado en Internet.

Las dos mujeres salieron del piso y bajaron en el ascensor, con el televisor a cuestas, hasta el garaje donde estaban los trasteros. Arancha cogió una caja que tenía pegada la fotografía de un televisor en uno de los laterales. Diana se fijó en que el trastero estaba muy ordenado. Había estanterías llenas de libros y de cajas con etiquetas pegadas indicando su contenido: ropa, fotos, vajilla, libros...

Desmontaron el pie de plástico del televisor para que cupiese en la caja de cartón. Entre las dos consiguieron meterlo dentro. Luego, Arancha acompañó a Diana hasta la calle. No se calzó. A la joven policía le chocó ver a su jefa descalza esperando en el portal del edificio a que llegara el taxi. La vio una mujer vulnerable.

—Mañana a las ocho —le dijo acercándose para darle dos besos.

Diana los rechazó.

Cuando llegó el taxi, la joven policía se subió en la parte de atrás cargando la caja con el televisor. El taxista le preguntó si quería meterlo en el maletero. Ella negó con la cabeza.

—No ha sido buena idea ir al piso de Arancha —murmuró cuando el taxi se puso en marcha.

37

El inspector jefe Vázquez había terminado de hablar con el policía de Huesca, Andrés Hernández. El agente le contó que el lunes anterior al crimen cometido en Zaragoza se presentó en la Oficina de Denuncias un hombre que dijo ser amigo suyo de la infancia. «Me dijo que se llamaba Manuel Galván.» Mientras Andrés le contaba a Vázquez lo que estuvo hablando con el tal Manuel Galván, aprovechó al mismo tiempo para consultar la base de datos del DNI desde el ordenador de la Oficina de Denuncias. Y cuál fue su sorpresa cuando comprobó todos los Manuel Galván; según los datos de los que disponía, ninguno coincidía con la persona que lo visitó. Entonces supo Andrés que ese hombre había utilizado un nombre falso. El policía se lamentó delante de Vázquez por no haber sido más hábil y dejarse engañar por el asesino de las chicas. El inspector jefe le creyó, ya que lo vio sincero.

Cuando hubo terminado de hablar Andrés, Vázquez notó que vibraba su teléfono en el bolsillo del pantalón. Lo extrajo, en la pantalla parpadeaba el nombre del comisario Celestino Rivero. Descolgó.

—Sí —dijo.

—Vázquez, ¿puedes hablar?

—Un momento.

El inspector jefe salió al pasillo, dejando solo al policía en la sala que les facilitó el comisario de Huesca.

—Ahora. Dime, ¿qué ocurre?

—¿Cómo va todo por ahí? —se interesó el comisario.

—Estoy avanzando mucho —le dijo pletórico el inspector jefe—. Acabo de hablar con el policía de Huesca que vio al asesino. Es él, Celestino, el asesino estuvo aquí y lo engañó como a un chino.

—No te fíes de lo que te diga ese policía —advirtió el comisario.

—Él no tiene nada que ver —le dijo—. Fíate de mí, Celestino. Ese policía está más limpio que los chorros del oro. Lo han engañado como en la película *Extraños en un tren*. El tío se presentó aquí y se hizo pasar por un amigo de la infancia para sacarle toda la información posible. Picó el anzuelo y se lo tragó. En un momento en que se ausentó de la oficina para ir a buscar un café, el asesino aprovechó para consultar la base de datos de la policía y leer el atestado de las chicas de Zaragoza.

—¿Has pedido las imágenes de las cámaras de grabación?

—Sí, ya lo he comentado por aquí. Pero las imágenes solo se guardan una semana y es posible que ya no las tengan.

—También es casualidad —comentó el comisario—. En cualquier caso solicítalas por escrito al jefe de Huesca y que nos las manden por la Intranet de la policía. Le daré instrucciones a nuestro informático para que las revise y saque los fotogramas del asesino; aunque me da a mí que no se le verá la cara en ningún momento.

—Si el tío entró por la puerta de la comisaria, la cámara del vestíbulo tuvo que grabarlo —argumentó Vázquez—. Es la única que pudo hacerlo. Las dependencias policiales no tienen cámaras de grabación, pero de todas formas la calidad de las imágenes es pésima.

—La puta manía de la Dirección General en economizar en seguridad —lamentó el comisario en voz alta.

—En cualquier caso —insistió Vázquez—, ya te digo que el policía no tiene nada que ver. Es inocente.

—¿Y tú te crees eso?

—Sí, ya te digo que me fío de él. Es sincero. Al menos me lo parece. Y... otra cosa más.

—Dime —dijo el comisario.

—Viajando en el AVE me ha dado por comprobar las reuniones del Club Bilderberg tanto en España como en Francia. ¿Sabes que nunca se reúnen en el mismo lugar y que lo hacen de forma muy esporádica?

—Sí, de eso te quería hablar yo también —replicó el comisario.

—Espera, espera, ya verás. Tanto en el crimen de Nimes como en el de Málaga, los del Club se reunieron unos días antes. ¿Qué te parece? ¿No es extraño, Celestino, que nadie haya caído en la cuenta? Ni la Sûreté, ni la Guardia Civil de Málaga, ni nosotros. Hay una relación más que directa entre las reuniones del Club y los crímenes.

—No tenemos conocimiento de que se hayan reunido en Barcelona, Zaragoza o Albarracín —contravino el comisario. Hasta donde sabemos, esos clubes siempre se reúnen en grandes capitales.

—Ya, ya. Pero la mala prensa que tienen en esta época de crisis puede influir para que las reuniones sean secretas. Hoy en día los pudientes evitan ser ostentosos, no es socialmente correcto.

—Las reuniones de esa gente siempre son secretas —afirmó el comisario.

—Me refiero a que sean tan secretas que nadie sepa que se han reunido —insistió Vázquez—. Es posible que los tengamos por aquí y no lo sepamos. El policía de Huesca me ha dicho que podría identificar al hombre que lo visitó. Ese tío es alguien que trabaja para el Club, seguramente mata a esas chicas para divertirles.

El comisario frunció la boca. Le parecía imposible que alguien se pudiera divertir así. Pero en sus años de carrera había visto cosas peores, así que la hipótesis de Vázquez no era descabellada. Se acordó de las últimas palabras del director adjunto: «Esos chicos tienen derecho a divertirse un poco.»

—¿Ya has terminado en Huesca?

—Aquí, sí —respondió Vázquez, pletórico. El comisario lo conocía bien y sabía que cuando andaba tras una pista era como un niño pequeño—. Esta tarde me voy para Teruel.

—¿Teruel?

—Sí, ¿recuerdas que el delegado de Hacienda también habló con el asesino? Quiero entrevistarme con él. Estoy seguro de que es el mismo hombre que estuvo aquí. Ese tío es muy bueno. Es como te he dicho, el de *Extraños en un tren*. Habla con la gente haciéndose pasar por un conocido de la infancia y les saca toda la información que necesita. Ingeniería social, Celestino. Ese tío es un maestro de la ingeniería social y sabe cómo sacar toda la información sin que sus víctimas se den cuenta. Al policía de Huesca lo embaucó por completo. Figúrate, hasta estuvo conversando con él en la Oficina de Denuncias y deambuló a sus anchas por los pasillos de la comisaría.

—Oye... —bajó la voz el comisario—, creo que nos estamos desmadrando. Es imposible que todas las pistas que seguimos sean coherentes. Estamos estirando de demasiados ovillos: clubes poderosos, policías corruptos, crímenes en Francia y España separados por años de diferencia, que si ahora mata semanalmente y en domingo, que si los nombres de las chicas empiezan por la misma letra, que si al estilo del marqués de Sade, que si sigue un orden alfabético...

—¿Y qué sugieres?

—Creo que están jugando con nosotros. Que la mayoría de las pistas que seguimos son falsas y que el asesino, o asesinos, mata porque es un hijo de puta que disfruta con ello y hace coincidir nombres, letras y fechas para jodernos. Se ríe de la policía.

—Puede ser —asintió Vázquez—. Pero hay que comprobarlo todo, ¿no?

—¿Cómo irás hasta Teruel? Hasta allí no llega el AVE.

—No te preocupes, salen autobuses desde Huesca. Esta noche dormiré aquí y mañana a primera hora saldré hacia Teruel. Si tengo tiempo me acercaré a Albarracín. Le estoy siguiendo la pista a ese hijo de puta. Puedo olerlo. Y a todo eso, ¿cómo siguen las Twittercop?

—Ahí están, preparando la trampa —respondió el comisario—. Pero seguramente les diré que lo aborten todo.

—¿Abortar? —elevó la voz Vázquez.

—Es demasiado peligroso. Creo que nos enfrentamos a un asesino despiadado y muy poderoso.

—¿Poderoso como si tuviese a un club de poderosos detrás o poderoso como si fuese muy malo? —preguntó con ironía Vázquez.

—No me hagas caso —dijo el comisario—. Tienes razón, dejaré que Arancha y su alumna sigan con su plan. Pero tengo la sensación de que después del crimen del domingo 15 de julio, el asesino se desvanecerá como hizo en Nimes y tardará en aparecer de nuevo varios años, cuando nos hayamos olvidado de él.

Vázquez tuvo la sensación de que el comisario le ocultaba algo.

—¿Qué ocurre? —preguntó.

—Oye, Edelmiro... Mira...

A Vázquez se le encogió el alma. Solo cuando había malas noticias el comisario le llamaba por su nombre de pila: Edelmiro. Nadie le llamaba así nunca, ni siquiera la inspectora Arancha durante el tiempo que estuvieron juntos.

—¿Qué?

—Ten cuidado por ahí, ¿quieres? Ten mucho cuidado y regresa pronto.

Cuando hubo colgado el teléfono, Vázquez sacó el arma del bolso y se la metió en la cintura, por debajo de la camisa. El comisario había conseguido asustarlo.

38

El miércoles 11 de julio coincidieron la inspectora
Arancha Arenzana y la policía Diana Dávila en el vestíbulo del Centro Policial de Canillas. Los policías de seguridad las miraron sonriendo.

«Menudo polvazo tienen las dos», le dijo el más veterano a su compañero.

—¿Has descansado? —le preguntó Arancha a la joven
policía. Sus ojos aún conservaban las ojeras de dormir.

—Sí —mintió.

—Estamos a miércoles y no disponemos de mucho
tiempo —dijo Arancha.

Subieron por la escalera hasta la segunda planta. El
despacho donde estaban los cuatro ordenadores preparados para tender el cebo al asesino estaba abierto. Una
mujer, vestida con una bata blanca, limpiaba el polvo de
una de las mesas. La inspectora pensó en qué clase de seguridad tenían en la Brigada. Por su cabeza pasó la idea
de lo vulnerables que eran, cualquiera podía infiltrar a
una mujer de la limpieza o un encargado de mantenimiento y robar la información más valiosa. Hasta pro-
yectó en su mente la posibilidad de que esa mujer que

quitaba el polvo a los monitores fuera el asesino del abecedario. «¿Por qué no?», pensó sonriendo.

—¿De qué te ríes? —le preguntó Diana.

—Nada. Una ocurrencia que he tenido. Tonterías mías.

Diana recordó la tarde del día anterior en el piso de la inspectora. Un escalofrío le recorrió la espalda.

—¿Café? —le preguntó Arancha, abstrayéndola de sus pensamientos.

—Sí, por supuesto. Café solo.

La inspectora salió al pasillo y se encaminó hacia la máquina de café.

—Ya he terminado —dijo la mujer de la limpieza.

Diana se percató de que no la habían saludado al entrar. Para ella, aquella mujer de la limpieza era como un objeto. Se acordó de su madre y sintió lástima. Diana siempre había visto a su madre como una chacha sin aspiraciones y cuya única alegría en su vida era que llegase el fin de semana para descansar delante del televisor. Cuando ella era una niña veía como de vez en cuando su madre traía a casa a añosos que solamente querían echar un polvo. A la mañana siguiente se marchaban para no regresar.

La mujer de la limpieza salió del despacho de la inspectora empujando un carro lleno de trapos y con dos cubos de agua en su interior. Diana encendió un cigarrillo y se apostó en la ventana que había abierto esa mujer para que se secara el suelo.

—Aquí está el café —dijo Arancha entrando por la puerta.

Mientras Diana fumaba, Arancha encendió los cuatro ordenadores pulsando los botones de las CPU. Los monitores parpadearon y enseguida mostraron el entorno de escritorio Gnome de Linux. Pese a los recortes, la

Brigada de Delitos Tecnológicos tenía lo último en ordenadores, eran lo suficientemente rápidos para no impacientarse al trabajar con ellos.

—Hay que joderse —exclamó Arancha.

Diana pensó que la inspectora había hecho un comentario más acorde a un camionero que a una educada inspectora de la Policía Nacional.

—¿Qué?

—La cuenta de correo de Gmail está saturada de mensajes. No veas la cantidad de pervertidos que nos han escrito. Parece que tu foto atrae a las mentes más calientes —sonrió Arancha.

—O tu espalda —replicó la joven policía—. No olvides que la espalda desnuda que sale es la tuya.

La inspectora se sintió agasajada. El comentario de Diana era lo más parecido a un piropo.

—Voy a borrarlos —dijo Arancha remarcando con el puntero del ratón varios mensajes de la cuenta de correo.

—Espera —conminó Diana—. ¿No los vas a leer?

—No tenemos tiempo que perder en tonterías. Lo único que ponen son guarradas acerca de lo que harían con nosotras si nos pillaran. Mira —puso como ejemplo—, este dice que le gustaría follarnos a las dos a la vez. Qué original, ¿no?

—¿Cuántos mensajes hay? —preguntó Diana, apagando el cigarrillo en el vaso de café que acababa de beber y acercándose hasta la mesa donde estaba Arancha.

—No sé, ochenta al menos.

—No son tantos —dijo Diana—. Hay que leerlos de uno en uno. Puede que uno de esos mensajes sea del asesino. ¿No has pensado que también pueda contactar a través del correo electrónico? No deja de ser una red social más.

La inspectora frunció la frente. No le parecía que el correo electrónico fuese una red social, pero no replicó a Diana.

—Está bien —dijo Arancha poniéndose en pie—. Lee todos estos correos mientras yo miro el ordenador que tiene configurado el Twitter.

La inspectora había retomado su papel de jefa de grupo y estaba dando órdenes directas a su subalterna. Diana se sintió ofendida. Para la joven policía la relación con su jefa pasaba por altibajos.

—Está bien —respondió.

Arancha se sentó en el ordenador que había en la otra esquina. Diana pensó que a la inspectora no le había gustado que la desdijera con su comentario anterior.

La joven policía leyó uno a uno todos los correos. Todos eran del mismo estilo y muchos estaban firmados por mujeres; aunque Diana sabía que la mayoría eran hombres que se hacían pasar por mujeres para ligar con ellas. En los correos se incluían teléfonos de contacto, páginas web, foros personales, advertencias de que el usuario tenía WhatsApp. Casi todos incluían también la posibilidad de contactar mediante videoconferencia, y ponían varias formas posibles de contacto: Google Talk, Messenger, entre otras. Uno de los mensajes decía:

Hola, Demetria y Diana, soy una chica muy viciosa a la que le encanta ver a dos mujeres besándose. Si queréis podemos contactar por videoconferencia. No hace falta que me veáis a mí, yo solo os miraré.

Diana sonrió al ver la dirección de correo con la que Arancha había dado de alta la cuenta: *demetriaydiana-*

tortilleras@gmail.com. Desde luego, pensó, con esa dirección no es de extrañar que contacten salidos con ganas de pajearse mientras nosotras nos besamos.

Diana miró de reojo a Arancha; la inspectora estaba leyendo los mensajes de Twitter. Arancha, al darse cuenta de que la miraba Diana, dijo:

—Ya tenemos 135 seguidores.

Un policía de la Brigada accedió al despacho.

—Buenos días, Twittercop —saludó efusivo.

—Buenos días —respondió Arancha quedamente.

—Os dejo, veo que tenéis trabajo —dijo, y se marchó por el pasillo riendo.

—Es Saúl —dijo Arancha—. Un payaso del Grupo Primero.

—Deberías mirar los seguidores uno a uno —sugirió Diana.

—Es lo que estoy haciendo —dijo la inspectora—. Tú a lo tuyo y yo a lo mío.

Diana se percató de que la relación con Arancha estaba empeorando. A la inspectora no le gustaba ser mandada y ella era lo que había hecho al decirle que tenía que mirar los correos electrónicos. Quizá, pensó la joven policía, ese era el morbo que sentía una persona que no quería ser mandada cuando era mandada en una relación sexual.

Durante quince minutos Diana leyó los correos de su ordenador mientras Arancha leyó los *tuits* del suyo. La inspectora se entretuvo en mirar los perfiles de los seguidores de la cuenta que había creado a nombre de Demetria y Diana.

—Arancha, ¿te puedo interrumpir? —preguntó Diana, displicente. La chica quería suavizar la relación con su jefa.

—Claro —dijo Arancha.

El tono de su voz se había endulzado. Diana pensó que los quince minutos de silencio les habían venido bien a las dos.

—Si localizamos a alguien que pudiera ser el sospechoso, ¿qué hay que hacer?

Arancha dejó lo que estaba haciendo y miró a los ojos de Diana.

—Pues imprimir la pantalla y todos los datos que puedas y dármelo a mí.

Diana no dijo nada.

—Y yo —siguió hablando Arancha— se los pasaré al Grupo de Investigación para que con esos datos localice al emisor.

—¿Sabríamos quién es?

—No exactamente, pero sabríamos desde qué IP se conectó.

—¿Y si se conecta desde un cibercafé o un móvil?

—Sabríamos dónde está el cibercafé y sabríamos dónde estaba el asesino cuando se conectó con el móvil. Además —añadió la inspectora—, desde hace unos años nadie puede tener una tarjeta de telefonía anónima. Todos los usuarios tienen la obligación legal de dar sus datos cuando la compran.

—¿Entonces sabríamos quién es? —volvió a preguntar Diana.

—Si no lo supiéramos al momento, no tardaríamos demasiado en saberlo. Somos la policía, ¿sabes? —sonrió Arancha.

—Lee este mensaje —dijo Diana girando levemente el monitor.

Arancha se puso en pie y se acercó hasta donde estaba ella. Sin sentarse leyó en voz alta lo que decía el mensaje:

Hola, Demetria y Diana, soy una chica de Barcelona de quince años. Desde hace un año que me gustan las mujeres, pero hasta ahora no me he decidido a dar el salto. He visto vuestro perfil en Facebook y como habéis puesto un correo de contacto me he decidido a escribiros. Me gustaría iniciarme con vosotras, que creo que es la mejor forma de hacerlo. Me encantaría lamer el sexo de la chica que está de frente, no sé si es Demetria o Diana, mientras que la otra me lame el mío. Es la primera fantasía que me ha venido a la mente cuando he visto vuestro perfil en Face. ¿Os podéis desplazar hasta Barcelona? Tengo lugar de encuentro. Os puedo mandar alguna fotografía si queréis. Os quiere: Erika Fraguas.

Arancha frunció el ceño.

—Un salido —dijo—. Es un tío que quiere pajearse con lo que le contemos. Yo no le daría ninguna importancia.

Diana la miró a los ojos fríamente.

—Por favor, Arancha —dijo de forma sumisa—. ¿Puedes leerlo otra vez? Sobre todo la firma.

Arancha dio un respingo. Todo su cuerpo se conmocionó de repente como si hubiera sufrido una descarga eléctrica.

—No puede ser —exclamó—. Demasiada casualidad. Es él, no hay duda.

Tanto Diana como Arancha se quedaron mirando la firma del correo electrónico: Erika Fraguas era el nombre de una de las chicas asesinadas en Barcelona.

39

El miércoles por la mañana, Rubén Pardinas, el delegado de Hacienda de Teruel, llegó caminando, como cada día, hasta su lugar de trabajo. Accedió por la amplia escalinata y saludó al vigilante que custodiaba la entrada. Afortunadamente hacía casi dos semanas que había terminado la temporada de las declaraciones de la renta y la administración recuperaba poco a poco la calma que precedía a las vacaciones de verano. A esa hora no había nadie en el vestíbulo principal.

—Buenos días, señor Pardinas —saludó amable el vigilante.

—Parece que el calor aprieta —replicó—. Ya era hora de que llegara el verano.

—Unos hombres han preguntado por usted hace una media hora —dijo el vigilante.

—¿Unos hombres?

—Sí, han aparcado el coche allí. —Señaló el vehículo con una mano ensortijada—. Ese azul de ahí —indicó.

El delegado de Hacienda vio un Opel Astra de color azul aparcado en una zona prohibida donde solo podían aparcar vehículos oficiales.

—¿Han dicho qué querían?

—No, no. Solo me han preguntado por usted. Creo que son policías.

—Entiendo —dijo el delegado.

Rubén Pardinas había estado recibiendo varias visitas de la Policía Nacional de Teruel durante esos días. A raíz del crimen de las hermanas Doblas, Beatriz y Bárbara, en la localidad de Albarracín, los agentes le hicieron varias preguntas que él respondió amablemente. Teruel es una ciudad lo suficientemente pequeña para que todos se conozcan. Los inspectores del grupo de Homicidios eran de allí y conocían la fama de pendenciero del delegado de Hacienda. Pero Rubén Pardinas temía la visita de agentes de Zaragoza o de Madrid, ellos no serían tan cautos como sus compañeros. Si su mujer se enteraba de que había estado montando prolongadas orgías con las hermanas de Teruel, su vida familiar se iría por el sumidero. Pero si además indagaran en su esporádico contacto con las drogas, su trabajo se acabaría de la peor forma que se podía acabar un trabajo como el suyo: con titulares en la prensa. No corrían buenos tiempos para los empleados de la Administración, la sociedad estaba sedienta de sangre gubernamental y el cese de un político o un alto cargo era lo que más les satisfacía.

—¿Sabe dónde están ahora? —preguntó.

—No los he seguido con la mirada —respondió el vigilante—, pero intuyo que están almorzando —sonrió.

El delegado de Hacienda barrió con la mirada los dos bares de la calle y pensó que en alguno de ellos estarían esos hombres.

—Si regresan, me avisa por teléfono —le dijo al vigilante.

Sobre uno de los sillones de su despacho dejó el maletín donde portaba los documentos de su labor como delegado de Hacienda. El calor era abrasador y tuvo que encender el aire acondicionado y bajarlo hasta los veinte grados. Sonrió al pensar que contravenía las indicaciones del Gobierno acerca de ahorrar en electricidad.

«¿Qué querrán esos?», pensó.

Tenía un mal presagio sobre la visita de esos dos hombres. Durante la semana tuvo cuidado cuando habló por teléfono, vigiló cuando salió a la calle e incluso no sobrepasó el tiempo establecido para el almuerzo en el bar donde llevaba almorzando los últimos diez años. Borró el teléfono de las hermanas Doblas de su agenda y cualquier correo electrónico que hubiese intercambiado con ellas. Fue tal el miedo que albergó que incluso dio de baja su cuenta de Twitter y de Facebook. La policía no le preguntó por el extraño hombre de negro que le visitó el día antes y que él sospechaba que había sido el asesino, pero sabía que algún día alguien le preguntaría por él. Rubén era conocedor de la habilidad que tenía la policía para resolver los crímenes más intrincados. Tarde o temprano vendrían, pensó. Y tarde o temprano le preguntarían por su relación con esas chicas y su relación con el hombre de negro.

El sonido del teléfono le abstrajo de sus pensamientos.

—Sí —dijo con voz temblorosa.

—Los hombres de esta mañana están aquí —anunció el vigilante de seguridad—. Ahora mismo están subiendo por el ascensor.

—Gracias —dijo antes de colgar.

El delegado de Hacienda se acomodó en la silla de su despacho y desordenó varios papeles encima de la mesa para ofrecer una imagen de trabajo. Sería una buena excusa para deshacerse de ellos lo antes posible, pensó.

—Buenos días —saludaron dos hombres trajeados mientras accedían a su amplio despacho.

Rubén levantó la mirada por encima de sus gafas y despegó los labios, la boca se le había secado y creyó que le iba a costar hablar. Pero no fue así, pronunció un saludo con voz grave:

—Buenos días, señores.

Eran dos hombres altos y delgados. Uno de ellos portaba un maletín negro que no soltó en ningún momento. El otro miraba a través de unas gafas oscuras de cristales verdes detrás de los cuales se podían distinguir unos ojos pequeños.

—Señor Pardinas. —El hombre de las gafas oscuras extendió la mano.

Rubén se puso en pie y estrechó su mano. A pesar del calor la mano permanecía seca. El delegado pensó que era un hombre templado.

—¿Nos podemos sentar? —preguntó.

—Sí, sí, claro —dijo. El delegado de Hacienda ya dio por supuesto que eran policías.

—Hemos llegado esta mañana de Madrid —dijo. Rubén pensó a qué hora habrían salido de Madrid para llegar tan pronto a Teruel, creyó que le mentían—. ¿Tiene un momento?

La amabilidad de esos hombres no le gustó.

—¿Son ustedes policías? —inquirió.

Uno de ellos, el que mantenía el maletín en la mano, extrajo una cartera del bolsillo de su chaqueta y mostró una reluciente placa de la Policía Nacional. En la fotografía del carné se le veía mucho más joven y vestía camisa de uniforme.

—Sí. Lo somos —replicó con voz severa.

—Ya he respondido todas las preguntas de sus compañeros durante esta semana. Siempre estoy dispuesto a colaborar con la ley —sentenció.

—Asuntos Internos —dijo secamente el hombre de las gafas oscuras.

Lo primero que pasó por la cabeza del delegado de Hacienda fue que el hombre de negro que lo había visitado antes de matar a esas chicas también era un policía.

—¿Quieren tomar algo? —ofreció.

—Ya hemos desayunado, gracias —respondió el que llevaba las gafas oscuras. Rubén se preguntó cómo es que no se las quitaba en ningún momento—. El viernes 6 de julio recibió usted una visita de un conocido suyo, ¿cierto?

Rubén asintió con la cabeza sin decir nada.

—¿Realmente lo conocía?

—Me dijo que se llamaba Quique Manrique y que habíamos sido compañeros en la mili, en Cáceres. —Rubén pensaba bien lo que iba a decir antes de hablar—. Estuvimos recordando viejos tiempos.

—¿Lo conocía de verdad? —repitió la pregunta el hombre de las gafas oscuras.

Rubén desvió la mirada hacia el techo, como si estuviera pensando. La frente se le perló de sudor y eso le incomodó, no quería parecer nervioso ante esos policías.

—Pues él estaba muy seguro de que éramos amigos en la mili, pero yo la verdad es que no lo recordaba. Me mostró una fotografía, pero ya sabe lo que puede cambiar uno en treinta años.

El rostro de los dos hombres seguía tan impasible como al principio. Dijera lo que dijera Rubén no les hacía mover ni una ceja.

—Iré al grano —dijo el hombre de las gafas oscuras—. El hombre que le visitó es el asesino de sus amiguitas de Albarracín.

Al escuchar amiguitas la frente del delegado se perló completamente. Una fina capa de cera reflejaba lo que esa palabra suponía para él.

—Porque Beatriz y Bárbara eran amigas tuyas, ¿no?

Rubén se percató de que el policía había pasado a tutearle. Ese hombre comenzaba a perderle el respeto. Su única respuesta fue balancear la cabeza y bajar los ojos.

—Además —siguió hablando el policía—, utilizó un teléfono de la Agencia Tributaria para contactar con esas chicas. —El otro policía abrió el maletín y extrajo una libreta de anillas que le entregó al portavoz de los dos—. Tú mediaste para que @*alphonsedonatien* se pusiera en contacto con ellas. ¿Sabes lo que eso significa?

La garganta del delegado se abrió para que la saliva resbalara por ella. Se le había hecho un nudo y temía que de un momento a otro perdería la voz.

—¿Lo sabes o no lo sabes? —insistió.

—Sí. Que soy cómplice de asesinato.

—Es usted un buen hombre —dijo. Rubén percibió que volvía a hablarle de usted—. Así que no es necesario que un hombre de su posición, con una familia: mujer y dos hijas, se vea involucrado en un crimen tan grave como este.

El aire del despacho del delegado se tornó irrespirable. Imaginó Rubén que de un momento a otro esos hombres sacarían unos grilletes y procederían a informarle de sus derechos. Era el fin de una prolífica carrera. Por su mente pasaron todos los improperios que le diría su mujer. El abandono de sus hijas y el mal ejemplo que él había sido para ellas.

—Pero, claro —siguió hablando el policía—, todo en esta vida tiene solución.

El otro policía, el que llevaba el maletín, dibujó una mueca parecida a una sonrisa en su rostro.

—Haré lo que sea —ofreció el delegado—. Lo que sea —repitió más despacio.

—A nosotros lo único que nos interesa es detener al hombre que mató a esas chicas. Una vez detenido ese hombre todo se habrá solucionado —dijo el policía.

—¿Tendré que declarar en el juzgado en su contra? —preguntó dubitativo Rubén.

—No es necesario —habló por primera vez el policía que portaba el maletín mientras extraía un puñado de folios grapados—. Aquí traemos una declaración policial donde usted reconoce a la persona que lo visitó y le pidió datos de esas chicas, así como el reconocimiento de su fotografía. En un acta aparte incluiremos el préstamo del teléfono móvil con el que contactó con ellas. No es necesario que especifique por qué lo hizo, puede argumentar que él se lo robó sin que usted se diera cuenta. No tiene usted por qué saber quién y cuándo se utilizan los móviles de la Agencia Tributaria.

El policía dejó de hablar y Rubén no dijo nada. Se hizo un silencio sepulcral.

—A veces es necesario una pequeña mentira para salvar una gran verdad —argumentó el policía del maletín—. Eso no significa que usted esté cometiendo un delito, simple y llanamente significa que está colaborando con la justicia. Si tuviéramos que reunir las pruebas de forma legal para culpar a alguien, seguramente las calles de nuestras ciudades estarían llenas de criminales.

La frente de Rubén se secó parcialmente. Las últimas palabras del hombre del maletín lo habían tranquilizado. Parecía que el problema se iba a solucionar.

—¿Saben quién es ese hombre?

El policía del maletín extendió una fotografía tamaño folio sobre la mesa. En una imagen borrosa se veía un hombre de pie en la esquina de una calle. La foto parecía que se había tomado con una cámara de larga distancia. Era imposible distinguir el rostro.

—¿Era este hombre el que le visitó?

Rubén se frotó la barbilla, como si allí hubiese una inexistente perilla.

—La imagen es de mala calidad. No sabría decirle.

El policía del maletín extrajo otra fotografía. Esta vez más clara. El mismo hombre estaba sentado en la terraza de una cafetería charlando con otra persona. La foto era de perfil.

—¿Y este?

—No se parece —dudó el delegado de Hacienda—. Puede ser, pero no le sabría decir a ciencia cierta si es él.

El policía extrajo otra fotografía más del maletín. En esta se veía la imagen de frente, como si fuese de un DNI. Era imposible que esa imagen fuese más clara.

El delegado negó con la cabeza.

—No es él. Se parece, pero no es él.

—Vamos, Rubén —dijo el policía de las gafas oscuras—. Está usted sometido a una gran presión. Sabemos que lo está pasando mal con todo esto. Pero usted es el que tiene la solución. La solución es reconocer a este hombre como el que estuvo aquí. Nosotros sabemos que es él, solo falta que usted lo confirme.

—Bueno —dijo el delegado—, puede ser que sí sea él.

—Claro que es él —replicó el policía de las gafas oscuras—. De eso puede usted estar seguro.

El otro policía le puso delante los documentos que tenía que firmar.

—Esto es una declaración que dice que el hombre

que aparece en estas fotografías es el que le visitó el viernes 6 de julio. Firme aquí y aquí —señaló con el dedo.

Rubén Pardinas firmó en todos los recuadros que le indicó el policía. Mientras firmaba sentía que se iba quitando un peso de encima. Con cada rúbrica su frente se secaba cada vez más. ¿Qué le importaba a él que ese hombre no fuera el que estuvo en su despacho?, pensó. Los policías estaban seguros de que era él, allá ellos con su conciencia, se dijo el delegado de Hacienda mientras el bolígrafo resbalaba por los recuadros que le iba marcando el hombre del maletín.

—Perfecto —dijo el policía de las gafas oscuras—. Ya no tiene que preocuparse por nada. Puede usted seguir con su vida, como hasta ahora.

El del maletín guardó los documentos y los dos se pusieron de pie al mismo tiempo, como si fuesen dos bailarines perfectamente coordinados. Detrás de las fotografías que había firmado el delegado había un nombre escrito: Andrés Hernández.

—Espero que no nos tengamos que ver más —dijo seriamente el policía de las gafas—. Eso será buena señal.

Cuando los dos policías salieron a la calle se acercaron hasta un coche de color gris que había aparcado en la esquina de la Delegación de Hacienda. En su interior había dos hombres.

—Pueden levantar el servicio —les dijo el policía de las gafas oscuras—. Aquí ya hemos terminado.

40

Vázquez durmió en un hotel de Huesca. A la mañana siguiente se levantó cuando aún no eran las seis de la madrugada. Ni siquiera había deshecho la maleta el día anterior. Era el miércoles 11 de julio.

Por la noche había conseguido un calendario de autobuses; tenía previsto viajar hasta Teruel para entrevistarse con el delegado de Hacienda. Sonrió al ver el poco tránsito de autobuses que había entre Huesca y Teruel y se acordó de la célebre frase que decía: «Teruel existe.» Apenas dos viajes al día entre las dos ciudades. Cogería el autobús de las diez de la mañana y regresaría en el de las seis de la tarde. Con un poco de suerte, pensó, al día siguiente saldría en el AVE de regreso a Madrid.

En la estación de autobuses vio dos hombres que iban vestidos con chalecos grises. Por su edad, los dos eran jóvenes, el corte de pelo y los chalecos, enseguida supo que eran policías. A un inspector jefe de cincuenta y cinco años no se le escapaba un detalle tan aparatoso. Pensó que esos dos policías estarían haciendo un servicio en la estación. Pero también dudó de que no le estuvieran siguiendo. Esa hipótesis se desvaneció cuando ninguno de los dos se subió al autobús con él.

El autobús iba prácticamente vacío, apenas quince pasajeros. Se sentó cerca del conductor. El ronroneo del motor, el aire acondicionado y el sol que le pegaba de lado, todo ello ayudó a que durmiera durante las tres horas de viaje.

A su llegada al destino, observó como la estación de autobuses de Teruel era prácticamente una copia de la de Huesca: las dos eran idénticas. La distancia entre la estación y la Delegación de Hacienda era de cinco minutos caminando. Durante el trayecto, Vázquez soportó el inmisericorde sol que a esa hora le caía sobre la cabeza. Era poco más de la una del mediodía.

El vigilante de seguridad no le hizo pasar por el escáner, ya que Vázquez se identificó como policía.

—¿El delegado de Hacienda?

—Está en su despacho —respondió de forma marcial.

Vázquez subió por el ascensor y se extrañó de que el vigilante no avisara al delegado de su visita. Pensó que en Teruel todo era menos protocolario en comparación con Madrid.

—Ya he hablado con la policía todo lo que tenía que hablar —dijo descortés el delegado de Hacienda cuando Vázquez se presentó ante él.

El inspector jefe no se esperaba ese tipo de trato tan grosero.

—Solo serán unas preguntas —insistió.

—Mire, comisario... —dijo el delegado.

—Soy inspector jefe —corrigió Vázquez.

—Pues mire, inspector jefe, yo ya he dicho todo lo que tenía que decir. No tengo nada más que añadir. Hable usted con sus compañeros de Madrid y ellos le dirán que he colaborado con ustedes.

Vázquez frunció el entrecejo al oír lo de compañeros de Madrid.

—¿Le han preguntado sobre un hombre que estuvo hablando con usted antes de que mataran a las chicas de Albarracín?

—Sí, sí, el policía. Ya les he dicho todo lo que sé.

—¿Policía? —preguntó Vázquez—. ¿Cómo sabe que era policía?

El delegado de Hacienda se secó la frente con un pañuelo de papel.

—Porque esos hombres me dijeron que eran de Asuntos Internos de Madrid. Y los de Asuntos Internos, hasta donde yo sé, solo investigan a otros policías.

La expresión de Vázquez delataba que algo no iba bien. «¿Qué coño hacen los de Asuntos Internos de Madrid aquí?», se preguntó. Para el inspector jefe era imposible que los de Asuntos Internos estuvieran investigando a un policía por los crímenes del abecedario sin que él lo supiera, sin que lo supiera el comisario Celestino Rivero. No tenía ningún sentido, ellos eran la brigada encargada de investigar este asunto y los de Asuntos Internos estaban bajo el mando de cada comisaría provincial. Vázquez se dijo: «Si vienen de Madrid es porque están investigando a un pez gordo de la policía.» No había otra explicación.

—¿Está seguro de que eran policías? —preguntó.

Justo después de hacer la pregunta se dio cuenta de lo desafortunada que era.

—Esto tiene gracia —rio el delegado de Hacienda—. Usted, un inspector jefe de la Policía Nacional, me pregunta si esos hombres eran policías. Entonces... ¿quiénes eran, si no? Deberían ponerse ustedes de acuerdo, ¿no?

—Está bien, está bien —se disculpó Vázquez—. Todo

este asunto del asesinato de esas chicas nos está acelerando. ¿Le mostraron fotografías o algún vídeo?

El delegado de Hacienda se acercó a una de las ventanas de su despacho, como si quisiera observar la calle mientras respondía.

—Me mostraron varias fotografías del hombre que dicen que estuvo hablando conmigo y que fue el que mató a esas chicas de Albarracín. Yo lo reconocí.

—¿Era él?

El delegado permaneció en silencio durante un minuto que pareció una hora.

—Creo que sí.

—¿Cree que sí?

—Mire, todo esto es tan incómodo para mí como para ustedes. Lo único que sé es que un hombre que dijo conocerme del servicio militar estuvo aquí y me preguntó por las hermanas de Albarracín. Ese hombre tenía interés en conocerlas... Bueno, sabe que eran putas, ¿no?

Vázquez asintió con la barbilla.

—Hable claro, se lo ruego.

—Me dijo que le habían robado el teléfono móvil el día anterior en Zaragoza y que no tenía ninguno para comunicarse, así que le ofrecí uno de los que disponemos en la Delegación. Supongo que ese acto me implica directamente, pero le puedo jurar y perjurar que nunca lo había visto antes y que no tengo nada que ver con el crimen.

—Me podía describir a ese hombre.

—Era alto y grueso. Vestía de negro, algo que llama la atención con el calor que hace —respondió el delegado de Hacienda—. Por lo demás sus facciones eran normales, un tipo aseado.

—¿Aseado?

—Sí, quiero decir bien afeitado.

—Me ha dado una descripción muy banal —anotó Vázquez—. Quizá debería fijarse en los detalles más significativos.

—Quizá si me enseñara una fotografía —sugirió.

—Luego, luego —dijo con desdén Vázquez—. Haga un esfuerzo y recuerde algún detalle que me sea de utilidad.

—Apenas hablé unos minutos con él.

—Apenas habló con él y le dejó un teléfono móvil de la Agencia Tributaria y le facilitó la forma de contacto con las chicas de Albarracín —sonrió Vázquez—. ¿Hace usted eso con todos los que pasan por aquí?

El delegado volvió a sentirse incriminado. Pensó que su culpa se había desvanecido cuando convenció a los de Asuntos Internos de Madrid y ahora venía ese inspector jefe a remover más la mierda. Se sentó en la silla de su despacho y trató de recomponerse de los ataques del policía.

—Recuerdo que tenía un diente de oro.

Vázquez arqueó las cejas. Era la primera vez que alguien le nombraba ese detalle. Ya no se ponían dientes de oro, lo cual indicaba que el asesino podía ser de algún país del Este de Europa, rumano, quizá.

—¿Está seguro?

El delegado asintió moviendo la cabeza de forma casi imperceptible.

—¿Qué más?

—Cuando cogió el teléfono móvil que le di me fijé en que tenía un tatuaje en la mano derecha. Aquí —dijo señalando en su propia mano la zona que hay entre el dedo pulgar y el índice—. Dos letras «J».

Los ojos de Vázquez se abrieron como platos. El inspector jefe se preguntó cómo es que nadie le había tomado una declaración en condiciones a ese hombre.

—¿Estaría dispuesto a declarar lo que ha dicho por escrito?

El delegado se asustó.

—Ya hice una declaración ante sus compañeros de Madrid.

—¿Qué tipo de declaración?

—Firmé un documento y una fotografía donde reconocía al hombre que estuvo aquí.

—¿Y no les dijo a los de Asuntos Internos que ese hombre tenía un diente de oro y el tatuaje de la mano?

—No me lo preguntaron. —El delegado se encogió de hombros.

Vázquez encendió su tableta.

—¿Tienen wifi aquí?

—Sí, por supuesto.

El inspector jefe toqueteó su tableta y comprobó que enganchaba con la red wifi de la Delegación de Hacienda. En un minuto accedió a la aplicación que gestionaba los funcionarios del Cuerpo Nacional de Policía. Solo unos pocos jefes podían acceder de forma externa sin utilizar la Intranet de la policía, y Vázquez era uno de ellos. Tras teclear la clave alfanumérica de veinte dígitos el sistema le mostró el menú de gestión. En el campo de búsqueda tecleó: «Andrés Hernández Mancilla.» En unos segundos pudo ver en la pantalla de su tableta la fotografía del carné profesional del policía de Huesca. Giró la tableta y se la mostró al delegado de Hacienda.

—¿Es este?

El delegado pensó unos instantes.

—Sí, más joven, pero ese es el hombre.

—¿El que estuvo aquí hablando con usted?

—No, el que me señalaron los de Asuntos Internos de Madrid.

Vázquez se frotó la barbilla de forma nerviosa.

—O sea, que el hombre que estuvo aquí no es este.

El delegado bajó los ojos. Su mirada se perdió por el pico de la mesa.

—¿Qué está pasando, inspector?

Vázquez cogió aire.

—Está pasando que alguien quiere que un policía de Huesca se cargue la culpa de los asesinatos de esas chicas.

—No comprendo.

—Nada, eso es algo que a usted no le interesa. Muchas gracias por todo. Dentro de unos días quizá necesite que declare por escrito que este hombre que usted acusó ante los de Asuntos Internos no es el mismo que le pidió el teléfono móvil y que seguramente mató a las chicas de Albarracín.

—Empiezo a estar cansado de todo este lío —suspiró el delegado.

—Y yo, créame que yo también empiezo a estar hasta los huevos.

41

Diana imprimió el mensaje de la cuenta *erika_fraguas15@gmail.com* donde alguien que se hacía pasar por Erika Fraguas, una de las chicas asesinadas en Barcelona, había contactado con ellas. Era demasiada casualidad para pensar que el remitente no fuera el asesino.

—¡Es él! —exclamó Arancha—. No hay ninguna duda.

—Hay que responder a su mensaje —propuso Diana.

—No, no. Espera, no hay prisa.

Arancha estaba visiblemente nerviosa.

—Tenemos que quedar con él. Pero antes tengo que darle toda la información al comisario —dijo la inspectora—. No hagas nada, voy a hablar con él.

Arancha salió corriendo del despacho, mientras Diana se ponía en pie y encendía un cigarrillo.

—Se ha puesto en contacto con nosotras —chilló Arancha nada más entrar en el despacho del comisario Celestino Rivero.

—¿El asesino?

—Sí, sí, estoy segura de ello. Se hace pasar por una de las chicas que asesinaron en Barcelona. Quiere quedar con nosotras.

—¿Tienes algún lugar ya?

—No, por eso he venido a hablar contigo. Necesitamos algún piso franco en Barcelona para citarnos con él. ¿Sabes si la policía tiene alguno?

—Estoy seguro de que hay varios. Llamaré a la Brigada de Información de Barcelona para que nos diga alguno. ¿El asesino no te ha ofrecido ninguno?

—No, de momento solo tenemos un correo donde dice que quiere conocernos y que tiene un lugar de encuentro —Arancha no podía ocultar su nerviosismo—, pero es mejor citarlo en un piso nuestro.

—Eso por supuesto —replicó el comisario—. El asesino nunca se ha citado con las víctimas en un domicilio propuesto por él, siempre ha sido en los domicilios de las chicas. Dame unos minutos y te llamo para darte una dirección en Barcelona.

—En un momento nos darán un piso —le dijo Arancha a Diana mientras la joven policía fumaba un cigarrillo apostada en la ventana que daba a la galería—. Vamos a protagonizar la detención del siglo —gritó como una colegiala a la que le hubieran entregado las notas y hubiera aprobado todo con sobresaliente.

Diana sonrió, pero su rostro mostraba cautela.

—¿Un piso? —preguntó.

—Sí, los de la Brigada de Información de Barcelona tienen varios pisos francos donde podemos quedar con el asesino. Allí lo pillaremos y estaremos a salvo. Al ser un piso nuestro es posible que hasta los de Operaciones Especiales puedan estar en la habitación de al lado.

Diana enarcó las cejas.

—¿Y el asesino no se dará cuenta?

—Claro que no. Si lo hacemos bien no tiene por qué darse cuenta. Lo vamos a pillar con las manos en la masa. Ese hijo de puta ya es nuestro...

Diana apagó el cigarrillo y se sentó delante del ordenador donde seguía abierto el cliente de correo.

—Tenemos que pensar muy bien qué le vamos a responder —sugirió Arancha—. Ven —le dijo a Diana—, nos vamos a hacer una foto que le pondrá como una moto.

—¿No es mejor esperar a que él nos envíe una? Es lo que dice en su mensaje—objetó Diana.

—Sí, claro, pero nosotras también le tenemos que enviar alguna para calentarlo aún más. Lo tenemos cogido por los huevos.

—No te olvides de que se hace pasar por una chica de quince años —recordó Diana.

—Claro, claro.

—Te lo digo para que no le respondamos como si supiésemos que es un tío.

Arancha cogió la cámara de fotos del armario de la oficina y comprobó que tenía la batería cargada.

—Ven —le dijo a Diana—, quítate la camisa y el sujetador —ordenó mientras cerraba la puerta del despacho.

Diana la miró con gesto serio. La joven policía no quería pasar otra vez por lo mismo.

—¿Es necesario que nos hagamos más fotografías?

—Claro que lo es —afirmó la inspectora—. Hazme caso, ya tengo experiencia en este tipo de depredadores sexuales. Ellos siempre piden fotografías a las menores a las que acosan. Es como un protocolo de actuación que siguen al dedillo.

—¿Depredador sexual? —repitió Diana. El adjetivo le hizo gracia.

—Sí. Eso es lo que es. Él disfruta con la sensación de cazar a las víctimas. Lo más seguro es que en su vida diaria sea alguien amable, pero cuando está con la que será su víctima se vuelve un animal descontrolado. Las fotografías son carnaza, son necesarias para que no solo pique el anzuelo, sino que también se lo trague y no pueda soltarse hasta que lo cojamos... Sí, Diana, esas fotos son necesarias, si no, no te lo pediría.

Diana se puso en pie y se desabrochó la camisa. Cuando se la hubo quitado la colgó con cuidado en el respaldo de una silla. Después se quitó el sujetador y lo dejó encima de la camisa. Los ojos de Arancha se abrieron.

—Desde luego eres una modelo de pasarela —dijo.

Diana vio como su jefa se desnudaba también. Las dos se habían quedado con los pechos al aire. La joven policía pensó la de explicaciones que tendrían que dar si alguien las viera así en ese momento.

—Será mejor que cerremos la puerta del despacho con llave —sugirió.

—Sí, sí, por supuesto. Solo faltaría que nos pillara otra vez el informático —sonrió la inspectora poniéndose en pie y dando dos vueltas de llave.

Arancha acercó una silla y la puso delante de una de las mesas donde había uno de los ordenadores. Fijó la cámara en un trípode. Diana pensó que la escena que estaba presenciando no era tan distinta a las que recreaba el asesino de las quinceañeras.

—Siéntate —ordenó Arancha.

Diana se sentó en la silla mirando a la cámara, mientras Arancha se ponía detrás. La joven policía pudo notar cómo sus pechos desnudos le tocaban la espalda. La inspectora accionó el disparador automático y le dijo a Diana que abriera la boca ligeramente y que se pasara la lengua por el labio inferior. Mientras la cámara tomaba las instantáneas, Arancha hacía resbalar sus pechos por la espalda de Diana, ocultando su rostro detrás de la cabeza de la joven policía.

—Con esto se va a hacer pajas durante toda la tarde —dijo Arancha cuando vio las fotos en la cámara.

El teléfono del despacho sonó. Era el comisario. Le dijo a Arancha la dirección del piso franco.

—Paseo de Sant Joan número 195 de Barcelona, piso tercero primera —dijo Arancha nada más colgar.

Diana se vistió con rapidez y se sentó delante del ordenador. Iba a responder al asesino.

Hola, Erika, nosotras también tenemos ganas de conocerte. Demetria tiene un piso en Barcelona donde podemos quedar las tres y disfrutar de una tarde de sexo. Nos acabamos de hacer una foto pensando en ti. Nos gustaría que tú también nos enviaras una fotografía para conocerte mejor; aunque estamos seguras de que eres guapísima. Te desean, Demetria y Diana.

Entre las dos leyeron el mensaje un par de veces antes de enviarlo. Cuando estuvieron seguras adjuntaron una de las fotografías que se acababan de tomar. Tan solo tenían que esperar la respuesta y en los siguientes correos irían concretando el día y la hora para quedar.

Durante el rato que duró el envío de la respuesta al

asesino, Arancha permaneció desnuda de cintura para arriba, algo que incomodó a Diana. La situación con su jefa se estaba tornando comprometida.

—Ya está bien por hoy —dijo Arancha—. Lo mejor que podemos hacer es descansar. ¿Te apetece un mojito? Conozco un sitio en la plaza Colón que los preparan de muerte.

—Lo siento, Arancha —respondió Diana—. Otro día mejor. Tengo cosas que hacer —mintió.

—Está bien —asintió la inspectora—. Mañana nos vemos aquí a las ocho. Yo me quedaré un rato más hasta que responda el asesino. Y si no lo hace en un rato, me pasaré otra vez por la noche.

—Mañana nos vemos —dijo Diana abriendo la puerta del despacho y saliendo al pasillo.

Al salir vio que Arancha anotaba en un papel la dirección del piso franco de Barcelona.

En el pasillo se cruzó con los dos policías del grupo de la Judicial que ya conocía: Armando y Elías. Mientras el primero la saludó con un «buenos días», Elías la repasó de arriba abajo con todo el descaro del que fue capaz.

—Buenos días —respondió Diana con una sonrisa forzada.

—Hace un rato he pasado por el despacho de tu inspectora —dijo Elías—, pero la puerta estaba cerrada con llave como si fuese un cuarto de baño de mujeres —rio grosero.

—Imbécil —dijo Diana mientras se perdía por el pasillo.

Del despacho del grupo de Armando y Elías salió el informático sosteniendo un disco duro en la mano derecha.

—¿Qué os hace tanta gracia? —les preguntó.

César sacó un rollo de cinta aislante del bolsillo de su bata y deslió un trozo.

—Nada, estas dos que creo que se lo pasan bien en el despacho —dijo risueño Elías.

Armando lo censuró con la mirada.

—Elías —dijo—. Ya está bien...

—Ah —sonrió el informático—, así que la inspectora y la buenorra se lo pasan bien.

—Vamos —conminó Armando a su compañero—, no vaya a ser que nos metamos en un lío con comentarios como estos.

—¿Lío? —replicó Elías—. Entonces que no se encierren tanto en el despacho. Esto es una comisaría de policía y si se encierran es porque hacen algo que no quieren que los demás veamos.

—Vamos, vamos... —insistió Armando.

El informático accedió al despacho de la inspectora.

—Buenos días, Arancha —saludó—. Vengo a cambiar un disco duro que parece que da problemas.

—Ah, hola, César. Sí, por supuesto. Es el de ese ordenador —señaló—. Yo tengo que ir a hablar con el comisario —dijo saliendo del despacho.

42

El jueves 12 de julio, a las ocho de la mañana, Vázquez recibió una llamada en su teléfono móvil del comisario Celestino Rivero. El jefe de la Brigada de Delitos Tecnológicos quería saber cómo iban las pesquisas en Huesca y Teruel.

—Supongo que ya estarás de vuelta —le dijo—. Las Twittercop están preparando todo para cazar al asesino este domingo.

—¿Cazar al asesino? —preguntó Vázquez. El inspector jefe apenas hacía treinta minutos que se había levantado y su mente analítica aún no se había desperezado.

—Sí, las chicas —dijo el comisario refiriéndose a Arancha y Diana— han logrado contactar con el asesino. Figúrate, el hijo de puta se hace pasar por una de las quinceañeras asesinadas en Barcelona. Ya se lo he comunicado al director adjunto para que dé instrucciones al GEO y se encargue de la coordinación con los Mossos d'Esquadra. Ya sabes que a la policía autonómica no le gusta que trabajemos en su tierra.

—¿Cómo lo han hecho?

—Ya sabes que Arancha es muy suya —respondió el

comisario—. No me lo ha dicho, pero las dos han ido dejando cebos por las redes sociales con el rollo ese de quinceañeras buscan sexo a granel, y por lo que parece el hijo de puta ha picado de lleno.

A Vázquez le parecía imposible que la estrategia de Arancha hubiera surtido efecto.

—Bien, bien. Así que el domingo lo cogeremos. Bueno, ya tengo ganas de que termine todo —dijo Vázquez quedamente.

—De todas formas —avanzó el comisario—, ya sabemos quién es el asesino. Es lo que habíamos supuesto en un primer momento, el policía ese de Huesca.

Vázquez se puso en pie en la habitación del hotel y se acercó a la ventana. El comisario lo había puesto nervioso. Se preguntó cómo es que Celestino Rivero se enteraba de las cosas tan rápido. Y también se preguntó si no sería él quien mandó a los de Asuntos Internos a Teruel con el fin de convencer al delegado de Hacienda de que Andrés Hernández fue el que estuvo hablando con él días antes de que asesinaran a las chicas de Albarracín. Era una idea absurda; para Vázquez, el policía de Huesca no tenía nada que ver. Alguien estaba tratando de tenderle una trampa.

—El policía no tiene nada que ver con los crímenes —insistió Vázquez.

—Tenemos una declaración firmada de un testigo que asegura que fue el hombre que estuvo hablando con el delegado de Hacienda —dijo el comisario—. Tenemos un informe del grupo de la Judicial de Zaragoza que dice que ese policía fue el que leyó el atestado de las chicas de Zaragoza. Y, además, hemos confirmado que el sábado 16 de junio, cuando mataron a las chicas de Barcelona, ese policía estuvo allí, en la Ciudad Condal. Viajó el viernes 15 por la tarde, eso está confirmado por la comisaría de Huesca, ya que solicitó una orden de viaje.

—¿Una orden de viaje? —preguntó con ironía Vázquez—. ¿Para qué iba a solicitar una orden de viaje para ir a Barcelona a matar a dos quinceañeras?

—Eso no lo sé —replicó el comisario—. No estoy en la cabeza de ese policía y no sé por qué actúa de una manera o de otra. Tú lo has visto, ¿tiene un tatuaje en la mano derecha, entre el pulgar y el dedo índice?

—No, no —negó tajante Vázquez—. El delegado de Hacienda de Teruel me lo ha dicho. Me ha dicho que son dos letras «J» juntas. El hombre que le visitó tenía ese tatuaje, pero el policía de Huesca no lo tiene. No son la misma persona, Celestino, te lo puedo asegurar. ¿Cómo sabes lo del tatuaje?

—La policía de Soria le ha tomado declaración a los dos menores que vieron al hombre ese antes de que explosionara su coche, uno de ellos se fijó en que tenía el tatuaje —respondió el comisario.

—Otra cosa —siguió argumentando Vázquez—, el delegado me ha dicho que ese hombre tenía un diente de oro y el policía de Huesca tiene una dentadura perfecta.

—¿Un diente de oro? —preguntó extrañado el comisario.

—Sí, un colmillo seguramente. No se ve si no se ríe —dijo Vázquez, pensando en lo absurdo que era que un asesino así se riera.

—En España hace muchos años que no se ponen dientes de oro. Entonces no es español —concluyó el comisario.

—Sí, eso mismo pensé yo cuando me enteré. ¿Está confirmado que el policía de Huesca fue a Barcelona el 15 de junio? —insistió Vázquez.

—Sí, sí, la secretaría general de Huesca grabó en la aplicación policial que gestiona las dietas de los funcionarios una orden de viaje completa para la noche del 15 de junio en un hotel de Barcelona.

—¿No te parece extraño que ese policía se desplazara hasta Barcelona con orden de viaje? —preguntó Vázquez. Al inspector jefe le parecía absurdo que el policía, en caso de ser el asesino, fuese dejando pistas tan obvias.

—Ya te digo que no sabemos cómo actúa ni por qué lo hace. Seguramente sea un loco y mate a esas chicas por placer. De la manera que está actuando últimamente se ha desbocado y ha perdido el control por completo. Ha pasado de cometer crímenes por años a hacerlo por semanas. Me pondré en contacto con la Sûreté y con la Guardia Civil de Málaga para ver si podemos ubicar a ese policía en los otros crímenes. ¿Regresas a Madrid?

—Esta tarde —respondió Vázquez—. Antes tengo que averiguar algo más.

—Déjalo, Edelmiro. No indagues más y regresa, te necesitamos aquí para preparar el cebo que van a tender las Twittercop. Si sigues en Huesca, la cagarás, y ese cabrón acabará por enterarse de que vamos tras él.

—Esta tarde, Celestino, esta tarde regreso.

Y cuando hubo colgado el teléfono, Vázquez dejó la maleta en consigna del hotel y se encaminó a la comisaría de Huesca, tenía que hacerle una pregunta al comisario Daniel Tosat.

Andrés Hernández recibió al inspector jefe Vázquez en la Oficina de Denuncias.

—Me voy esta tarde —le dijo al entrar.

El policía lo miró a los ojos y supo enseguida que el inspector de Madrid no había ido solo a despedirse.

—¿Ha encontrado lo que buscaba, inspector jefe?

—Todavía no, pero lo encontraré.

—Le he estado dando vueltas a lo extraño de la visita de ese hombre, el tal Manuel Galván —dijo Andrés Hernández—. No me cabe en la cabeza que un asesino pueda presentarse así, en mi Oficina de Denuncias, y recabar datos de un atestado de la policía desde mi ordenador. No tiene ningún sentido. Todas las cámaras de acceso a la comisaría grabaron su imagen. Ese hombre se expuso de forma innecesaria a ser reconocido.

—Pero usted me dijo que no había tal grabación —objetó Vázquez.

—La hubo, ya que las cintas solo conservan las imágenes una semana, como le dije ayer.

—Bueno, me marcho —cortó Vázquez—. Ha sido un placer conocerle —le estrechó la mano.

El inspector jefe salió de la Oficina de Denuncias y subió hasta el despacho del comisario de Huesca. Daniel Tosat tenía la puerta abierta y estaba leyendo lo que parecía un atestado policial.

—Jefe —le dijo Vázquez—, ya me marcho.

El comisario se puso en pie.

—¿Has encontrado lo que venías buscando?

—Casi. Solo me falta una gestión, y me tendrás que ayudar a hacerla.

—Si está en mi mano...

—Sé que el día 15 de junio, el policía de la Oficina de Denuncias estuvo en Barcelona. Para viajar solicitó una orden de viaje. ¿Me lo puedes comprobar?

—Sí, por supuesto —dijo saliendo a la puerta. Junto a su despacho estaba la Secretaría General.

—Encarna —le dijo a la secretaria—, ¿puedes acceder al programa de Dietas y mirar si Andrés Hernández viajó el día...? ¿Qué día era? —le preguntó a Vázquez.

—El 15 de junio.

—Sí, el día 15 de junio.

La secretaria tecleó en el ordenador y respondió enseguida.

—Sí, Andrés estuvo en Barcelona el 15 de junio. Tenía un juicio.

—¿Contesta eso a tu pregunta? —le dijo el comisario a Vázquez.

—Supongo que sí. ¿Hay copia de la citación judicial?

—¿Adónde quieres llegar? —replicó el comisario.

—Saber si realmente fue a Barcelona por un juicio.

El comisario sabía que el 16 de junio asesinaron en Barcelona a dos chicas de la misma forma que luego asesinaron a dos más en Zaragoza y otras dos en Albarracín.

—Así que es eso —sonrió—. Sospechas de mi policía como autor de esos crímenes. ¿Tanto os cuesta a los de Madrid decir las cosas?

Vázquez se limitó a sonreír.

—O acaso sospecháis de mí también.

—No, Daniel, lo que pasa es que es un tema muy delicado y no soy el investigador oficial. Al tratarse de un policía están llevando el tema los de Asuntos Internos.

—Entiendo. Imprime el expediente del juicio de Barcelona —ordenó a su secretaria.

El comisario cogió el grupo de folios que escupió la impresora, cerró la puerta del despacho y se sentó en su silla.

—Siéntate, hombre, que voy a darte lo que buscas.

Se puso unas gafas de leer y ojeó por encima los folios.

—Bien, está todo correcto. Andrés Hernández fue a Barcelona el 15 de junio y regresó el 16. Tuvo un juicio en el Juzgado de lo Penal número 1.

—¿La citación? —preguntó Vázquez.

—¿Qué citación?

—Quiero ver la citación del juzgado.

—¿Esta? —El comisario mostró uno de los folios.

Vázquez pudo ver una copia de la citación judicial, con un número de registro de entrada, un sello en blanco y negro del Juzgado de Barcelona, los datos del juicio, la fecha y la firma.

—¿Cómo la envían?

El comisario arqueó las cejas. Las preguntas de Vázquez le estaban incomodando.

—Llega por correo electrónico interno. La secretaria la recibe, la imprime, le da un número de entrada y la entrega al funcionario que tiene que viajar. Una vez autorizada la orden de viaje, Habilitación le ingresa el importe del desplazamiento y del hotel en la cuenta del funcionario que tiene que viajar. Lo que llamamos la dieta completa —dijo con retintín.

—¿Me puedo quedar esa?

El comisario se mordió el labio superior, su rostro se afeó tanto que a Vázquez le recordó un ogro.

—Sí, por supuesto, es una copia impresa. El original lo tendrá el Juzgado de Barcelona —respondió.

43

El viernes 13 de julio, Arancha y Diana se volvieron a citar en el despacho del Grupo de Delitos Tecnológicos del complejo policial de Canillas. El día anterior habían estado acuarteladas esperando a que el asesino respondiera el correo que le enviaron, pero por más que chequeaban la cuenta no les llegó ningún mensaje nuevo. Estuvieron leyendo decenas de correos de otros tantos tarados que respondían a alguna de las cuentas que abrieron en Facebook, Twitter o alguno de los blogs donde habían dejado mensajes provocadores. Pero ninguno de esos comunicados que estuvieron leyendo se podía comparar con el del asesino.

—Hoy es día de mala suerte —dijo Arancha mientras dejaba un bolso diminuto y de color negro sobre la mesa de los ordenadores.

Diana supo que se refería al día. Era viernes y 13.

—Yo no soy supersticiosa —replicó.

El nerviosismo de la inspectora Arancha era patente. Después de todo, pensó Diana, ella tampoco era una experimentada policía con muchos años de carrera. Más bien era una joven policía que tuvo la suerte de aprobar la oposición de la escala ejecutiva y accedió directamente a inspectora.

El teléfono sonó y las dos supieron que era el comisario Celestino Rivero el que llamaba. Apenas quedaban dos días para citarse con el asesino y los preparativos llevaban a toda la Brigada de cabeza.

—No tenemos nada —dijo Arancha antes de descolgar—. Sí, jefe. No, aún no ha respondido. ¿Un hotel? ¿Por qué? Me parecía mejor idea la del piso. Bueno, dentro de un rato subiré y hablamos.

Cuando hubo colgado torció la boca y chasqueó la lengua varias veces. Diana supo que algo no iba bien.

—¿Problemas?

—Más bien contratiempos —respondió Arancha—. El jefe está molesto porque el asesino no ha respondido. Piensa que quizá sospeche.

—No es culpa nuestra —dijo Diana.

—Ya, pero no vamos a tener otra oportunidad de pillarlo. Me ha dicho el comisario que creen que saben quién es.

—¿Lo saben? ¿Y quién es?

—No me lo ha dicho. Pero anda tras la pista. Dice que sería mejor citar al asesino en un hotel de Barcelona.

—¿Un hotel? ¿Por qué? —Diana tenía que arrancarle a Arancha las respuestas. La inspectora no tenía ganas de hablar.

—No sé, dice que es mejor y más seguro. Según el comisario el asesino sospecharía de un piso.

—Siempre ha matado en pisos —afirmó Diana—. Un hotel quizá le haría sospechar.

—Eso pienso yo también —asintió Arancha—. Pero el jefe es el jefe.

—Él será el jefe de la Brigada, pero tú eres la que lleva

el peso de la operación —dijo Diana para regocijo de la inspectora. La complicidad entre las dos se hacía cada vez más latente.

—Tengo ganas de que esto termine —dijo Arancha—. Y tengo ganas de que termine bien. Al final será lo de siempre. Si sale bien medallas para todos los jefes. Si sale mal rapapolvos para las currantas.

Diana pensó que Arancha se había olvidado de que ella también era jefa.

—Voy a seguir leyendo tonterías —dijo mientras se sentaba frente a uno de los ordenadores.

Arancha se acercó a la ventana y se apoyó en la pared acariciando la persiana de plástico. Diana sintió lástima por ella. Este era su mundo, y esta, la operación más importante que seguramente llevaría nunca. La joven policía comprendía lo duro que tenía que ser tener un jefe por encima que acaparara todo el mérito.

Estaba a punto de encenderse un cigarrillo cuando en la bandeja de entrada del correo llegó un mensaje de *erika_fraguas15@gmail.com*. El asesino había respondido.

Estimadas Demetria y Diana, estoy deseosa de poder veros este domingo en el piso que tenéis en Barcelona. Estoy segura de que las tres nos lo vamos a pasar en grande. No sé si podré aguantar hasta entonces. Os adjunto una fotografía para que os hagáis una idea de cómo soy, espero que os guste tanto como vosotras me gustáis a mí. Besos de Erika.

—Ha respondido —dijo eufórica Diana.

Arancha se acercó hasta la mesa y se puso detrás de ella para leer el mensaje. El asesino había adjuntado una fotografía en la que se veía a una chica completamente desnuda y a gatas. Su semblante era serio y tenía los ojos vidriosos. Las dos la reconocieron enseguida.

—Hijo de perra —exclamó Arancha.

La fotografía que había enviado el asesino era de una de las chicas asesinadas en Barcelona. Era la foto de Erika Fraguas. El asesino no había tenido ningún pudor en utilizar el nombre y la imagen de la chica que había asesinado un mes antes.

—Solo con estos correos y estas fotografías ya es suficiente para encerrarlo cuarenta años —dijo Diana.

Arancha no la había escuchado ya que estaba hablando por teléfono. No pudo esperar a llamar al comisario.

—Sí, jefe. Ha respondido el correo y pide lugar de encuentro. Es la foto de la chica asesinada. Seguro. Un momento. —Arancha dejó el teléfono y cogió papel y lápiz—. Dime. Hotel Marola, paseo de Sant Joan número 191. Habitación 315. Está bien. Perfecto. Sí, le diremos que a las tres de la tarde. Sí, a esa hora hay poca gente en la calle. Gracias.

Cuando hubo colgado, Diana se acercó a la ventana de la galería y encendió un cigarrillo. La joven policía también estaba nerviosa.

—La Brigada de Información de Barcelona ha reservado una habitación en el Hotel Marola de Barcelona —dijo Arancha sonriendo—. El hotel está enfrente mismo del piso franco, así el grupo de operaciones especiales podrá estar allí acuartelado y pendiente de nosotras.

—¿A qué nombre han reservado la habitación? —preguntó Diana.

—Y eso qué más da —respondió enfadada Arancha—. La han reservado y ya está. No tenemos tiempo para ir pensando en todo. Tenemos que centrarnos.

—Nuestro trabajo ya ha terminado —dijo Diana mientras apagaba el cigarrillo a medio fumar y se sentaba delante del ordenador, había que responder al asesino.

—¿Por qué dices eso?

—Porque el asesino irá al hotel y allí lo detendrán los del grupo, la Judicial, Información. Ni siquiera es necesario que nosotras vayamos hasta allí.

—Sí que es necesario —rebatió Arancha—. Él no entrará en el hotel hasta que no nos vea. Nosotras tenemos que estar en la habitación cuando él llegue. Pero seguramente ni siquiera entrará, antes lo detendrán los nuestros en cuanto le vean aparecer. Respóndele ahora.

Diana se dispuso a escribir.

Bella Erika, tanto Diana como yo nos hemos quedado embelesadas con tu belleza, eres una auténtica mujer. Nosotras también estamos deseosas de que llegue el domingo y disfrutar de una tarde de sexo contigo. Nos apetece cubrir tu cuerpo de besos. Nos veremos en el Hotel Marola, paseo de Sant Joan número 191, habitación 315. Demetria y Diana.

—¿Está bien así?

—Sí —respondió Arancha—. Dale a enviar.

Inmediatamente les llegó una respuesta.

—Está conectado ahora mismo —dijo Arancha—. Imprime la pantalla.

—¿La pantalla?

—Sí, bueno, antes dale a la opción «Mostrar original» de Gmail.

Diana hizo lo que le dijo Arancha y vio un mensaje de texto muy largo con una cabecera llena de números y palabras extrañas.

—Es el mensaje en bruto —le explicó Arancha—.

Los del grupo pueden sacar la ubicación del emisor descifrando la IP. Esto es lo que has de imprimir.

La impresora escupió dos folios que Arancha cogió con celeridad y los sostuvo en su mano. El correo del asesino preguntaba:

«¿Por qué un hotel?»

—Ya te he dicho que lo del hotel no era buena idea —dijo Diana—. Puede que desconfíe.

Arancha ni siquiera la escuchó. La inspectora había salido al pasillo y había entregado el puñado de folios con los datos del correo al informático del despacho de al lado. César trabajaba en esos momentos en uno de los ordenadores. El monitor estaba completamente en negro y una hilera constante de números y letras recorrían la pantalla de izquierda a derecha. Arancha no pudo evitar acordarse de la película *Matrix*.

—¿Podrás decirnos desde dónde se está conectando?

El informático leyó deprisa la cabecera del correo del asesino.

—Esta IP no es real —susurró.

—¿Cómo que no es real?

—Sí. Es como si la IP de referencia fuese inventada. No se corresponde con ninguna de las que conocemos.

—¿Es posible que se conecte desde el extranjero?

—Es posible —asintió César—. Necesito más tiempo.

—Está bien. Está bien. Cuando sepas algo me lo dices. Estaremos ahí al lado.

Cuando regresó Arancha a su despacho, le dijo a Diana:

—Perdona, tenemos que saber dónde está ahora mismo. Dile que un hotel es más romántico.

—¿Romántico? —sonrió Diana—. Estamos hablando de quedar tres niñas de quince años a comérnoslo todo y tú quieres que le diga que es romántico.

—Él utiliza un lenguaje trasnochado —dijo Arancha—. Dice palabras como deseosa, yo creo que romántico le gustará.

Diana torció el gesto.

—¿Sabemos desde dónde se conecta?

—De momento, no.

—Oye, no sería mejor decirle que en el piso no habría intimidad o que puede que tus padres regresen antes y que en el hotel estaríamos mejor —sugirió Diana.

—Vale —acató Arancha—. Dile que en el hotel estaremos solas, más seguras y que será más romántico.

Una vez que envió el correo, el asesino no respondió.

44

El viernes 13 de julio amaneció un día nubloso en Huesca. Un cielo gris y terroso cubrió la plaza Luis Buñuel como si fuese un manto infernal. Un anciano que esperaba en la cola del DNI dijo:

—Va a caer una de espanto.

Y justo en ese momento comenzó a llover.

—Es lluvia de calor —dijo entonces el anciano.

No se recordaba un verano tan caluroso desde los últimos diez años, pero también era cierto que había llovido durante todo el invierno y no había semana que no cayera algún chaparrón.

Andrés Hernández estaba sentado en la Oficina de Denuncias. No tenía ninguna denuncia pendiente, así que se entretuvo en navegar por Internet. Leyó dos correos que recibió, uno de ellos anunciando Viagra y el otro de Decathlon ofertando tiendas de campaña para dormir en la montaña. Sonrió al pensar el desuso al que fue sometido el correo electrónico. Recordó cuando se impuso como una forma rápida y eficaz de comunicación. Pero la gente ya no se comunicaba ni por el correo postal ni por el electrónico. Nuevas formas de comunicación, anónimas e insensibles, habían sustituido el correo electrónico. Para Andrés, 140 caracteres, que era el máximo permitido en Twitter, era demasiado poco para decir algo. Pensaba el veterano policía que no había espacio ni para un refrán.

Los ordenadores de la policía estaban «capados», no se podía navegar impunemente y había innumerables páginas de acceso restringido. Pero extrañamente no estaba vetada la navegación por las redes sociales. Se suponía que las propias redes tenían un sistema de control lo suficientemente eficaz como para no ser necesario ejercer uno propio desde el servidor de la policía. Andrés curioseó en su cuenta de Facebook y luego accedió a su cuenta de Twitter, la cual tenía abandonada. Apenas 22 seguidores y 117 *tuits* era todo lo que había escrito en lo que iba de año. Uno de esos 22 seguidores había *retuiteado* un mensaje que le llamó la atención. Era un mensaje de una cuenta que se denominaba: *Demetria y Diana, lesbianas.* A Andrés le llamó la atención el texto del perfil: «*Nos gustan las mujeres y cuanto más guarras mejor.*» Ya había visto en otras ocasiones cuentas de ese estilo, y por lo que sabía las creaban hombres como cebo para cazar a otros hombres y después reírse de ellos. Para Andrés no eran más que onanistas que no tenían otra distracción que pasar horas delante del ordenador. El mensaje que le llamó la atención decía:

Si quieres que Diana te coma el chichi mientras te desangras de placer ponte en contacto con nosotras en demetriaydianatortilleras@gmail.com.

Andrés contó las letras y los espacios y se dio cuenta de que quien puso ese mensaje había utilizado el número máximo de caracteres permitido en Twitter: 140. Pero en el mensaje había dos cosas que le llamaban la atención. Una era lo de desangrar de placer. Andrés había estado leyendo la prensa desde que asesinaron a las chicas de Zaragoza y luego a las de Albarracín, y sabía que una de ellas se desangraba mientras que la otra le practicaba el cunnilingus. Para el veterano policía era demasiada casualidad que ese mensaje hiciera una referencia tan clara.

Y la otra era el nombre de una de las chicas: Diana. La sola mención de ese nombre le producía un cosquilleo en la nuca que le traía el recuerdo del reciente invierno cuando su compañera Diana y él pasaron una noche de infarto averiguando qué había venido a hacer un amigo de la infancia de Andrés a Huesca. Entre los dos intercambiaron varios secretos inconfesables y Diana se reencontró con su pasado y él saldó las cuentas con el suyo.

Con un solo clic accedió al perfil de la cuenta de Twitter. Sus ojos se abrieron hasta casi salirse de las cuencas cuando vio que en el perfil había una fotografía con dos chicas jóvenes. Una de ellas de espalda y con la melena suelta, pero la que estaba de frente era Diana Dávila. No había ninguna duda, era ella.

—Pero... ¡qué coño! —gritó.

Volvió la cabeza para comprobar que estaba solo en la oficina. Por suerte era la hora del almuerzo y no había nadie, tan solo un policía de prácticas en el despacho anexo y que estaba a cargo de la Sala del 091.

La chica mostraba un rostro angelical y unos provocadores labios. Andrés se fijó bien en la imagen. Era ella, sin duda. Y una pregunta lo asaltó:

—¿Qué coño hace ahí Diana?

Para el veterano policía no tenía ningún sentido que su compañera del alma se mostrara así en público. No le extrañó lo de que estuviera con otra chica, pero sí que le sorprendió que no tuviese ningún tipo de cautela en el momento de mostrar su cara. Cualquiera podría reconocerla. Vio que esa cuenta se había creado recientemente y calculó que había sido después de los últimos crímenes. Y sabía que Diana aspiraba a entrar en la Brigada de Delitos Tecnológicos de Madrid. Así que ató los cabos enseguida: su compañera formaba parte de un cebo para cazar al asesino del abecedario.

El teléfono del despacho sonó y Andrés se sobresalto. Se preguntó por qué siempre sonaba el teléfono cuando menos se lo esperaba uno.

—Sí.

—Andrés, soy el secretario. Si no estás ocupado sube a mi despacho, tengo que entregarte una citación judicial.

—¿Otra?

—Sí, en Barcelona.

—Ya estuve en Barcelona hace un mes y ni siquiera tuve que entrar a declarar en el juicio —se quejó Andrés—. Debe de haber algún tipo de error.

—Eso no lo sé, lo mejor es que lo hables con el Juzgado de Barcelona. La citación es oficial —dijo el secretario—. Es para el Juzgado de lo Penal número 2 y te citan para el lunes 16 a las nueve de la mañana.

—¡Tres días! —exclamó Andrés—. ¿Dónde se ha visto que el juzgado te cite para un juicio con tan solo tres días de antelación?

—Es raro, sí —afirmó el secretario—, pero no es la primera vez que ocurre. La orden de viaje es para el domingo 15 de julio y Habilitación de Barcelona te ha reservado una habitación en un hotel.

—Qué eficientes.

—Sí, Barcelona es muy cara para dormir y se consume la precaria dieta que nos dan por asistir a un juicio. Hay una especie de concierto con un hotel del paseo de Sant Joan, el Marola. Tienes habitación reservada para el domingo, la 315 —dijo el secretario.

—Vale, cuando regresen estos de almorzar —dijo refiriéndose a los compañeros de la Sala del 091—, subiré a recoger la citación.

Justo en ese momento, a cuatrocientos kilómetros de distancia, en Madrid, Diana Dávila escuchaba impasible al comisario Celestino Rivero mientras les daba instrucciones a ella y a la inspectora Arancha de cómo se iba a llevar la operación de captura del asesino del abecedario, al que habían citado el domingo por la tarde en el Hotel Marola del paseo de Sant Joan 191. En la habitación 315.

—¿Alguna pregunta? —dijo el comisario.

Las dos negaron con la cabeza.

—Una cosa más, Arancha —le dijo a la inspectora—. La IP del último correo de ese cabrón es de Huesca.

—¿Huesca? —cuestionó Arancha—. ¿Cómo lo sabes?

—Me lo han dicho desde Informática.

Arancha pensó que al final el informático había sido capaz de identificar la IP del correo del asesino.

—Entonces... ya lo tenemos.

—Sí, ese tío se mueve por Aragón. Zaragoza, Albarracín, Huesca... —afirmó el comisario—. Tenemos una idea bastante clara de quién puede ser.

—Tú sabes quién es, ¿verdad? —Arancha entornó los ojos.

—Tenemos serias sospechas de quién puede ser —replicó el comisario—. Hasta ahora solo son sospechas. Pero creo que el domingo dejarán de ser sospechas...

45

Vázquez había regresado de Huesca y de Teruel con un sabor de boca agridulce. Todo el asunto del asesino del abecedario, el policía de Huesca, el delegado de Hacienda de Teruel. La repetición de los crímenes en Málaga, Nimes, Barcelona, Zaragoza y Albarracín. El extraño hombre de negro que nadie era capaz de identificar. Un hombre con un diente de oro y un tatuaje en la mano derecha con dos letras «J» no se desvanece así como así, pensó. La implicación de tantas policías distintas. Archivos, ficheros y expedientes repartidos por innumerables brigadas. Para el veterano Vázquez todo era muy confuso.

El inspector jefe estaba sentado en el despacho del comisario Celestino Rivero. Los dos se conocían desde hacía más de treinta años. Aunque para Vázquez nunca conoces a nadie de verdad.

—¿Qué tal por Aragón? —le preguntó el comisario nada más entrar.

Vázquez removía impasible una cucharilla de plástico metida dentro de un vaso de café.

—Mucho calor —sonrió—. No me extraña que en verano se vaya todo el mundo a la playa.

—¿Playa? —preguntó con sorna el comisario.

—Sí, los de Huesca van a Tarragona y los de Teruel a Valencia. Son las playas más próximas que tienen.

—Ya lo sabía, hombre. Estaba bromeando —dijo el comisario—. ¿Has averiguado algo más de ese policía y del delegado de Hacienda?

Vázquez encogió los hombros.

—Sé que no se conocen entre ellos. —Era más una intuición que un trabajo fruto de sus pesquisas lo de que esos dos hombres no se conocieran—. Sé que el delegado de Teruel no es más que un putero que no quiere meterse en líos. Sé que el policía de Huesca es una buena persona. Y sé que ninguno de los dos es el asesino —concluyó Vázquez.

—Puede que no sea una sola persona, sino varias —afirmó el comisario—. Y puede que se trate de una organización que busque proveerse de fotografías eróticas. ¿Cómo se llamaba eso de los americanos? —preguntó frotando los dedos de una mano.

—¿*Gore*?

—Sí, exacto. Puede que los crímenes sean de ese estilo. Algo de *gore*. No había una película en España que trataba de eso...

—*Tesis* —respondió Vázquez.

—Sí, sí, veo que estás muy puesto —sonrió el comisario.

—Sí, ese cine se llama *snuff* —dijo Vázquez—. Aunque no creo que los crímenes del asesino del abecedario vayan por ahí.

—No —dudó el comisario—. Fuiste tú el que propuso la tesis del Club Bilderberg como los que estaban detrás de los crímenes.

Vázquez asintió con la cabeza. El comisario avalaba su teoría inicial.

—Quizás ese policía y ese delegado de Hacienda no tuvieron nada que ver con los crímenes, pero sí que participaron en la preparación de los mismos.

—Puede ser. —Vázquez no tenía ganas de hablar.

—El domingo saldremos de dudas —concluyó el comisario.

—¿Se cometerá otro crimen?

—Se intentará que se cometa otro crimen —dijo el comisario sonriendo—. Las Twittercop han hecho los deberes y han logrado contactar con el asesino. El hijo de puta ha caído en el anzuelo.

—No me habías dicho nada.

—Te lo estoy diciendo ahora.

Vázquez achacó a una falta de confianza que el comisario no le hubiera hablado de los avances de la investigación. «Quizá lo hizo para que yo no dijera nada al policía de Huesca o al delegado de Teruel», pensó para su tranquilidad. Una operación de ese calado debería llevarse en el más estricto de los secretos y cuanta menos gente lo supiera, mucho mejor para todos.

—Han quedado con él en Barcelona, en un hotel.

—¿Un hotel? No hay ningún crimen que se haya cometido en un hotel.

—Él ha aceptado el lugar. El encuentro será en el Hotel Marola, paseo de Sant Joan 191. Habitación 315.

—¿Tenemos una habitación franca? —preguntó con ironía Vázquez.

—No, no. Enfrente tenemos un piso franco. Al principio habíamos pensado citar al asesino en ese piso, pero es mejor que el encuentro sea en el hotel. En el piso estarán efectivos del GEO y la Brigada de Información de Barcelona. El hotel, por supuesto, estará tomado por los nuestros. Hasta el recepcionista será uno de la UDEV.

Vázquez balanceó la cabeza de un lado a otro.

—¿Qué ocurre? Conozco ese balanceo de cabeza —dijo el comisario.

—Celestino, ¿no te parece extraño que un tío que lleva años asesinando y que nadie sabe quién es, ni la Sûreté, ni la Guardia Civil, ni nosotros, caiga en una trampa tan infantil? ¡Un hotel en pleno paseo de Sant Joan! Vamos, no me jodas. Y no me digas que ha picado con el cebo de las Twittercop.

—Así es. Al final no fue tan mala idea como pensamos en un primer momento.

—No tiene ningún sentido —dijo despacio Vázquez—. Solo un mentecato caería en una trampa así.

—¿Y qué quieres que hagamos, según tú?

Vázquez se puso en pie.

—No lo sé, la verdad. Nos estamos enfrentando al caso más extraño de nuestra carrera. Un hombre solo no puede organizarlo todo. La teoría de la organización es válida, pero tiene que ser una organización muy poderosa.

—¿El Club Bilderberg?

—Más poderosa —murmuró Vázquez.

—Vamos, vamos —trató de apaciguar el comisario—. Es solo un asesino que mata por placer y de una forma determinada. Un asesino que quizá recibe ayuda de alguien. Pero no te obceques, Edelmiro, no hay nadie más detrás de esos crímenes. El domingo sabremos quién es cuando acuda al hotel de Barcelona. Los nuestros lo detendrán en el vestíbulo nada más verlo entrar.

—Entonces... ¿sabemos quién es?

El comisario se acercó hasta la puerta de su despacho y comprobó que no había nadie pululando por el pasillo. Entornó la puerta.

—Es Andrés Hernández, el policía de Huesca —dijo con voz grave.

Vázquez volvió a balancear la cabeza de un lado a otro.

—Ese no tiene nada que ver. Lo he visto. He hablado con él. Ese es una cabeza de turco sobre el que alguien hace esfuerzos para que sea el culpable. No tiene diente de oro ni tiene tatuaje en la mano...

El comisario movió la mano de arriba abajo muy despacio.

—Un diente de oro puede ser una funda que se ponga para despistar. Un tatuaje puede ser un dibujo en la piel que se quite con agua y jabón —argumentó el comisario.

—Me parece increíble que te esté oyendo, Celestino. Es como si hablaras de un asesino tan despiadado y metódico como Jack el Destripador, y luego me hablaras de un chapuzas que roba regaliz en una gasolinera. Y lo peor es que me quieras hacer creer que son la misma persona.

—El domingo, Vázquez, el domingo saldremos de dudas. Ya está el operativo en marcha. Nosotros iremos mañana por la mañana para prepararlo todo. Jefatura de Barcelona nos deja un piso en Via Laietana.

Vázquez ladeó la cabeza mientras se frotaba la barbilla con una mano.

—Yo iré el domingo por la mañana —dijo.

—¿Por qué?

—Acabo de regresar de viaje de Huesca y tengo que hacer unas gestiones en Madrid —mintió. El comisario se dio cuenta de que no decía la verdad, pero pensó que quizás estaba cansado del viaje y necesitaba recuperarse.

—Está bien, el domingo nos veremos todos en Barcelona.

Justo se había puesto Vázquez en pie para marcharse cuando sonó el teléfono del despacho del comisario.

—Sí —dijo al descolgar.

La llamada había entrado por la línea de emergencia, por lo que la respuesta era ineludible.

—¿Cuándo? No, no sabía nada. ¿Está comprobado? ¿Tenemos algún grupo investigando allí? Creo recordar que le estaban siguiendo. ¿Levantaron el seguimiento? ¿Quién? Bueno, es igual, esa investigación es competencia de la comisaría de Teruel. No tiene nada que ver con nuestro caso. No tenemos que distraernos. Ve manteniéndome informado. Gracias —dijo antes de colgar.

Vázquez lo miró desde la puerta del despacho.

—Han encontrado muerto al delegado de Hacienda de Teruel. Lo han degollado en el interior de su coche.

—Y eres tú el que dices que el asesino del abecedario es un asesino sin la ayuda de alguien más —dijo Vázquez frunciendo la boca.

—Sí, es un asesino que está quitando de en medio a los que le conocen.

46

El viernes por la noche Arancha y Diana habían quedado para cenar. La joven policía fue dando un paseo desde su piso de alquiler hasta el piso de su jefa, en la céntrica calle Goya de Madrid. Las dos habían trabajado duro durante las semanas anteriores y el domingo era el día que capturarían al asesino del abecedario.

Diana se vistió con un pantalón corto de color blanco, similar al de una tenista, unas bambas clásicas de color negro modelo Converse All Star y una camiseta de tirantes de color beige. Antes de salir se miró en el espejo y se dio cuenta de que parecía una quinceañera de alguna universidad norteamericana. El colofón fue cuando se hizo una trenza larga que le caía por un lado del cuello.

Durante el trayecto hasta el piso de Arancha no faltaron los silbidos que lanzaron los ocupantes masculinos de algunos coches que pasaron por su lado. Un par de camiones atronaron con sus bocinas, y un ciclista, algo mayor, le gritó: «Eso es carne y no lo que pone mi madre en el cocido.» Con este último comentario no le quedó más remedio que sonreír. Ella sabía que el mundo giraba en torno al sexo. Que el sexo era el eje sobre el que se sostenía cualquier relación personal y laboral. Que una cajera guapa de un supermercado era la que atraía a los hombres cuando iban a pagar. Para Diana el sexo no era más que una herramienta que si sabía utilizar podría sacarle mucho provecho.

Siguió caminando ajena a las miradas lascivas de cuantos hombres se cruzó y pensando en el beneficio que supondría para su incipiente carrera profesional la detención del asesino del abecedario. No le faltaba razón a la inspectora Arancha cuando dijo que eso supondría una medalla. Con una medalla y varias felicitaciones públicas le sería mucho más sencillo ascender. Y ascender significaba poder. Sonrió cuando se vio a sí misma vistiendo el uniforme de comisaria.

—Comisaria —murmuró.

Arancha le abrió la puerta acicalada con un corto vestido de color rojo que realzaba su silueta. La inspectora iba descalza y se había pintado las uñas de los pies de color granate, casi a juego con el vestido.

—Estás muy guapa —le dijo Diana mientras dejaba su bolso sobre el mueble de la entrada.

Arancha le propinó dos besos que lanzó al aire sobre sus mejillas.

—He preparado una cena especial —dijo como respuesta.

En el piso se respiraba un ambiente fresco, gracias al aparato climatizador que había sobre el tresillo del comedor. Arancha le indicó que se sentara frente al televisor, que estaba apagado.

—He preparado dos mojitos —sonrió la inspectora—. No es nada especial, ya viene preparado —dijo poniéndose en pie y adentrándose en la cocina.

Diana percibió que desde la cocina venía un fuerte olor a guiso.

—¿Has estado cocinando? —preguntó gritando para que Arancha la oyera desde la cocina.

—Sí. Es un estofado de solomillo y setas que me enseñó mi madre.

—No tenías que haberte molestado, con unas pizzas hubiera sido suficiente.

Diana oyó ruido en la cocina y supuso que Arancha estaría vigilando que no se le quemara la comida o terminando de preparar los mojitos. Se puso en pie y deambuló por el comedor.

«¿Qué estás haciendo, Diana? —se preguntó a sí misma—. ¿Qué haces aquí?»

La puerta de la habitación donde dormía Arancha estaba entreabierta. Los ojos de la joven policía se posaron sobre un libro que había en la mesilla de noche. Desde esa distancia no podía verlo bien, pero sintió curiosidad por saber qué estaba leyendo su jefa. Echó un vistazo a la cocina, Arancha seguía allí, preparando la cena. En dos cortas zancadas se adentró lo suficiente en la habitación como para leer el título del libro. *Justine o los infortunios de la virtud,* del marqués de Sade.

—¿Por qué estará leyendo este libro? —murmuró sobresaltada.

Enseguida salió de la habitación y se sentó de nuevo en el tresillo del comedor. La inspectora iba dando viajes desde la cocina al comedor mientras preparaba la mesa. Colocó dos tapetes de esparto, cubiertos y dos copas altas de vino. Diana la miraba sosteniendo en su mano un mojito.

—¿Este te va bien? —le preguntó la inspectora mostrando una botella de Rioja.

Diana no entendía de vinos, así que cualquiera era bueno.

—Sí, perfecto —dijo con semblante serio.

La joven policía se sentía incómoda y esa incomodidad no pasó desapercibida para Arancha.

En el último viaje desde la cocina, la inspectora sacó una sartén grande donde burbujeaba un asado de solomillo con setas. Diana pensó que era un plato excesivamente caliente para el mes de julio.

—Primero la ensalada —dijo la inspectora.

Le acercó a Diana una ensaladera con el ribete floreado y le solicitó que se sirviera.

—Has trabajado bien estos días —le dijo—. Y para mí ha sido un placer trabajar contigo. Espero que esto tan solo sea el principio de una gran amistad.

Diana se acordó de la película *Casablanca*. Sonrió.

Entonces Arancha levantó la copa y propuso un brindis a la joven policía.

—Por nosotras —dijo.

—Por la investigación —cambió el brindis Diana mientras elevaba su copa de vino.

Arancha torció la boca.

—Te noto incómoda —le dijo—. Quizá no ha sido una buena idea invitarte a cenar en mi piso. Si lo prefieres podemos salir y cenar en un restaurante —ofreció como alternativa—. Aquí cerca está la plaza Colón y hay un montón de restaurantes buenos donde cenar —insistió.

Diana se armó de valor y le preguntó:

—¿Por qué estás leyendo el libro del marqués de Sade?

Arancha soltó una risotada.

—Así que es eso. Por eso te noto tan rara. Lo cogí hace unos días de la biblioteca. Es un libro que apenas está en las librerías. Quería leerlo para saber si los crímenes del asesino del Twitter son tan parecidos a los que se narran en ese libro —dijo señalando hacia su habitación con la barbilla.

—¿Asesino del Twitter? —preguntó Diana.

A la joven policía le hacía mucha gracia la cantidad de nombres distintos con los que se estaba nombrando la investigación.

—Bueno, tú ya sabes a qué me refiero. Asesino del abecedario, crímenes del marqués de Sade, asesino del Twitter, los crímenes de las redes sociales... Eso es lo de menos. Seguramente los de Operaciones Especiales ya habrán bautizado la operación para capturar al criminal. A esos siempre les gusta poner nombre a todo.

De repente Diana se encontró muy incómoda. Estaba cenando con su nueva jefa a la que apenas conocía. En su piso. Las dos solas. La inspectora iba con un vestido corto de color rojo y descalza. Sobre la mesa había dos vasos vacíos de mojito. Las dos sostenían en su mano una copa de vino y sobre la mesilla de noche había un libro del marqués de Sade. Para la joven policía era como si las dos estuvieran en el escenario donde se ejecutaban los crímenes. Miró a los ojos de Arancha y vio que ella estaba cómoda y despreocupada, la inspectora parecía que estaba en su salsa.

—¿Lo has leído? —le preguntó Diana.

Arancha negó con la cabeza.

—No he tenido tiempo de hacerlo. Vázquez sí que lo leyó hace tiempo y me ha dicho que hay semejanza entre ese libro y los crímenes. Pero también está lo del tatuaje en la mano del asesino con la letra «J». El diente de oro... No sé, son detalles muy exagerados. ¿No te parece?

Diana se limitó a sorber un trago de vino.

—Un asesino que no quiere ser descubierto no deja pistas tan claras —siguió argumentando Arancha—. Hallar alguien con un tatuaje así puede ser más o menos difícil, pero con un diente de oro... ¿Cuánta gente tendrá los dientes de oro?

—Entonces... ¿por qué crees que lo hace? —preguntó Diana. La joven policía aún no sabía qué quería decirle su jefa; aunque intuía que se lo iba a decir de un momento a otro.

—Creo que el asesino juega al despiste con nosotras y nos deja pistas tan claras para que nos centremos en ellas y nos olvidemos de las pruebas más simples. A veces los más obvio no es lo más evidente. Recuerdo que cuando hice las prácticas de la ejecutiva, en Valencia, había un atracador de joyerías que siempre vestía un chaleco de motorista de color amarillo. Lo bautizamos como el «atracador del chaleco». Cada vez que cometía un robo, la emisora del 091 pasaba el comunicado y siempre empezaba por la descripción del chaleco: «Un atracador que viste un chaleco amarillo, joven, de pelo corto, de un metro setenta...» Es igual lo que dijeran, a partir del chaleco amarillo los Zetas ya no oían nada más. Así que teníamos a toda la policía de Valencia buscando a un tío con un chaleco amarillo. Cuando lo detuvimos vestía un jersey rojo. ¿Te das cuenta? —dijo mientras balanceaba la copa de vino en su mano—. El cabrón cometía el atraco con el chaleco amarillo y nada más salir de la joyería se lo cambiaba por un jersey rojo. Toda la policía de Valencia buscaba el puto chaleco amarillo.

—Entiendo —asintió Diana—. Estamos buscando a un tío con un diente de oro, con un tatuaje en la mano...

—Exacto —elevó la voz Arancha—. Creo que todo eso son florituras de ese hijo de puta para que miremos en la dirección equivocada. Cuando nos centramos en quinceañeras, va y mata a dos chicas mayores. Cuando lo buscamos en Barcelona, asesina en Zaragoza. Cuando creemos que tarda en matar varios años, lo hace cada semana...

—No hay patrón... —bisbiseó Diana.

—Ese es el patrón —dijo Arancha—. El patrón es que no hay patrón y nosotras pensamos que sí. Es un asesino despiadado, metódico, pero lo único que siempre sigue a rajatabla es la forma de asesinar a esas chicas y que siempre son dos. Ponte más solomillo, que me ha quedado muy bueno —le dijo a Diana cuando vio su plato vacío.

—¿Y lo del policía de Huesca?

A Diana le costó hacer esa pregunta.

—Vázquez está siguiendo esa pista. Al igual que la del delegado de Hacienda. Pero al delegado lo ha matado el asesino cuando ha sabido que estábamos siguiendo esa pista...

Diana frunció la frente. No entendía lo que Arancha estaba diciendo.

—Bueno, quiero decir que el asesino sabe que Vázquez interroga al policía y al delegado y entonces el delegado muere... —Arancha se detuvo como si estuviera entrando en trance—. Quizá fue el policía de Huesca el que mató al... Bueno, no sé...

—¿Y si las pistas son posteriores? —preguntó Diana.

Ahora era Arancha la que no la entendía.

—¿Posteriores?

—Sí. Puede parecer una tontería. Pero es posible que el asesino no vaya delante de nosotros, sino detrás...

—No bebas más —dijo Arancha mirando la botella de vino.

Las dos se rieron.

—Quiero decir —argumentó Diana— que también es posible que el asesino fabrique las pruebas —la joven policía puso especial énfasis en la palabra «fabrique»— cuando nosotros queremos seguir alguna pista.

Arancha sonrió abriendo los ojos de par en par mientras balanceaba levemente la cabeza.

—Sigo sin entenderte —dijo entonando una canción.

Diana sorbió un tragó de vino.

—¿Puedo fumar aquí?

Arancha se levantó y trajo un cenicero de cristal de la cocina.

—Aún falta el postre. —Dejó el cenicero sobre la mesa.

—Pensamos que el asesino es alguien de dentro, alguien que está cerca, ¿no? —Arancha asintió con la cabeza—. Y entonces va y aparece el policía de Huesca. Pensamos que el asesino es alguien poderoso... ¿Y quién hay más poderoso que el que maneja el dinero?

—El delegado de Hacienda —chasqueó los labios la inspectora.

—Pensamos que contactará con las siguientes víctimas a través de Twitter, y va el tío y nos envía un correo electrónico. Y encima —rio con ironía— se hace pasar por una de las chicas asesinadas en Barcelona y nos manda una foto.

Arancha se acercó hasta la cocina a buscar el postre: una tarta helada.

—Entonces, Diana, según tú el asesino va por detrás de nosotras y fabrica las pruebas cuando nosotras o alguien de la Brigada las propone.

—Puede parecer una idea estúpida, pero hasta ahora es lo que parece.

Diana se sentía extraña siendo escuchada por una inspectora. No era la imagen estereotipada que tenía de los jefes de la Policía Nacional, que generalmente no aceptaban las teorías de una subalterna.

—En cualquier caso, el domingo sabremos quién es el asesino —dijo Arancha disponiéndose a partir la tarta en varios trozos.

—Y... ¿por qué crees que acudirá a nuestra cita?

Arancha la miró directamente a los ojos.

—Porque es evidente que es un hombre y porque de la manera que actúa es un salido integral. Y con esas fotografías que le hemos mandado se ha puesto tan cachondo que no puede rechazar nuestro ofrecimiento. Si es un hombre, que estoy segura de que lo es, pensará con la polla. Ese irá a la cita y caerá en el cebo como un imbécil. Que es lo que es —añadió.

Diana sonrió apurando la copa de vino.

—Espera —dijo Arancha—. Para el postre es mejor cava.

Se levantó de nuevo y de la cocina trajo una botella de cava que intentó abrir sin conseguirlo.

—Deja que pruebe yo —se ofreció Diana.

La joven policía agarró la botella con fuerza y envolvió el tapón con una servilleta para que no le resbalaran las manos. Después de un leve esfuerzo el tapón de la botella de cava saltó por los aires impactando contra el techo. Arancha acercó dos copas que Diana llenó con el burbujeante cava que sostenía en sus manos.

—Para que atrapemos al asesino —brindó la inspectora elevando su copa.

Diana también elevó su copa.

—Para que esto termine —dijo la joven policía.

Arancha la miró con tristeza.

47

El domingo 15 de julio, el inspector jefe Vázquez subió al tren AVE en Atocha. El comisario Celestino Rivero, la inspectora Arancha Arenzana y la policía Diana Dávila ya estaban en Barcelona desde el día anterior. El dispositivo de caza y captura del asesino del abecedario estaba desplegado en su totalidad. Al lugar de encuentro habían acudido la Unidad de Delincuencia Especializada y Violenta (UDEV), el Grupo de Operaciones Especiales (GEO), dos grupos completos de la Brigada Provincial de la Policía Judicial de Barcelona y otro de la Unidad Central de Madrid. Además de toda la Brigada de Información y varias furgonetas de la Unidad de Intervención que se encontraban acuarteladas en la comisaría de Grà-cia, a apenas unos cientos de metros del Hotel Marola.

Vázquez esperó a que el AVE echara a andar para apoyar la cabeza en el respaldo de su asiento y sucumbir al ronroneo del motor. En ese momento se encendieron los televisores del vagón y una voz muy femenina dijo que iban a emitir una película. Vázquez no prestó atención al título, le daba lo mismo ya que no iba a verla.

El policía nacional de Huesca, Andrés Hernández, viajaba en su vehículo particular dirección a Zaragoza. A esa hora no había ningún AVE directo de Huesca a Barcelona. Solamente salía uno y lo hacía a las ocho de la mañana. El policía pensó que no tenía ninguna necesidad de salir tan temprano, sobre todo teniendo en cuenta que el juicio no era hasta el lunes y que en Barcelona no tenía nada importante que hacer. Además, pensó: «Un domingo es un día muy aburrido en cualquier ciudad, ya que los comercios están cerrados.» El coche lo dejaría aparcado en la estación de Delicias de Zaragoza y desde allí cogería el AVE directo hasta Barcelona. La Dirección General de la Policía le pagaría el aparcamiento, previa presentación del tique. Pero no le pagarían los kilómetros de su coche hasta Zaragoza, ya que no podía documentar ese gasto.

Una azafata del AVE le entregó la prensa a Vázquez. En la portada, en un lugar destacado, venía la noticia del asesinato del delegado de Hacienda de Teruel. El titular decía: «El delegado de Hacienda de Teruel, degollado en el interior de su vehículo.» El inspector jefe pensó que el hombre habría ido a ver alguna de sus «amantes» y allí encontró la muerte. No era descabellado suponer que tenía relación con el misterioso hombre de negro que le visitó días antes y con las muertes de las chicas de Albarracín. Vázquez estaba tan cansado que se decidió a no pensar más sobre ese último crimen. El asunto ya no era de su incumbencia. Lo mejor, se dijo, es que cogieran al asesino en el cebo de Barcelona.

Andrés Hernández dejó aparcado su coche en el aparcamiento de la estación de Delicias. Desde allí fue caminando hasta el andén por donde pasaría su tren unos minutos más tarde. El tren venía de Madrid con destino a Barcelona y una de las paradas más prolongadas era en la estación de Zaragoza, donde recogía numerosos pasajeros. En un par de horas estaría en Barcelona.

Mientras esperaba navegó con su teléfono móvil y accedió a su cuenta de Twitter. De forma automática, y sin pensar, marcó para seguir el perfil de *Demetria y Diana, lesbianas*. Pulsó sobre la imagen del perfil y agrandó la fotografía donde se veía a Diana mirando la cámara con una morbosidad increíble. Leyó varios *tuits* de esa cuenta y se sorprendió de que Diana estuviera detrás de esos mensajes. Y aunque estuvo tentado de llamarla a su teléfono móvil, no lo hizo. Su tesis de que esa cuenta había sido creada por algún motivo cobraba cada vez más fuerza.

«¿Y si es una fotografía robada?», pensó.

Para Andrés cabía la posibilidad de que Diana no estuviera detrás de ese perfil de Twitter. Que algún amante o alguna amante la hubiera puesto ahí sin su permiso. Entonces, se dijo, debería llamarla y advertirle. Pero enseguida reaccionó y le volvió a parecer mala idea.

El AVE se detuvo en la estación de Delicias y el inspector jefe Vázquez se despertó de sopetón. La voz de megafonía avisaba de que en cinco minutos continuarían viaje hacia Barcelona. Los ojos de Vázquez se abrieron de par en par cuando vio entrar en su vagón al policía de Huesca. Andrés Hernández estaba allí, el domingo 15 de julio, y en un convoy que iba hacia Barcelona. Vázquez no pudo disimular su asombro. Pensó que al final iba a tener razón el comisario Celestino Rivero con que ese policía era el asesino del abecedario.

—Inspector jefe, qué sorpresa —dijo Andrés cuando lo vio.

El policía lo saludó amable. Vázquez mantuvo el rictus serio mientras le estrechaba la mano.

—¿Viaja usted a Barcelona? —le preguntó.

—Sí, otro juicio de esos extraños —sonrió Andrés—. Ya van dos veces que me citan para juicios que luego no se celebran.

—¿En domingo? —preguntó con sorpresa el inspector jefe.

—No, qué va. El juicio es mañana a primera hora, por eso tengo que viajar el día antes.

Vázquez hizo resbalar los ojos de forma instintiva por su muñeca en busca de algún rastro de tatuaje o marca. Para el inspector jefe era demasiada casualidad que ese policía viajara a Barcelona el mismo día que la Brigada le tendía el cebo para cazarlo in fraganti. Era absurdo que el policía fuese directo a la boca del lobo y que estuviera allí, en el vagón del AVE, diciéndole a un inspector jefe de la Brigada de Delitos Tecnológicos que se dirigía a Barcelona. Se fijó en sus ojos y no vio ningún rastro de que aquel hombre tuviera miedo o fuese cauto o se sintiera sorprendido. Vázquez estaba completamente convencido de que él no era el asesino.

Andrés vio que el asiento que había al lado de Vázquez estaba vacío.

—¿Está ocupado? —le preguntó.

—Creo que no —respondió el inspector jefe—. Viene desde Madrid vacío.

—Mi asiento está al final del vagón —dijo Andrés—, pero supongo que no pasa nada si me siento aquí, ¿no?

—Por mí no hay inconveniente.

Andrés dejó una pequeña maleta de viaje en el portaequipajes y se sentó al lado de Vázquez. Vio como el inspector jefe tenía abierta la prensa por la página donde se hablaba del asesinato del delegado de Hacienda de Teruel.

—Otro crimen más —dijo—. Esto se está poniendo cada vez peor.

—¿Lo conocía?

Andrés negó con la cabeza.

—No. ¿Debería conocerlo?

—Ah, no. Solo se lo preguntaba porque usted es una autoridad en Teruel y en las comarcas se suele conocer todo el mundo.

—Teruel está muy lejos de Huesca —replicó Andrés—. Solo sé que ha muerto como las chicas de Albarracín.

Vázquez arqueó las cejas.

—Sí, quiero decir que ha muerto degollado. Seguramente será el mismo asesino que aún pulula por Teruel.

Para Vázquez era impensable que ese policía pudiera ser el asesino del abecedario, sobre todo con la confianza con que hablaba de los crímenes. Pero su instinto le decía que era posible, también, que estuviera disimulando. Algo así como el asesino que colabora con la policía para localizar el cuerpo de la víctima. El veterano inspector jefe había investigado varios casos en su extensa carrera donde personas muy próximas y relacionadas con la víctima habían sido los asesinos. Pero hasta que no fueron cazados se habían dedicado a colaborar en todas las tareas planificadas para encontrar el cuerpo, como si ellos no supieran dónde estaba.

—Y usted, inspector jefe, ¿a qué va a Barcelona? Si se puede preguntar, claro.

Vázquez frunció la boca haciéndose el interesante.

—Asuntos de la policía —sonrió.

—Ah, entiendo. Seguramente, y siendo domingo, son asuntos de la playa.

—Me ha pillado —dijo Vázquez.

—Cree que no sé que Madrid no tiene playa —sonrió ampliamente Andrés.

Vázquez cerró el periódico y lo metió en la bandeja del respaldo del asiento de delante.

—Yo estuve muchos años en Barcelona —siguió hablando el policía—. Antes era un destino obligado.

—¿Me lo dice o me lo cuenta? —preguntó Vázquez—. Los de la ejecutiva también hemos tenido que pasar por Barcelona y por el País Vasco.

—Ahora las ciudades se parecen cada vez más. De hecho —afirmó Andrés—, ya no se distingue un Barcelona de un Madrid o de un Valencia.

—Conozco gente que como le oyeran hablar así tendría usted serios problemas.

—Me refiero a la calidad o el nivel de vida —argumentó Andrés—. Cuesta lo mismo un piso en Madrid que en Zaragoza. Comer vale igual en Barcelona que en Valencia. Si hasta hay las mismas tiendas. Usted se va a un centro comercial de cualquier gran ciudad y no notará ninguna diferencia.

Vázquez asintió con la cabeza sin responder.

—¿Nota usted alguna diferencia en los hoteles, por ejemplo?

—No, supongo que todos son iguales —dijo quedamente Vázquez.

—Mire, yo me alojo en el Marola, en el paseo de Sant Joan 191...

—¿Ha dicho el Marola? —interrumpió Vázquez.

Andrés vio como los ojos del inspector jefe se iban a salir de sus órbitas.

—Sí, el Marola, ¿ocurre algo? ¿No es un buen hotel? —bromeó.

—¿En qué habitación? —preguntó Vázquez despacio.

Andrés sacó su cartera y miró una nota que había en su interior.

—Habitación 315 —dijo.

Vázquez pensó que definitivamente ese policía era el asesino del abecedario. Esa era la habitación donde habían quedado las Twittercop con él. Pero no tenía ningún sentido que se lo dijera. Andrés sabía que él era del Grupo de Delitos Tecnológicos y que si había algún tipo de operación abierta él tendría conocimiento. Pero por la forma de hablar supuso Vázquez que no lo relacionaba con ninguna operación. Así que el asesino iba camino de la trampa donde sería cazado. Quizá, siguió cavilando, había más asesinos. Quizá no era uno solo, sino muchos, como pensó cuando compuso la teoría del Club Bilderberg. Y Andrés era uno de tantos. A las chicas de Nimes las mató uno. Otro a las de Barcelona. Otro distinto a las de Zaragoza y otro a las de Albarracín. Uno fue el encargado de matar al delegado de Hacienda. Eran hombres distintos pero que se pintaban dos letras «J» en su muñeca antes de actuar y se colocaban una funda de oro en uno de los dientes. Seguramente ese policía tenía un rotulador en el bolsillo de su pantalón y una funda para el diente, pensó. Pero las hipótesis de Vázquez no tomaban forma en su mente, no era posible. Un hombre puede ser un asesino; cuatro, una cuadrilla; diez, un grupo organizado, pero más de esa cantidad no era posible que llevasen nada a buen término. Alguno de ellos en algún momento se vendría abajo o los delataría. Alguno de ellos es posible que se encaprichara de alguna de las víctimas y luego iría a la policía a contar todo lo que había ocurrido. No se podía sostener una banda de criminales como si fuese una mafia, tarde o temprano caerían. Es posible que cada uno de ellos tuviera dos cometidos: matar a las chicas y matar al anterior asesino. Habría que investigar los crímenes que se cometían en las fechas siguientes a las muertes de las chicas. Igual el delegado de Hacienda de Teruel fue el asesino de las chicas de Albarracín y el siguiente asesino lo mataba antes de asesinar a las siguientes, que serían las de Barcelona. Sería algo así como un crimen piramidal donde cada participante tiene que cometer tres asesinatos: dos chicas y un asesino. La palabra «piramidal» comenzó a repetirse con insistencia en la cabeza de Vázquez. Un nuevo formato de crimen casi imposible de detectar. Casi imposible de investigar. No había grupo policial en toda España capaz de seguir a una organización cuyos crímenes fuesen piramidales.

—¿Está usted bien, inspector? —se preocupó Andrés cuando vio que Vázquez se abstraía.

—Sí. Sí, por supuesto. Estoy cansado. Eso es todo —se excusó.

48

El comisario Celestino Rivero miró de reojo su reloj de pulsera. Eran las 12 horas y 30 minutos del domingo 15 de julio. Desde la ventana del piso franco del paseo de Sant Joan número 195 se veía perfectamente toda la calle. A esa hora apenas circulaba algún taxi cuyo conductor iba a comer. Una hilera de turistas ataviados con camisetas floreadas y gorros de paja caminaban organizados en fila india por el centro del paseo. El comisario pensó que irían a visitar la Pedrera de Gaudí, apenas a veinte minutos andando desde donde estaban ellos.

—¿Un café, comisario? —le preguntó un policía vestido con traje.

Celestino Rivero se fijó en que ese agente era muy joven, apenas debía de tener veinticinco años. Le sonrió amablemente mientras pensaba que esos policías eran el futuro. Ellos serían los encargados de limpiar la policía por dentro. Eran agentes jóvenes, criados en democracia, ajenos a la jerarquía que condicionaba cualquier movimiento dentro de la corporación, ajenos a la presión sobre cualquier investigación.

—Sí, gracias. Solo y con poco azúcar. El azúcar mata el sabor del café —dijo.

—Ahora se lo traigo —replicó el policía—. Hoy comeremos todos tarde.

El comisario vio de un solo vistazo a los miembros del GEO, el Grupo de Operaciones Especiales de la Policía Nacional. Cinco agentes embutidos en su característico uniforme negro. Se fijó en sus relucientes botas militares, sus chalecos y sus cascos. Cada uno de sus integrantes estaba pertrechado con su arma, solamente esperaban la orden para actuar. Más a su derecha, en la ventana contigua, el comisario vio a un miembro de la Brigada de Información. Estaba solo, como todos los integrantes de esa brigada. Miraba a través de unos prismáticos la puerta del hotel. También era un policía joven, seguramente sería un oficial o un subinspector, pensó. Llevaba una camisa azul por fuera y en la cintura se le notaba el bulto del arma.

En la calle se podía ver a un agente disfrazado de barrendero mientras se comía un bocadillo sentado en un banco. Un taxista parado con un letrero que decía «fuera de servicio» en el taxi, y que el comisario sabía también que era policía, y una pareja de novios que fumaban impasibles frente a una floristería. Casi todas las personas que había en esos momentos en ese tramo del paseo de Sant Joan eran policías encubiertos.

El joven agente se acercó hasta el comisario sosteniendo un café en la mano.

—Tenga, jefe —dijo con cortesía.

Un taxi se detuvo frente a la puerta del hotel. Todos los policías de la habitación del piso franco se pusieron en tensión.

—Falsa alarma —dijo el agente de la Brigada de Información sin soltar los prismáticos.

Del taxi se apeó un hombre mayor que vestía ropas

blancas y mocasines de color rojo, algo que llamó la atención a todos los policías que prestaban servicio. Sobre su cabeza portaba un sombrero de paja.

—Las chicas estarán a punto de llegar —dijo el comisario mirando el reloj de pulsera.

El timbre del piso franco sonó y un agente de la Judicial abrió la puerta después de mirar a través de la mirilla. El inspector jefe Vázquez accedió al interior. El comisario Rivero giró sobre sí mismo y lo saludó levantando la mano hasta la altura de su hombro.

—Buenos días, Edelmiro.

—¿Ya han llegado las chicas? —preguntó.

—Estarán a punto —respondió el comisario.

—¿Puedo hablar contigo un momento?

—Claro —dijo el comisario mirando a su alrededor—. Todos estos son policías.

—En privado.

—Está bien —asintió.

El comisario se fue hasta la cocina del piso. Sentados alrededor de una mesa de aluminio había tres policías de la Judicial bebiendo café. Uno de ellos fumaba en pipa e inundaba de olor a vainilla toda la cocina.

—¿Nos pueden dejar solos? —dijo el comisario.

Los agentes se levantaron y se fueron hasta el comedor, donde estaban los otros policías.

—¿Qué ocurre? —preguntó inquieto el comisario cuando se encontraron solos.

—He viajado en el AVE desde Atocha hasta Barcelona —habló Vázquez—. Y en la estación de Zaragoza se ha subido ese policía, el de Huesca.

—¿Andrés Hernández?

—Sí. Ese tío no sabe ni qué día es hoy. Ese no es el asesino, Celestino.

—Y si no es el asesino... ¿cómo es que viene hacia aquí?

Vázquez movió la cabeza de un lado a otro, como si estuviera divagando. No sabía por dónde empezar. Se le hacía difícil explicarle al comisario que alguien había tendido una trampa al policía de Huesca. Y no disponía de tiempo suficiente para decirle todas las incongruencias que había detectado en la investigación de los crímenes de esas chicas. No había tiempo de nada, todo estaba sucediendo demasiado deprisa.

—Escucha, Celestino, no hay tiempo. Ese policía viene hacía aquí y se alojará en la habitación 315 del Hotel Marola. —Con la mano señaló hacia la dirección donde se suponía que estaba el hotel—. Viene hacia aquí porque le han enviado una citación del juzgado para un juicio que él no recuerda.

Vázquez se puso los dedos en los labios indicándole al comisario que no le interrumpiera.

—No digas nada y escucha. La anterior vez que alguien lo citó para un juicio que no se celebró fue el 15 de junio. El 15 de junio —subió la voz—. Fue el día antes de asesinar a las chicas de Barcelona. Alguien se ha esforzado por ubicar a ese policía en los dos crímenes. ¿No eres tú el que dice que las casualidades no existen? Luego está el asesinato de Zaragoza, donde el misterioso hombre de negro con la mano tatuada y un diente de oro lo enredó para mirar el atestado policial de esas chicas en su ordenador. ¿No te das cuenta, Celestino? Un tatuaje con dos letras «J» en la mano derecha y un diente de oro. Es de risa. Es la puta risa —alzó la voz de nuevo—. El asesino deja pistas evidentes para que sea sencillo reconocerlo y ubica a ese pobre policía en el lugar de los crímenes.

—No sé adónde quieres llegar, Edelmiro —dijo el comisario con desdén—. Como bien has dicho las casualidades no existen y ese policía está relacionado con los crímenes de forma inexcusable.

—Claro —dijo Vázquez aflautando la voz—. Ahora llegarán Arancha y Diana y se meterán en la habitación del hotel. En unos minutos llegará ese policía y pedirá la llave de la habitación 315, la cual tiene reservada. Los del Grupo de Operaciones Especiales lo detendrán y cuando la Judicial lo registre le encontrarán en su bolsillo la funda de un diente de oro y un tatuaje falso de quita y pon simulando dos letras «J». Por supuesto llevará una cámara de fotografiar y un pequeño trípode. Y hasta es posible que le encuentren un libro del marqués de Sade. Caso resuelto —chilló.

El comisario balanceó la mano sugiriendo que bajara el tono de voz. Vázquez estaba gritando demasiado.

—Es él, Edelmiro. Él es el asesino, no lo dudes.

—No, Celestino. Él no es el asesino, ningún policía es tan tonto como para dejar tantas pistas.

—A veces lo evidente es lo más improbable —dijo el comisario—. Y lo mismo ocurre al revés: lo probable es lo más imposible.

Vázquez no le comprendió.

—Puedes pensar lo que quieras, pero estoy seguro de que ese policía es inocente y que alguien está haciendo un gran esfuerzo para cargarle las muertes de esas chicas.

El comisario sonrió.

—El Club Bilderberg, ¿no?

—Ríete todo lo que quieras, Celestino. No sé si tiene que ver con ese club o con otro del estilo, lo mismo me da. Pero cada vez veo más clara mi teoría. Las chicas las matan por encargo para alguien muy poderoso, no hay otra explicación. Y ese grupo de poder quiere terminar con la investigación cargándole el muerto a otro. Siempre ha sido así. Esta práctica se lleva haciendo desde los albores de la justicia. Detendrán al policía y le pillarán con las pruebas necesarias para acusarle de los crímenes. Seguramente se suicidará en prisión o lo matarán. Luego dirán que fue un ajuste de cuentas...

—Estás sacando las cosas de quicio, Vázquez —interrumpió el comisario—. Creo que quieres hacer algo complicado de un asunto muy sencillo. No te digo que él haga todo solo, seguramente tiene ayuda. El delegado de Hacienda de Teruel, por ejemplo.

—El que está muerto, ¿quieres decir? —dijo con sorna Vázquez.

—Sí, y que seguramente lo ha quitado el policía de en medio para que no se vaya de la lengua.

—Qué ridículo —sonrió con ironía Vázquez—. Me parece todo tan patético que no doy crédito.

—Celestino —llamó al orden el comisario—, a nosotros nos pagan por desconfiar. Nuestro trabajo es ese: investigar, buscar pruebas, detener y poner a disposición judicial. Los jueces decidirán si ese policía es culpable o no.

—¿Los jueces? —se rio Vázquez—. Los jueces dictan sentencia a raíz del atestado policial.

—No, Celestino. Los jueces juzgan. Pero en cualquier caso, ese no es nuestro problema. Nuestro problema es terminar con esos crímenes de una puta vez.

Los policías que había en el comedor del piso franco escucharon los gritos que provenían desde la cocina. Se miraron entre ellos, pero ninguno dijo nada.

—Anda —tranquilizó el comisario—, vamos al salón, que las Twittercop estarán a punto de llegar.

Vázquez justo iba a responder cuando sonó el teléfono móvil del comisario.

—Sí, jefe —dijo. Al oír que decía jefe, Vázquez supo que era el director operativo adjunto el que llamaba—. Estamos pendientes. Le llamo en cuanto lo detengamos.

49

A las 13 horas de ese caluroso domingo de julio, Arancha y Diana accedieron al vestíbulo principal del Hotel Marola. Las dos vestían unos *shorts* de color azul claro y una fina blusa fucsia. Iban conjuntadas de tal forma que parecían hermanas. Antes de entrar en el hotel se dieron un corto beso en la boca que atizó una punzada de lujuria a todos los policías que vigilaban la zona. Las dos quisieron avivar más la lascivia del asesino, el cual sospechaban las estaría observando desde algún lugar seguro y próximo.

—¿Nadie sigue al policía? —preguntó Vázquez.

El comisario observaba con unos prismáticos desde la ventana del piso franco. Volvió la cabeza y miró al inspector jefe de reojo.

—No es necesario —replicó con desdén—. Él viene hacia aquí.

Vázquez sabía que en una operación normal de ese estilo, la Brigada de Información, expertos en seguimientos, vigilarían al asesino de cerca. Pero ya sabía también el veterano inspector que esa no era una operación normal.

Los cebos cruzaron el vestíbulo del hotel ante la mirada del recepcionista, un policía del Grupo de Judicial de Barcelona. Subieron por el ascensor hasta la tercera planta, habitación 315, donde les acompañó un botones, también policía, de paisano. El chico las miró con ironía y les dijo:

—Disfrutad.

—Imbécil —replicó la inspectora.

Las dos se metieron dentro de la habitación. El policía que hacía de botones oyó que cerraban la puerta por dentro.

A las 13 horas y 20 minutos aparcó un taxi delante de la puerta del hotel. Del asiento trasero se bajó el policía de Huesca, Andrés Hernández. En su mano portaba una pequeña maleta de viaje. Pagó la carrera al taxista y se adentró en el vestíbulo del hotel.

—Vamos —ordenó el comisario a los agentes que había en la habitación.

De todos los rincones de la calle se fueron acercando los policías de paisano. Los pinganillos en sus oídos se mantenían en silencio a la espera de la orden del comisario, pero esa orden no llegaba.

—Jefe —le dijo un policía de Información—, ¿lo detenemos?

El comisario estaba llegando a la calle desde el piso franco, seguido por el inspector jefe Vázquez. Al lado circulaban en fila india los cinco agentes del GEO. El comisario frunció la boca, como si no estuviera seguro de dar esa orden.

—¿Comisario, la orden? —insistió el policía de la Brigada de Información.

El policía de Huesca había accedido al vestíbulo del hotel. El recepcionista y una pareja que estaban leyendo una revista en la sala de espera lo siguieron con la mirada. Por sus pinganillos oyeron la orden del comisario.

—Deténganlo —ordenó finalmente.

Todos los agentes saltaron sobre Andrés Hernández. Le quitaron la maleta de viaje y le cachearon. El policía de Huesca iba desarmado. El Grupo de Judicial puso su maleta sobre la mesa de recepción y la abrió con descuido. Tan solo llevaba ropa interior y una muda de pantalón y suéter. Un agente de la Brigada de Información le incautó el teléfono móvil.

—Desbloquéalo —le ordenó.

Andrés estaba confuso, esperaba que alguien le explicara qué estaba ocurriendo. Desbloqueó el móvil con su número PIN. El policía de Información accedió a su cuenta de Twitter. Lo primero que hizo fue buscar los seguidores de Andrés Hernández. La última cuenta que seguía era la de *Demetria y Diana, lesbianas.*

—¡Bingo! —exclamó pletórico.

—¿Qué tenemos? —preguntó el comisario, que en ese momento accedía al vestíbulo del hotel, franqueado por varios policías del Grupo de Operaciones y por Vázquez.

—Es él —dijo el policía de la Brigada de Información.

El comisario miró el teléfono móvil, tuvo que entornar los ojos y alejarse un poco para verlo bien.

—¿Lleva algo más encima? —preguntó.

Los policías negaron con la cabeza.

—Bueno. —Chasqueó la lengua—. Llévenlo a Jefatura —ordenó.

—¿Qué ocurre? —preguntó Andrés Hernández al ver a Vázquez.

Vázquez lo miró con pena.

—Allí te lo explicarán —le dijo.

El teléfono del comisario sonó varias veces. Descolgó.

—Sí. Ya está. No. De momento solo el perfil de Twitter de su teléfono móvil. Es el del cebo.

—¿El director operativo adjunto? —preguntó Vázquez.

Celestino asintió con la cabeza.

—Vamos a Jefatura de Via Laietana. Allí lo aclararemos todo, el director está allí —dijo quedamente el comisario.

50

Andrés Hernández entró esposado en la Jefatura de Barcelona. Para un policía nacional era vejatorio que sus propios compañeros le hubieran colocado los grilletes en la espalda. Lo sentaron en una sala donde había varios inspectores del Grupo de Judicial de Barcelona. Su maleta se quedó en una sala anexa custodiada por dos policías de uniforme.

—Buen trabajo —les dijo el director operativo adjunto al comisario Celestino Rivero y al inspector jefe Vázquez.

Vázquez no daba crédito a lo que estaba viendo y oyendo. Para el veterano inspector jefe ese policía era inocente. Todo era una burda trampa para cazar a alguien que no tenía nada que ver con los crímenes del abecedario. La chispa se le encendió cuando el director dijo:

—Ya no se le ve tan valiente como cuando destapó el caso del Nani.

Vázquez miró de reojo al director, parecía que estaba buscando algo en su cara. Él se dio cuenta, pero no le dijo nada. Entonces el inspector jefe cayó en la cuenta de que el director se llamaba Ángel Redondo. Nunca antes había reparado en su nombre.

«Ángel Redondo, Ángel Redondo...», repitió para sus adentros. Vázquez sabía que el año pasado el policía de Huesca había declarado en el juzgado todo lo que ocurrió cuando desapareció el Nani. Habían pasado tantos años que el delito había prescrito, pero las declaraciones que hizo salpicaron a muchos inspectores de la Comisaría General de la Policía Judicial de entonces, mancillando su meteórica carrera.

—Enseguida vuelvo —se excusó mientras salía a un pequeño balcón de la primera planta de Jefatura.

—¿Qué le pasa a ese? —preguntó el director.

Celestino se encogió de hombros.

Sin pensárselo dos veces, Vázquez sacó su tableta y buscó el nombre del director adjunto operativo. El buscador pensó unos instantes y enseguida mostró varios resultados. La wifi de Jefatura era muy rápida.

—Mierda —exclamó.

El director se llamaba Ángel Redondo, igual que uno de los imputados en la desaparición del Nani. El comisario Ángel Redondo se había librado de la imputación por la desaparición del Nani en el año 1987, pero a través de las declaraciones de Andrés Hernández su nombre saltó a la palestra, a pesar de que el comisario tenía en la actualidad ochenta y un años y estaba recluido en un asilo de la Comunidad de Madrid.

Como si fuese un fogonazo, Vázquez lo vio todo claro. La imputación de los crímenes del abecedario a Andrés Hernández era una venganza del director adjunto por haber ensuciado el nombre de su padre. Ese era el resumen: una asquerosa venganza. El asesino del abecedario no sería uno, sino varios, y trabajarían para algún tipo de poderoso club. Durante años habían cometido asesinatos que filmaban en vídeo para deleite de unos asquerosos y puercos millonarios. Todo fue bien en Nimes y en Málaga, pero se les fue de las manos cuando cometieron el de Barcelona. Los asesinos ya no podían parar e iban a razón de crimen a la semana. Para Vázquez era posible que el director estuviera implicado e incluso perteneciese a ese club. ¿Y quién se iba a «comer» todos esos crímenes? Para el inspector jefe estaba muy claro: Andrés Hernández, el traidor que ensució el nombre del padre del director adjunto operativo de la Policía Nacional.

—Hijos de puta —farfulló.

Vázquez comprendía que el director adjunto quisiera cargar esos crímenes al policía de Huesca, pero eso no atraparía al asesino. Eso no terminaría con los crímenes.

«Y si Andrés Hernández no es el asesino... ¿quién es el asesino?», pensó.

—Vázquez —oyó a su espalda—. Tienes que ver esto.

El comisario Celestino Rivero estaba eufórico. Vázquez lo siguió cabizbajo y los dos accedieron a la sala donde estaba detenido Andrés Hernández. Dos policías de Asuntos Internos habían registrado su maleta. Entre las pertenencias hallaron la funda de un diente de oro, un falso tatuaje pintado con dos letras «J» y una cámara de vídeo donde comprobaron que había varios vídeos de menores de edad en posturas eróticas.

—Lo tenemos —exclamó el comisario.

Vázquez miró a los dos policías de Asuntos Internos y les preguntó sin despegar los dientes:

—¿No habrán estado en Teruel recientemente?

Los policías le clavaron los ojos como si lo fueran a fulminar con ellos.

—Caso resuelto —dijo el director mientras accedía a la sala.

—Ya —chasqueó la lengua Vázquez.

El director miró al comisario. Vázquez supo que le había hecho un gesto de complicidad.

—Vamos afuera —le dijo el comisario.

Vázquez lo siguió.

—Sí, vamos afuera que aquí no se puede respirar —dijo desde el marco de la puerta.

—¿Qué le pasa a ese imbécil, ahora? —preguntó uno de los policías de Asuntos Internos.

En el pasillo Vázquez miró con todo el odio que pudo imprimir en sus ojos al comisario Celestino Rivero.

—Lo sabías, ¿verdad?

—No sigas por ahí Edelmiro.

—Ni Edelmiro ni pollas —gritó.

—No es nuestra guerra, Edelmiro. No merece la pena derramar ni una sola gota de sudor por ese policía.

—Ese policía —señaló con su mano hacia la puerta— es inocente y lo sabes. Le han tendido una trampa para tapar los crímenes de alguien muy poderoso.

—Eso no nos importa, Edelmiro —susurró entre dientes el comisario—. Él es el asesino del abecedario y por eso está detenido. ¿No lo ves, Vázquez? Todas las pruebas de que disponemos apuntan hacia él.

—Sí que nos importa —replicó elevando la voz—. Maldita sea, Celestino, ¿qué te ha pasado?

—Vamos, vamos, Vázquez. —El inspector jefe se dio cuenta de que lo llamaba por su apellido, lo que significaba que le había perdido la confianza—. Ingresará en una prisión para policías. Estará bien y estará seguro. Todos, menos tú, estamos convencidos de que él es el asesino del Twitter, del abecedario o del puto marqués de Sade. Pero él es el que está detrás de esos crímenes. Cuando salga de la cárcel se hará de oro vendiendo sus memorias. En cualquier caso ya verás como a partir de ahora no habrá más crímenes.

Vázquez forzó una carcajada.

—Claro que no habrá más crímenes. Si hubiera más crímenes se sabría que ese policía es inocente y lo tendrían que soltar.

—No es nuestra guerra, Vázquez —le dijo el comisario—. No sé por qué piensas que hay alguien poderoso detrás de esos asesinatos. Es más sencillo que todo eso.

—Vete a la mierda, Celestino. Vete a la mierda tú y ese cabrón de director. Idos todos a la puta mierda —gritó hasta que de dos puertas del pasillo salieron varios agentes de la Judicial. Un policía de Asuntos Internos asomó sus gafas oscuras.

—¿Todo en orden, comisario?

—Sí, sí. Está todo bien.

El policía se metió de nuevo en el despacho.

—No la jodas, Vázquez. No la jodas, por favor. Llevas muchos años en el cuerpo, tienes un expediente inmaculado. Eres un referente para toda la policía. No termines así. Vete, coge el AVE y regresa a Madrid. Vuelve con Arancha... No hay ninguna conspiración, ni nada por el estilo. Solo es un policía al que le gusta asesinar quinceañeras. Deja que los grupos de aquí trabajen. Dales tiempo. Verás como en unas semanas se aclara todo. Con ese policía entre rejas nos será más fácil reunir las pruebas para culparlo. Nadie lo visitó en Huesca, fue un montaje que él mismo tramó para desviar nuestra atención. El informático nos ha dicho que no hay ninguna grabación de las cámaras de seguridad de la comisaría. Las IP de las conexiones de Internet le apuntan directamente a él. Y por si fuera poco, le hemos pillado con atrezo de los crímenes: las pegatinas de los tatuajes y el diente de oro.

—Chorradas —dijo Vázquez—. La cámara, la funda del diente y las pegatinas se las han metido esos payasos de Asuntos Internos. El jefe les ha dicho que él era el asesino y ellos han fabricado las pruebas para incriminarlo. ¿O es que crees que no sé cómo funcionan?

En un momento de la acalorada conversación con el comisario, Vázquez se acordó de las Twittercop.

«¿Dónde están ellas ahora?», se preguntó.

Recordó que la última vez que las vio fue entrando en el Hotel Marola del paseo de Sant Joan. «¿Seguirán allí?», se preguntó.

—Oye, Celestino, ¿dónde están las chicas?

—¿Las chicas? Pues supongo que los de Información ya habrán levantado el servicio una vez detenido el policía.

51

En la habitación 315 del Hotel Marola aún se hallaban recluidas Arancha y Diana. Las dos habían cerrado la puerta por dentro, siguiendo instrucciones de los policías de la Judicial. Desconocían qué estaba pasando fuera. Las chicas se habían sentado en la cama de la habitación y cada una miraba hacia un lado distinto. Desde la cena del viernes por la noche que la situación se había vuelto tensa entre las dos.

—Son las cuatro —dijo Diana mirando su reloj—. ¿No deberíamos saber algo ya?

Arancha pensó que ella tenía razón. La inspectora desconocía por qué no les habían dejado llevar teléfono móvil ni emisora de la policía. Solo les dijeron que estuvieran dentro de la habitación, seguras hasta que todo terminara.

—Igual se ha retrasado —dijo Arancha como mejor respuesta—. Seguramente ahora mismo lo estarán deteniendo en el vestíbulo del hotel.

—Voy a mirar —se aventuró Diana.

Arancha la detuvo poniéndole una mano en el hombro.

—Espera, no salgas. Nos han dicho que permanezcamos aquí hasta que vengan a buscarnos y eso es lo que haremos.

Arancha sabía que el sospechoso era el policía de Huesca. El comisario le dijo que ese policía y Diana habían tenido una relación muy especial cuando ella hizo las prácticas en Huesca. «Mejor que no se vean», sugirió. Y Arancha sabía que las sugerencias del comisario Celestino Rivero eran órdenes.

Alguien aporreó la puerta con tres golpes cortos. La inspectora pensó que eran los del grupo de la Judicial que venían a rescatarlas, todo había terminado.

—Ya está —sonrió Arancha—. Ya lo han cogido —dijo poniéndose en pie y acercándose a la puerta.

Al abrir recibió un fuerte puñetazo en la cara que le fracturó la nariz. En un momento se le llenó la barbilla de sangre. Diana saltó hacia su bolso para coger su arma, pero el clic de una pistola automática le indicó que no era una buena idea.

—Ni se te ocurra, puta —dijo el agresor con una voz grave.

El hombre entró en la habitación cerrando la puerta tras de sí. Le propinó una patada en las costillas a Arancha, que se retorcía en el suelo, mientras no dejaba de encañonar a Diana.

—Hijo de puta —gritó Arancha con la boca llena de sangre.

Las dos pudieron ver el tatuaje en su mano derecha con las dos letras «J». Al sonreír brilló un diente de oro que le puso los pelos de punta a la joven policía.

—Túmbate en la cama —le dijo a Diana. En su mano izquierda sostenía una cuerda de nailon.

Diana pensó que iban a morir de todas formas, así

que ya que tenía que morir lo mejor era morir matando. Calculó cuánto tardaría en llegar hasta su bolso, que estaba en la silla de la entrada. Era joven y muy ágil y ella siempre tenía su arma sin seguro y con una bala en la recámara. Tan solo tenía que extraerla y vaciar el cargador sobre ese hijo de puta. De un salto le pegó una patada en el pecho. Su pie parecía que se hubiera estrellado contra la roca de un acantilado. El hombre de negro ni siquiera se inmutó. Pero como ya había iniciado la maniobra no se podía detener, llegó hasta su bolso y extrajo el arma y apretó el disparador varias veces, pero varios clics seguidos le indicaron que no tenía cartuchos. Se acordó de que la última vez que comprobó su arma fue en la sede de la Brigada de Delitos Tecnológicos de Madrid; entonces su arma estaba en disposición de disparar. Pero alguien le había vaciado los cartuchos del cargador y quitado la bala de la recámara. Pensó en cómo podía haber sido tan estúpida, cualquier policía se hubiera dado cuenta de que el arma pesaba mucho menos sin la munición.

Un puñetazo en el pecho seguido de una sonora bofetada le hizo recapacitar: todo era una trampa. Alguien las había metido allí para que el asesino les hiciera lo mismo que a las otras chicas y había procurado desarmarlas. Y quien había planeado aquello era alguien de dentro. Pero Diana solo tenía en mente una cosa: desarmar y noquear al asesino.

—Túmbate en la cama, cabrona —dijo sin dejar de sonreír. El diente se le resbaló por el labio inferior y se le quedó colgando en la barbilla. Diana lo tenía tan cerca que pudo darse cuenta de que ese diente de oro no era más que una funda.

Arancha se había arrastrado hasta la puerta. Sus ojos no perdían de vista un jarrón metálico que había en el mueble de la entrada. Calculó que un golpe del jarrón dejaría fuera de la circulación a ese cabrón. Pero el asesino percibió sus intenciones y le pisó su pie descalzo. El dolor le hizo soltar un alarido.

—Deja de hacer la imbécil —le dijo—, que en unos minutos le estarás comiendo el coño a tu amiga. Ya verás como a ella le gusta.

Arancha se giró. La sangre de la nariz le llegaba hasta el cuello y le había empapado la blusa fucsia. Diana se había recompuesto del golpe en el pecho y calculó qué posibilidad tenía de tumbar a ese hombre. Enseguida tuvo la respuesta: ninguna. Con la vista buscó algún objeto, pero en una habitación de hotel solo hay cuadros y muebles. Sus ojos se pararon sobre la mesita de noche. Era un mueble de plástico. Pensó que un golpe en la cabeza con uno de esos cajones sería suficiente para aturdirlo unos instantes y poder atizarle con algo más sólido, sobre todo si le daba con una de las esquinas. Pero necesitaría la distracción suficiente para que el golpe fuese certero. Arancha pareció leer su pensamiento. La inspectora se había girado levantando el culo en pompa.

—Mira lo que tengo para ti —gritó—. ¿A que nunca te has follado uno así? —dijo mientras se pasaba la mano por la nalga.

El hombre de negro giró la cabeza y sus ojos se le fueron al culo de Arancha. En esos momentos recibió un fuerte golpe en la cabeza con un cajón de la mesita de noche. Y antes de caer al suelo recibió otro más que hizo saltar trozos de cráneo que se estamparon contra la pared. Uno de ellos manchó la espalda de Arancha.

La puerta de la habitación se abrió de par en par. Vázquez entró raudo sosteniendo en su mano una pistola.

—¿Estáis bien? —preguntó sin dejar de mirar a Arancha.

Enseguida comprendió lo que había ocurrido. Ese hombre que yacía muerto sobre la moqueta de la habitación era el asesino del abecedario. Ese sí que lo era de verdad.

—Alguien le ha quitado las balas a mi pistola —se quejó Diana, sosteniendo el cajón astillado en sus manos—. Alguien de la Brigada —gritó, víctima de un ataque de histeria.

—Calma, calma —la tranquilizó Vázquez. El inspector jefe sostenía su arma en la mano y trataba de comprender qué estaba pasando—. ¿Es el asesino? —preguntó.

—¿A ti qué te parece? —replicó Arancha con voz gangosa y aguantándose la nariz con la mano—. ¿Dónde coño estabais? Se supone que lo teníais que detener antes de que llegara a la habitación.

—Y está detenido —dijo Vázquez.

—¿Cómo coño va a estar detenido si está aquí?

Vázquez sacó su teléfono móvil y marcó el número de emergencias para solicitar una ambulancia.

—Os tiene que ver un médico —dijo.

—Eso ya lo sé, imbécil —dijo Arancha, colérica—. Pero responde a mi pregunta. ¿Qué coño habéis hecho ahí afuera que habéis dejado entrar a este cabrón hijo de puta?

—Escucha, Arancha —le dijo Vázquez guardando su pistola en la funda de la cintura—. No sé por qué no os han dicho nada. El servicio se ha levantado hace rato cuando han detenido al que creíamos que era el asesino. Nos hemos liado y nadie ha pensado en vosotras.

—Y... ¿a quién habéis detenido?

—Al policía de Huesca.

Diana abrió los ojos.

—¿Andrés?

—Sí, sí. No hay tiempo para explicaciones. El policía está detenido en Jefatura como autor de los crímenes, pero está claro que el asesino es este. —Señaló con la barbilla el cadáver que había tirado en el suelo.

—Buen trabajo —dijo irónica Arancha.

—Ha sido una trampa. Todo es una trampa para cargarle las muertes a ese policía. Es una venganza por lo del Nani. —Vázquez hablaba de forma disparatada.

Diana lo miró incrédula.

—Sí, ya sé que parece increíble, pero uno de los nuevos imputados por la desaparición del Nani fue el comisario Ángel Redondo.

—¿El director adjunto operativo? —preguntó Arancha.

—No, su padre. Y le han querido cargar las muertes al policía de Huesca como venganza.

Mientras hablaba, Arancha se dio cuenta de que un pecho lo tenía al descubierto, pero dada la situación eso era lo menos importante.

—Andrés... ¿detenido? —preguntó Diana.

Vázquez, que no había soltado el teléfono de la mano, llamó al comisario Celestino Rivero.

—Celestino —dijo secamente—. Ven inmediatamente a la habitación del Hotel Marola. ¿Cómo que qué habitación? Donde están Arancha y Diana. Sí, aún siguen aquí.

—¿El hotel? ¿Qué ocurre?

—El asesino ha intentado matarlas —dijo—. Sí, coño, Celestino, el verdadero asesino. Ya te dije que ese policía es inocente.

Cuando hubo colgado llamó por teléfono a la comisaría de Ciutat Vella de los Mossos d'Esquadra. Preguntó por Sebas Mateu, un *intendent* amigo suyo que antes de entrar en los Mossos había sido inspector jefe de la Policía Nacional.

—¿Qué ocurre? —preguntó el *intendent* cuando consiguieron localizarlo.

—Sebas, ven al Hotel Marola del paseo de Sant Joan —le dijo Vázquez—. Te necesito. Y no vengas solo, trae varias patrullas. Se acaba de cometer un crimen.

Varios policías, del servicio montado para atrapar al asesino en las inmediaciones del hotel, accedieron por la escalera y llegaron hasta la puerta de la habitación. Vázquez los detuvo antes de entrar.

—No pasa nada, chicos —les dijo.

—¿Ocurre algo, inspector jefe? —preguntó un agente joven.

—Nada, nada. Todo está en orden.

—Íbamos a levantar el servicio cuando detuvieron al asesino —dijo.

—El asesino es este. —Vázquez señaló el cuerpo que yacía en el suelo.

El teléfono de la habitación sonó, era de recepción.

—¿Alguien ha pedido una ambulancia?

—Sí, sí —respondió Vázquez.

El teléfono móvil de Vázquez sonó.

—Edelmiro —le dijo Celestino—. ¿Qué ocurre ahí arriba? Los Mossos d'Esquadra no me dejan subir.

El *intendent* amigo de Vázquez entró en la habitación.

—Deja subir al comisario Rivero —le dijo.

El *intendent* miró el cadáver del suelo y a las dos policías. Arancha aguantaba una toalla contra su nariz mientras que Diana tenía la cara amoratada.

—¿Qué ha pasado aquí? —preguntó enarcando las cejas.

—Ahora te cuento —replicó Vázquez—. Cuando suba el comisario Rivero os lo cuento todo. Puedes mandar que escolten la ambulancia con las dos policías. —Señaló a Arancha y Diana con la barbilla—. Sobre todo que no las pierdan de vista.

El *intendent* asintió confuso.

—Estoy deseando que me expliques qué ocurre. Espero que no te hayas metido en problemas.

—No te preocupes, Sebas —sonrió forzado—. En cuanto llegue mi comisario lo aclararemos todo.

52

Una pareja de los Mossos dejó entrar en la habitación al comisario Rivero. Sus ojos se abrieron cuando vio el cadáver en el suelo del asesino del abecedario. Miró fijamente a Diana, cuya cara parecía una naranja de tan roja que estaba, y luego observó la cara ensangrentada de la inspectora Arancha. El comisario no pudo disimular su furia.

—¿Qué coño ha pasado aquí? —preguntó.

—Eso me lo tienes que decir tú, Celestino —replicó Vázquez.

El *intendent* de los Mossos no habló, pero con un gesto de su cabeza le indicó a los agentes que esperaban en la puerta que se alejaran, intuyó que lo que allí había ocurrido era un asunto de la Policía Nacional.

—¿Quién es? —preguntó el comisario Celestino. Su voz se había vuelto estentórea.

—El asesino —respondió Vázquez acercándose hasta su cuerpo.

Giró su muñeca derecha y vieron el tatuaje de las dos «J». Luego ladeó su cabeza. Un coágulo de sangre resbaló por la nuca. Extrajo un bolígrafo del bolsillo de su camisa y elevó la barbilla del cadáver ligeramente.

—Un diente de oro —dijo quedamente—. Este es el misterioso hombre de negro que estábamos buscando. Y no ese policía de Huesca —añadió.

El rictus del comisario Rivero había cambiado. Su tez se tornó dura y sus labios se abrían y cerraban como si quisiera decir algo. Pero su garganta solo atinaba a emitir unos extraños sonidos guturales.

—Puede ser un engaño del policía de Huesca —dijo finalmente—. Que este tío haya intentado matar a Arancha y Diana no quiere decir que sea el asesino. No es tan descabellado, Edelmiro —argumentó el comisario—. El policía le da dinero para que se meta aquí. Lo demás es sencillo. Ellas se lo cargan y nosotros damos por hecho que él es el asesino, con lo cual queda exculpado el policía de Huesca.

El *intendent* de los Mossos d'Esquadra se acercó hasta la puerta de la habitación.

—Estoy fuera, Edelmiro. —Miró a Vázquez—. Cinco minutos —dijo abriendo todos los dedos de la mano derecha—. Cinco minutos e iniciamos el protocolo de muerte violenta.

Vázquez comprendió que disponía de cinco minutos para hablar con el comisario Rivero.

—¿Y la ambulancia? —preguntó mirando a Arancha y Diana. Tanto la inspectora como la joven policía tenían la mirada desbocada. Se sentían como si esos hombres supieran más de lo que decían.

—Ese hijo de puta me ha roto la nariz —balbuceó Arancha.

Diana se acercó hasta ella y la ayudó a incorporarse.

—Estás guapa igual —la animó.

—Ya están aquí los de la ambulancia —intervino el *intendent* desde el pasillo.

—No las dejes solas —solicitó Vázquez—. ¿Podéis escoltar la ambulancia hasta el hospital?

—Por supuesto —aseguró el *intendent*—. La clínica más cercana es Nostra Senyora del Remei, en la calle Escorial. ¿Las llevan allí? —preguntó al que parecía el médico de todos los enfermeros que estaban en el pasillo.

—Sí, sí. Aunque depende de la gravedad de las heridas —dudó unos instantes mientras accedían a la habitación.

—Estamos bien —dijo Diana, sin dejar de acariciar el pelo de Arancha—. Creo que ella tiene la nariz rota.

El médico examinó primero a Arancha. Al tocarle la nariz ella se quejó.

—Me duele mucho.

El médico indicó a un enfermero que la subieran a una camilla y la bajaran a la ambulancia.

—Yo estoy bien —dijo Diana—. Me duele un poco aquí. —Se tocó en medio del pecho con una mano.

—Es igual, señorita —replicó el médico—. Subirá también a una camilla.

El comisario Rivero seguía sentado en la silla. Su teléfono móvil comenzó a sonar, pero ni siquiera lo sacó del bolsillo. Vázquez lo miraba con odio.

Los enfermeros sacaron a Arancha y Diana de la habitación y el *intendent* entornó la puerta se quedó fuera junto a una pareja de los Mossos. Los dos hombres se quedaron solos en la habitación.

Vázquez sabía que pasado ese tiempo la habitación se llenaría de agentes de la Judicial de los Mossos y de la Policía Científica, además del forense y el juez. Y lo peor de todo: la prensa rodearía el edificio.

—Habla, Celestino. Habla y dime qué ocurre aquí.

El comisario se pasó la mano por la cabeza. Su frente

se había perlado de un sudor frío cuyas gotas reflejaban la luz del techo de la habitación del hotel.

Vázquez cogió una silla de la habitación y se sentó delante del comisario. Agachó la cabeza apoyando los codos en las rodillas y lo miró fijamente a los ojos.

—¿Quién es? —Vázquez señaló el cadáver de la habitación.

El comisario se encogió de hombros. El inspector jefe sintió lástima por él. Todo un comisario de la Brigada de Delitos Tecnológicos y no sabía quién era ese hombre que yacía muerto en la habitación del hotel.

—Cuando le cojan las huellas los de la Científica nos dirán su filiación —dijo el comisario como mejor respuesta.

—No me jodas, Celestino —bramó Vázquez—. Eso ya lo sé yo también.

El comisario asintió balanceando la cabeza.

—No sabemos quién es el asesino —repitió como si tratara de convencerse a sí mismo—. Casi cinco años atando cabos y aún no sabemos quién coño es el asesino.

—Es este. —Vázquez volvió a señalar el cuerpo.

El comisario lo miró directamente a los ojos.

—Tú tampoco te lo crees, ¿verdad? —le preguntó el inspector jefe—. El tío lleva varios años matando de la forma que lo hace. Buceando por las redes sociales. Es un experto en ingeniería social, confunde a la gente, engaña a policías y delegados de Hacienda. Se camufla, se oculta, se disfraza y nadie ha conseguido seguirle el rastro, ni siquiera con los más avanzados sistemas de detección de las comunicaciones de los que disponemos. Ni Carnivore, ni Echelon, ni Prism, ni siquiera los potentes radares de la Marina estadounidense. No aparece en ninguna cámara de grabación. Y si lo hace es de espaldas o con imágenes borrosas... —Vázquez miró el cadáver—. Y ahora lo tenemos ahí. Asesinado por el cajón de plástico de un hotel. Asesinado por una chiquilla a la que pretendía matar —chilló Vázquez—. Ese —gritó más fuerte—, ese no es el asesino.

El comisario movió los ojos como si no lo estuviera escuchando, pero sabía que Vázquez tenía razón: el hombre que yacía muerto allí no podía ser el asesino del abecedario.

—Cuando el crimen de Barcelona —dijo—, el director adjunto operativo me insinuó que los crímenes los podría estar cometiendo el policía de Huesca.

—¿Y tú le creíste?

—No —negó tajante—. Desde el principio supe que ese policía no estaba detrás de los crímenes. Que tenía que ser otra persona.

—Entonces... ¿por qué ese afán de echarle la mierda encima a ese policía? —Vázquez sabía por qué era, pero quería oírlo de labios del comisario Rivero.

—Ya lo sabes.

—Sí, pero quiero que tú me lo digas.

—Fue por lo del Nani. Ese policía hundió en la miseria al padre del director adjunto operativo. El comisario Ángel Redondo, los dos se llaman igual, fue portada de toda la prensa sensacionalista y su prolífica carrera policial se fue por el sumidero después de las declaraciones de Andrés Hernández. Ese policía se podía haber quedado callado después de tantos años.

—Él estuvo allí —dijo Vázquez—, y explicó lo que pasó.

—Pero tarde. Demasiado tarde. Después de todos esos años lo mejor que podía hacer era seguir callado.

Vázquez percibió que el comisario Rivero censuraba

que el policía de Huesca hubiera dicho la verdad después de tanto tiempo.

—Es mejor dejarlo así, Vázquez. Es mejor no seguir escarbando. Mira —dijo susurrando—, las chicas están fuera de peligro. El asesino está muerto, eso será suficiente para exculpar al policía de Huesca. Caso resuelto...

—¿Caso resuelto? Ese no es el asesino. El asesino tiene que ser otro. Y el policía de Huesca tampoco lo es. Así que aún tenemos un asesino suelto que volverá a matar.

—Todos están muertos —dijo el comisario—. Este es el último. No hay nadie más... No sabemos por qué han ocurrido estos crímenes. Puede que todo sea un juego. Algo así como un macabro entretenimiento de algún enajenado. Puede que el delegado de Hacienda de Teruel fuese parte del juego. ¿No lo has pensado? —Vázquez ya había supuesto que se podía tratar de unos asesinatos piramidales: alguien tiene que matar a unas chicas bajo coacciones. El inspector jefe llegó a pensar que a las prostitutas de Albarracín las mató el delegado de Hacienda bajo la amenaza de que no mataran a su mujer y a sus hijas. Luego otro asesino lo mató a él, y ese asesino es el que tenía que matar a las Twittercop. Era una locura, pero para atrapar al asesino había que pensar así: como un loco.

El teléfono del comisario volvió a sonar.

—¿No vas a responder?

Torpemente sacó el móvil del bolsillo. Miró la pantalla mientras parpadeaba con la llamada entrante y lo mostró a Vázquez. El inspector jefe leyó en voz baja el nombre de la persona que estaba llamando: Ángel Redondo, el director adjunto de la policía.

—¿Y echarle la culpa de esos crímenes al policía de Huesca iba a vengar a su padre?

El comisario se encogió de hombros.

—Cada uno se venga a su manera. Yo me di cuenta hace unas semanas, cuando hubo el último crimen y él me hizo una visita. Enseguida me percaté de que el policía de Huesca era un cabeza de turco escogido para hacerle pagar el chivatazo del caso Nani.

—Y mataron a todas esas niñas solo para vengarse. Es ridículo.

—Yo no tengo nada que ver. Sé lo mismo que tú, solo que lo supe antes porque antes lo relacioné. No creo que esos crímenes se cometieran para echarle la culpa al policía de Huesca. Los crímenes se iban a cometer igual, pero la diferencia es que el director quería que, a falta de un culpable, el culpable fuese el policía.

—Entonces estamos igual que al principio —objetó Vázquez—, que no tenemos culpable.

—Sí que lo tenemos. Tenemos un asesino tirado ahí, que es quien ha matado a todas esas chicas. Es el hombre que estuvo en la comisaría de Huesca recabando datos. El mismo que estuvo en Teruel y que mató al delegado de Hacienda. El mismo que hizo explotar el coche en Soria. Ese es el asesino, Edelmiro. —El comisario había recuperado la compostura.

—No —negó tajante Vázquez—. El asesino es el director adjunto. Él es el que está detrás de los crímenes. Él es el que sabe desde hace tiempo quién o quiénes son los asesinos. Y él es el que los encubre.

El comisario se puso en pie y caminó hasta la ventana.

—Vamos a ver, Vázquez, el director no tiene nada que ver. Los asesinos están muertos, este es el último. El único error es que hemos pensado que el culpable era el policía, nada más. Deja ya de decir que el director es el que está detrás de los crímenes o te meterás en serios problemas.

Vázquez se fijó en la mano del comisario, que aún sostenía el teléfono móvil. Se dio cuenta de que la línea estaba abierta.

—Has descolgado y él está oyéndolo todo, ¿verdad? Eres un hijo de puta.

El comisario agachó la cabeza como si buscara un agujero en donde esconderse.

—Dile que ya he redactado un informe completo con toda la información. Que lo hice antes de venir a Barcelona. Que sé qué es lo que ha ocurrido y quién está detrás de los crímenes de esas niñas.

—El director no tiene nada que ver —dijo el comisario—. Ya te lo he dicho. Él solo quería que el policía fuese el culpable.

El comisario sostenía el teléfono móvil en la mano. El director adjunto estaba escuchando toda la conversación. Los dos lo sabían, pero no les importaba.

—El policía de Huesca va a ser exculpado de los crímenes —dijo Vázquez—. Y ni a Arancha ni a Diana, ni a mí —chilló— nos va a pasar nada. Eso ya lo sé, pero hay un asesino ahí afuera que aún no hemos atrapado por culpa del director. Si nos dieran toda la información desde un principio nos sería más fácil atraparlo. ¿Cuántas de las pruebas con las que trabajamos no están manipuladas para dirigir la acusación contra el policía de Huesca?

—No lo sé, Edelmiro. Nadie lo sabe.

El comisario se llevó el teléfono a la oreja.

—Jefe —dijo.

Su interlocutor colgó.

53

El lunes 16 de julio, toda la prensa y la televisión nacional abrieron sus informativos con la noticia del asesino del abecedario. Algún periódico avanzó que el asesino se había inspirado en el marqués de Sade, por lo que lo denominó precisamente así: «Los crímenes del Marqués de Sade.» Otros dijeron que el asesino seguía un orden alfabético, bautizándolo como los crímenes del abecedario. La Policía Nacional en colaboración con los Mossos d'Esquadra habían abortado el que sería su siguiente crimen en un hotel de Barcelona. Los agentes llegaron a tiempo para evitar que fueran asesinadas dos chicas más. En ningún medio mencionaron que esas chicas eran policías, así que nadie pudo relacionar la muerte del asesino con una trampa para capturarlo. Los familiares de las víctimas se dieron por satisfechos con la explicación de los crímenes por parte del portavoz de la policía, aunque lamentaron que el asesino hubiera muerto y no pudiera ser juzgado. La investigación se dio por concluida, a la espera de que la policía presentara su informe en el juzgado. La explicación oficial fue que el asesino actuaba solo y que lo hacía para su propio deleite. La policía dijo que por eso habían tardado tanto tiempo en cogerlo, ya que un asesino solitario es más difícil de atrapar que un grupo, por muy organizado que esté. El hombre que entró en la habitación del Hotel Marola era de nacionalidad rumana. Era un ladrón de poca monta que había llegado a España hacía dos años, por eso lo relacionaron también con los crímenes de Málaga, ya que fue precisamente en esa ciudad donde residió unos meses antes de afincarse definitivamente en Barcelona, donde mató a Eva y Erika. La Sûreté no tenía constancia de que Andrei Stoicescu, que era el nombre del asesino, hubiese estado en Francia, pero era creíble que antes de llegar a España hubiera pasado por Nimes y allí hubiese cometido el crimen de Catherine y Colette, pero eso aún se tenía que comprobar. El Consulado General de Rumanía en Barcelona dijo que aún tardarían unos días en hallar algún familiar de Andrei Stoicescu que se hiciera cargo de su cuerpo. Pero puso como fecha límite el viernes de esa semana.

La inspectora Arancha y la policía Diana ingresaron en la clínica Nostra Senyora del Remei de Barcelona. Las dos compartían la misma habitación, la 215. Arancha tenía fracturada la nariz y estaba pendiente de una intervención quirúrgica que previsiblemente le practicarían esa misma tarde y que le supondría la hospitalización de un par de días. Ya les dijo el cirujano que no le podrían dar el alta hasta el miércoles, como mínimo. La inspectora tenía la cara cubierta con unas aparatosas vendas que le dificultaban la respiración, mientras que Diana tenía heridas de poca importancia por las que le podían haber dado el alta enseguida, pero creyó conveniente acompañar a Arancha mientras tuviese que estar ingresada. Solicitó al médico compartir habitación con la inspectora hasta que le diesen el alta a ella y así regresar las dos juntas a Madrid. La dirección del hospital puso alguna objeción al principio, argumentando los recortes que padecían en Sanidad, pero al tratarse de un asunto policial accedieron a que Diana se quedara dos días más en la habitación.

—Debo de estar horrible —le dijo la inspectora a Diana.

La joven policía tenía los ojos llorosos. Hacía unos instantes que había hablado por teléfono con su madre. Ella estaba a apenas treinta kilómetros de allí y le dijo que iría a verla por la tarde.

—Qué va —respondió—. Estás guapísima. —Forzó una sonrisa.

—Menos mal que ha terminado todo —dijo Arancha. Su voz gangosa le hacía mucha gracia a Diana—. Dice Vázquez que el tío que quiso matarnos es un rumano. Andrei Stoicescu, me ha dicho que se llama. Lo curioso es que en la base de datos de la policía consta como un ladrón de tres al cuarto. Algún hurto en supermercados: perfumes y desodorantes. Vázquez me ha dicho que incluso lo habían detenido una vez junto a otros dos rumanos más robando chatarra en un desguace de coches. Creo que le quitaban los catalizadores a los motores para venderlos después en Rumanía.

—Un ladrón de catalizadores —murmuró Diana.

—¿Decías?

—¿No te parece extraño que un ladrón de chatarra haya hecho todo esto? —preguntó la joven policía.

—Yo ya me lo creo todo —replicó la inspectora—. Cuántas veces se cometen crímenes por gente que aparenta ser normal. Crímenes atroces y que luego los vecinos, cuando son entrevistados por la prensa, siempre dicen que no se lo esperaban, que era un buen hombre, que se le veía tan buena persona y tan amable. Los asesinos no son gente especial, Diana —argumentó Arancha—. Están entre nosotros, nos rodean. O es que crees que los criminales tienen algún rasgo que los caracteriza, algo así como los Golfos Apandadores. —Diana recordó los tebeos de los Golfos Apandadores, unos personajes de ficción de Disney cuya característica era que todos llevaban antifaz y en sus camisetas portaban en un lugar visible el número de preso—. No, Diana, los asesinos conviven entre nosotros, desayunan en nuestros bares, se suben a nuestros autobuses y comparten nuestro espacio. Son gente normal hasta que cometen los crímenes, después se transforman de nuevo en vecinos ejemplares incapaces de matar una mosca. Dicen que Himmler detenía una columna de tanques al paso de una familia de patos o que los cocodrilos lloran antes de matar a sus víctimas. Lo que no sé es por qué alguien puede cometer los asesinatos más horribles y luego ser una persona normal.

Un policía del grupo de la Judicial entró en la habitación. Era un chico joven y bastante guapo, según pudieron apreciar las dos policías. En su mano portaba racimados los bolsos de las dos.

—Hola —saludó—. Me han dicho que os traiga esto —dijo levantando los bolsos.

—Gracias —dijo Diana. Arancha no habló ya que le daba vergüenza que se le notara la voz gangosa, pero saludó levantando la mano derecha hasta donde el catéter se lo permitía.

—¿Me puedes poner el móvil a cargar? —le solicitó Arancha a Diana cuando se hubo marchado el policía—. Creo que no tengo nada de batería.

Diana puso a cargar el móvil de la inspectora y a continuación sacó su Glock del bolso. Arancha la miró con inquietud.

—Una chica desconfiada —sonrió.

—No creo que ese tío al que abrí la cabeza en el hotel sea el asesino —dijo Diana observando su pistola con detenimiento. Se acordó de que su arma no tenía munición. Ni siquiera sabía quién se la había quitado, ni cuándo. Removió el interior del bolso buscando el otro cargador, pero recordó que lo había dejado en la taquilla de la Brigada de Delitos Tecnológicos, nunca pensó que fuese a necesitarlo. Casualmente encontró un cartucho suelto, seguramente se salió del segundo cargador cuando lo llevaba en el bolso. Cogió el cartucho y lo introdujo en la pistola. Cuando montó el arma Arancha se asustó.

—¿Se puede saber qué estás haciendo?

—Tener mi arma cerca, por si acaso —dijo colocando la pistola debajo de la almohada.

La inspectora no le dijo nada.

El inspector jefe Vázquez se despidió del *intendent* de los Mossos d'Esquadra que había colaborado con ellos en el hotel. Durante toda la tarde del domingo, y parte de la noche, habían estado redactando el atestado policial con lo sucedido. Los Mossos les facilitaron un despacho en una de sus comisarías y no escatimaron en medios para ayudarles. Varias diligencias del atestado fueron completadas por los Mossos añadiendo los crímenes de Eva y Erika. A través de la Interpol fueron enlazando el atestado con las muertes de Nimes. Y la comandancia de la Guardia Civil de Barcelona les trasladó los informes de las muertes de Málaga. La Interpol también envió todos los datos que obraban en sus ordenadores sobre el asesino del abecedario, el desconocido Andrei Stoicescu. Al parecer era originario de Slobozia, una población de pocos habitantes situada a una hora en coche de Bucarest. Allí, según la Interpol, trabajaba en una fábrica de productos alimentarios y carecía de antecedente policiales en su país. Los Mossos lo habían detenido hacía unas semanas hurtando varias cajas de perfume caro en un supermercado del barrio de Gràcia. No había nada más sobre él.

—Me parece increíble que un ratero haya hecho todo esto —dijo Vázquez cuando se despidió de sus colegas en Barcelona.

—Un coche te llevará a la estación —se ofreció el *intendent*, omitiendo cualquier comentario sobre el asesino.

Vázquez lo agradeció. Tenía ganas de llegar a Madrid, sabía que esa semana iba a ser muy larga. Aún les quedaba todo el papeleo referente a los crímenes. Había muchas piezas que encajar. Muchas preguntas que aún no tenían respuesta. El martes por la mañana volvería a ver al comisario Celestino Rivero, que había regresado a Madrid en el último AVE del domingo por la noche. «La Brigada de Delitos Tecnológicos no se dirige sola», dijo al despedirse.

La puerta de la habitación 215 de la clínica Nostra Senyora del Remei se abrió de par en par. Faltaban apenas veinte minutos para comer y por el pasillo había varios carros que olían a comida.

—Hola, hola, hola... Buenos días —dijo una persona oculta detrás de un gran ramo de flores. Su voz sonó infantil, como si se estuviera dirigiendo a unos niños.

—¿César? —exclamó Arancha desde su cama en

cuanto lo reconoció; aunque su exclamación sonó más bien a una pregunta. A la inspectora le parecía inverosímil que el informático de la Policía Nacional hubiera viajado desde Madrid solamente para visitarlas en el hospital. Por su mente pasó la posibilidad de que hubiera participado en el dispositivo para capturar al asesino y por eso estuviera en Barcelona. Un dispositivo de esa envergadura podía haber necesitado a un informático, pensó.

—He venido a ver a lo «mejorcito» que tenemos en la Brigada de Delitos Tecnológicos —dijo apartando completamente el ramo de flores de su cara. Su cara y su calva resplandecieron bajo los focos de la habitación.

Diana se incorporó en su cama. Lo primero que se preguntó es por qué el informático de la Brigada había venido desde Madrid a verlas, si con él apenas tenían relación. Él no era más que una persona que trabajaba para una empresa contratada por la Dirección General para el mantenimiento de los ordenadores. Mientras las dos policías observaban a César sin decir nada, él dejó el ramo de flores sobre la mesa que había al lado de la inspectora y cerró la puerta de la habitación. En ese momento Arancha y Diana lo miraron asustadas.

—El rumano te ha roto la nariz —dijo afinando la voz—. Menudo estúpido tiene que ser para romper la nariz a una chica tan guapa.

A Arancha le sorprendió el cambio de carácter de César. Hasta donde ella lo conocía era una persona recatada e incluso tímida. Pero ahora se comportaba como un enajenado que estuviera riéndose de ellas. Ni siquiera su voz era la misma.

Se acercó hasta la inspectora e hizo resbalar sus gruesos dedos por la pierna de Arancha. Ella miró de reojo su bolso, que estaba colgado en una percha metálica a menos de un metro de donde estaba su cama. Entonces César le dio un beso en la frente. Los ojos de Arancha mostraron miedo y él se dio cuenta de que ella estaba aterrorizada.

—¿Qué le pasa a la inspectora? —dijo con un tono de voz que tanto a Arancha como a Diana les recordó a Jack Nicholson en *El resplandor*—. ¿La inspectora está asustada? ¿La inspectora tiene miedo? —preguntó con insistencia.

Arancha osciló la mirada entre César y su bolso. En condiciones normales hubiera llegado a ese bolso en décimas de segundo, pero ahora no era una situación normal y ella estaba malherida y acostada en una cama.

A las doce del mediodía, Vázquez, llegaba a la estación de Sants. En media hora saldría en el tren AVE con destino a Madrid. Pensó que antes de llegar a la capital llamaría a Arancha para preguntar qué tal seguían las dos. Ya le habían dicho que en un par de días les darían el alta, en cuanto operaran a Arancha del tabique nasal. La máxima preocupación de la inspectora era que su nariz le quedara igual que antes, pero ya le había dicho el cirujano que le quedaría perfecta.

Antes de subir al AVE, y como disponía de media hora, decidió tomar un café. Necesitaba despejarse; esa noche apenas había dormido. En la cafetería lo reconoció un policía nacional que años atrás había sido alumno suyo.

—Vázquez —gritó eufórico.

—Hola —saludó quedamente el inspector jefe.

Se acordaba de ese policía, pero no podía situarlo en el espacio ni en el tiempo.

—Soy Lorenzo —dijo—. Lorenzo Solanas. Hice las prácticas en Madrid y usted me dio clases de aula abierta.

Entonces Vázquez se acordó de ese chico.

—Oh, vaya. Ya me acuerdo de ti —dijo—. ¿Estás en Barcelona?

—Sí. Fue mi primer destino. Mi novia también es compañera y está aquí, en Jefatura. Ya sabe lo que dicen: tiran más dos tetas... —sonrió sin acabar la frase—. Pero... ¿qué hace usted en Barcelona?

Vázquez no tenía ánimo para dar muchas explicaciones, así que evitó responder.

—He venido por un asunto personal.

—¿Sigue en la Brigada? —preguntó el policía.

Vázquez miró el panel de las salidas del AVE y vio con disgusto que aún tendría que aguantar a ese policía durante casi media hora si no conseguía huir antes.

—Sí, allí sigo —respondió con desdén.

—Es la mejor Brigada de toda la policía —alabó pletórico el joven.

—Sí que lo es —dijo Vázquez apurando el café y saliendo del bar rumbo a su tren.

El policía lo siguió como si no tuviese nada que hacer en todo el día.

—¿Aún está el informático? —preguntó—. Ese César Ramos es todo un personaje. Una de las policías que hizo las prácticas conmigo me dijo que era un salido. ¿Se acuerda de Ruth?

Vázquez se frenó en seco. El joven policía se detuvo a su lado.

—¿Ruth? —preguntó Vázquez—. Sí, claro que me acuerdo de ella. Era una chiquilla muy guapa. Pero... ¿por qué dices que el informático es un salido?

—Sí. Ruth es de mi promoción. Rubia, guapa y muy

inteligente. Ese César le estuvo tirando los tejos durante todas las prácticas. Ella lo pasó muy mal.

—Pero esa chica apenas tenía diecinueve años y César debe rondar los cuarenta. ¿Se lo dijo a su tutor?

El tutor es un inspector que ampara, defiende y aconseja a los alumnos de prácticas y al que le tienen que hacer saber cualquier problema que tengan, dentro o fuera de la policía. Vázquez pensó que si una alumna se sentía acosada, aunque fuese por un trabajador de la comisaría, debería comunicarlo de inmediato a su tutor.

—Creo que no le dijo nada, ya que estuvo realmente asustada por ese asunto. Sobre todo después de que...

—¿De qué? —interrumpió. El inspector jefe no disponía de tiempo y al policía le costaba hablar, no hacía más que dar rodeos sin decir nada. Vázquez le tenía que arrancar las palabras—. ¿Qué pasó para que esa alumna estuviera tan asustada?

—A mí me lo contó ella —se excusó el policía—. Así que no sé si es verdad o no; aunque Ruth es de mi confianza y supongo que no me mentiría.

—Pero me quieres contar de una vez qué ocurrió —conminó Vázquez elevando la voz.

El policía carraspeó nervioso.

—Una tarde Ruth se había olvidado unos apuntes en el aula donde nos daban las clases de derecho penal. Cuando regresó a la clase a recoger esos apuntes, César, el informático, estaba sentado delante del ordenador donde ella había estado hacía unos instantes. El muy guarro estaba mirando un vídeo mientras se tocaba por encima de su pantalón. Ruth se asustó, ya que, según me dijo, en ese vídeo se la veía a ella en la ducha del vestuario de las chicas.

Vázquez entornó los ojos. Su boca se contrajo mientras apretaba los dientes con furia.

—¿Es eso cierto? —preguntó colérico.

El policía se asustó. Pensó que quizá no había sido buena idea decírselo a Vázquez, sobre todo porque Ruth le dijo que no se lo contara a nadie.

—Bueno —se justificó Lorenzo—, eso pasó hace casi tres años. En su momento Ruth no quiso decir nada y yo respeté su decisión.

—¿Ese hijo de la gran puta la grabó mientras se duchaba? ¿En la comisaría? —Vázquez estaba fuera de sí—. ¿Y por qué no nos dijo nada? —elevó la voz—. ¿Y por qué tú no dijiste nada? Eso es encubrimiento. Tuviste conocimiento de un delito y no dijiste nada. Por cosas así echamos a gente de la policía —gritó. Un matrimonio de mediana edad que pasaba por el lado los miró cuando Vázquez elevó la voz.

El joven agente se asustó tanto que la cara se le amorató. No pensó que el veterano inspector jefe se fuese a enfadar de esa manera.

—Me lo contó cuando hicimos las prácticas —balbuceó—. Pero usted tiene que entender que en mi situación no podía meterme en donde no me llamaban. Tenía que guardarle el secreto a Ruth —insistió—. Ese tío es muy raro. La compañera me dijo que él no se percató de que ella lo había visto mirando el vídeo, pero desde entonces ninguna de las chicas de prácticas se duchó en los vestuarios. Lo que me hace suponer que Ruth las puso sobre aviso. El salido estuvo acosando a Ruth durante las semanas siguientes, parecía como si se hubiera enamorado de ella. Además quería parecer gracioso, sobre todo cuando contaba que le encantaban los tebeos de Mortadelo y Filemón, y eso de que le gustaría disfrazarse como Mortadelo. —Lorenzo rio nervioso.

—César Ramos —dijo Vázquez en voz baja como si estuviera en trance.

—Sí, así se llama ese elemento —corroboró el policía—. Creo que es el único informático que hay en su Brigada.

Por la memoria de Vázquez comenzaron a pasar imágenes a modo de *flash* donde veía al informático en diferentes situaciones. Eran recuerdos cortos con frases escuetas, como cuando lo escuchó decir:

«Quien tiene la información tiene el poder.»

Esa frase se la había oído decir muchas veces. César formaba parte de la Brigada de Delitos Tecnológicos desde hacía cuatro años. No era policía, pero podía acceder a toda la información de la policía. Vázquez lo recordaba delante de algún ordenador mirando una libreta donde tenía apuntadas todas las claves de acceso de todas las aplicaciones.

«Pues como te iba diciendo, Vázquez, los del SAC dicen que es un obseso sexual», había afirmado el comisario en su despacho los primeros días, cuando iniciaron la investigación.

«Me gustaría ser como Mortadelo y disfrazarme de cualquier cosa», dijo un día en la máquina del café ante varios policías de la Judicial.

«Alguien le ha quitado las balas a mi pistola», recordó que había gritado Diana en el hotel cuando el rumano quiso matarlas.

«¿Y quién se las podía haber quitado? —pensó Vázquez—. ¿Quién conocía el operativo para cazar al asesino? ¿Quién puede acceder al vestuario de las chicas, a los despachos, a los ordenadores?»

«Creo que están jugando con nosotros. Que la mayoría de las pistas que seguimos son falsas y que el asesino o asesinos mata porque es un hijo de puta que disfruta con ello y hace coincidir nombres, letras y fechas para jodernos. Se ríe de la policía», le dijo el comisario un día por teléfono.

«*Quelqu'un veut un café*», preguntó César a varios alumnos que había al lado de la máquina de café. Su acento francés era impecable.

«¿Sabes francés?», replicó uno de los alumnos. «El francés es mi segunda lengua», respondió César.

Vázquez estaba allí y lo pudo escuchar. Ahora lo oía dentro de su cabeza como si estuviese hablando allí, delante de él.

«¿Cuándo te puedo traer mi portátil para que me formatees el disco duro?», le preguntó un policía de la UDYCO. «El lunes —respondió César—. Este fin de semana me voy a Málaga, mi madre es de allí.»

Los ojos de Vázquez oscilaban entre el techo y el suelo de la estación del AVE. «Su madre es de Málaga, donde mataron a Antonia y Anabel. Habla francés, donde mataron a Catherine y Colette. Tiene acceso a todos los ordenadores de la policía. Puede ver los vídeos de las cámaras de seguridad, manipularlos, borrarlos. Le gusta disfrazarse como Mortadelo. Es un salido. Ha instalado cámaras espía en el vestuario de las chicas.»

—¿Quién coño es capaz de hacer eso? —masculló entre dientes.

—¿Qué? —preguntó el policía. No comprendía qué era lo que Vázquez farfullaba.

En la cabeza de Vázquez se apelotonaron recuerdos que tenían que ver con el informático. El lunes 9 de julio se le estropeó el ordenador de su despacho y fue incapaz de navegar por Internet. Llamó por teléfono al despacho de Informática donde siempre estaba César. «No está. Hoy no ha venido», le dijo el policía de transmisiones con el que compartía oficina. Vázquez recordó que ese lunes el asesino había hecho explotar un coche en Soria.

—¿Ocurre algo, inspector jefe? —le preguntó Lorenzo, que se había detenido junto a Vázquez en el pasillo de acceso a la estación del AVE.

Vázquez no respondió. Se limitó a sacar su teléfono móvil. Tenía que llamar a Arancha o Diana enseguida. Tenía que ponerlas sobre aviso.

—Me cago en la puta —renegó.

54

—¿Por qué miras tanto tu bolso? —preguntó el informático; aunque sabía la respuesta—. Ah, ya entiendo —dijo mofándose—. Buscas tu arma. Sin tu arma no eres nadie, ¿verdad? Sin tu arma no eres más que una perra en celo con ganas de que te jodan.

César descolgó el bolso y lo arrojó a la otra punta de la habitación. El bolso de la inspectora se estampó contra una silla. De su interior salió un monedero y varias monedas cayeron al suelo.

—¿Qué quieres? —le preguntó Diana.

—Tú cállate, guarra —chilló mientras sacaba un cuchillo que llevaba en la espalda y se lo ponía en el cuello a la inspectora—. No ves que Arancha está sufriendo. ¿No lo ves, cabrona? —repitió elevando la voz—. No ves que está asustada. ¿Cómo estarías tú si te hubieran roto la nariz?

Diana permanecía sentada en la cama. Tenía que ser precavida si no quería que Arancha sufriera daño. Aunque le costara creerlo, ahora sabía que César Ramos era el asesino que estaban buscando. Todas las piezas comenzaban a encajar. «Cesáramos», como se llamaba él mismo, no logró entrar en la policía pese a tener conocimientos avanzados de informática. No pasó la prueba del psicólogo. Quizá, pensó Diana, todo lo que había hecho fue motivado por resentimiento hacia la Policía Nacional. Una manera de demostrar que él era más inteligente que nadie, pese a que la policía no lo quiso entre sus filas. Él fue quien le quitó la munición a su arma y por eso no pudo utilizarla contra el rumano que las agredió en el hotel. Diana se disgustó consigo misma cuando cayó en la cuenta de que mientras estaban tendiendo una trampa al asesino a través de las redes sociales, él estaba en el despacho de al lado riéndose de ellas.

—Y tu bolso, ¿dónde está? —le preguntó a Diana.

Su bolso estaba en el armario de la habitación, pero evitó responder. Era imprescindible que César no sospechara que el arma la había ocultado debajo de la almohada. Esa arma era su única posibilidad de salir de allí con vida. Él miró hacia el armario.

—Ábrelo —le ordenó a Diana—. Y saca tu bolso de ahí. Despacio —dijo—. Muy despacio si no quieres que le rebane el cuello a tu amiguita. —César sostenía la hoja del cuchillo sobre el cuello de Arancha. Sabía que Diana no haría nada que pusiera en peligro a su compañera.

Diana se acercó hasta el armario, procurando simular que estaba malherida y que le costaba andar. Abrió la puerta despacio y extrajo su bolso del interior. Corrió la cremallera y vació todas sus pertenencias en el suelo. El rostro de César demostró que se había dado por satisfecho.

—Vuelve a la cama —le dijo repasándola con la mirada de arriba abajo. A Diana le chocó que días antes ni siquiera se atreviera a mirarla a la cara.

César abrió una bolsa de tela que portaba colgada en el hombro y extrajo del interior un pequeño trípode de acero con patas de goma. Lo extendió con una sola mano sobre la mesa donde hacía unos instantes había dejado el ramo de flores. Las dos policías supieron que las iba a grabar...

Diana vio que su teléfono se iluminaba sobre la mesita que tenía al lado de la cama. Alguien estaba llamando, pero el teléfono estaba en silencio y a esa distancia no podía ver de quién era la llamada. Se alegró de no haberlo puesto en vibración. César ni siquiera se dio cuenta de que el teléfono estaba allí.

«Ojalá sea Vázquez», pensó.

Calculó en qué momento podría descolgar sin que el asesino se percatara y dejar la línea abierta para que el interlocutor les oyera desde el otro lado. Si quien llamaba era Vázquez estaban salvadas. Él sabría qué hacer, meditó Diana.

Vázquez miró la pantalla del teléfono. Por más que llamaba de forma alterna a Arancha y Diana, ninguna de las dos respondía.

—¿Ocurre algo, inspector jefe? —insistió Lorenzo.

Vázquez ni siquiera se entretuvo en responder. Salió corriendo en dirección a la parada de taxis. Su maleta de viaje era pesada y no podía arrastrarla hasta la clínica.

—¡Guárdame esto! —le dijo al joven policía, que no entendía nada de lo que estaba ocurriendo.

—Pero... —balbuceó—. Tengo que ir a... —No siguió hablando, Vázquez se había subido al primer taxi que había delante de la puerta de salida de la estación. Lorenzo se quedó desencajado con la maleta de viaje del inspector jefe a sus pies.

—A la clínica Nostra Senyora del Remei, en la calle Escorial —le dijo Vázquez al taxista.

—Oiga —protestó el conductor removiendo un palillo en su boca—, hay que seguir un orden, su taxi es aquel de allí —dijo señalando un Mercedes que había varios coches más adelante.

—No me toque los cojones y arranque ya —gritó mientras mostraba su placa de policía al taxista—. Es una emergencia.

El taxista abrió la puerta y se bajó del taxi, dejando a Vázquez sentado atrás.

—Su puta madre —maldijo el inspector jefe.

Desde el asiento trasero vio como el taxista hablaba con unos *mossos d'esquadra* que habían detenido su vehículo cuando él les hizo señales. Entonces Vázquez se bajó del taxi y corrió hacia ellos.

—Soy inspector de policía —dijo mostrando su placa—. Inspector jefe de la Policía Nacional —repitió más despacio—. Me tienen que llevar a la clínica Nostra Senyora del Remei. Es un asunto de vida o muerte. Por el camino les daré todas las explicaciones, pero llévenme, por favor —suplicó.

César Ramos apretaba el cuchillo contra la nuez de la inspectora. Una leve presión y ella moriría. Por su gesto se notaba en que era un experto en esa forma de matar. Diana se fijó en que ni siquiera le temblaba el pulso y su frente estaba completamente seca.

—A ellos los has podido engañar —habló la joven policía—. Pero no a mí. —Quería ganar tiempo, buscar algún punto débil en el informático. Pensó que cuanto más tiempo tardara en matar a Arancha, más tiempo dispondría ella para salvarla.

Él la miró sonriendo. Diana nunca había visto una sonrisa como esa. Era una sonrisa terrible.

—Cállate, puta, y ven aquí a comerle el coño a tu amiga —elevó la voz alargando la última vocal varios segundos mientras apretaba los dientes.

Diana se preguntó cómo era posible que no entrara nadie en la habitación. Seguramente el hijo de puta había colgado algún cartel por fuera del estilo: MÉDICO DE VISITA. No había otra explicación.

—Hace tiempo que sé que tú eres el asesino —mintió Diana. Arancha giró los ojos para mirarla a ella. La inspectora pensó si se estaría marcando un farol o decía la verdad—. Solo alguien con una inteligencia superior es capaz de tener en jaque a la policía francesa, la española, la Guardia Civil, los Mossos. Supongo que ya sabrás que te admiramos. Alguien como tú debería ser un ejemplo del buen hacer. Eres un ídolo para cualquier policía que se precie...

—Calla, tortillera de mierda —la interrumpió César—. No me trates como si yo fuera un idiota. Conmigo no te servirán esos trucos de policía buena —dijo mientras sacaba una cuerda de nailon del bolsillo trasero de su pantalón sin apartar el cuchillo de la garganta de Arancha.

Diana se había recostado hacia atrás en la cama y asía con fuerza la empuñadura de su arma por debajo de la almohada. Se sorprendió de cómo había sido capaz de agarrar su Glock 36 de forma correcta al primer intento.

Lo primero que le pasó por la mente fue apuntarle y decirle que soltara el cuchillo, pero la joven policía sabía que él no obedecería y lo único que conseguiría es que degollara a Arancha. Tenía que conseguir que se retirara lo suficiente de ella para poder disparar el único tiro del que disponía. Aún tenía tiempo, el asesino todavía no había montado ninguna cámara sobre el trípode. Y Diana sabía que no la mataría hasta que la cámara estuviera grabando.

—¿Cómo eliges a las chicas? —preguntó Diana bajando la mirada.

—Quien tiene la información domina el mundo —respondió César sonriendo. Sus cambios de tono de voz les producían un miedo inexplicable. Parecía como si dentro de él hubieran varias personas distintas y cada vez que hablaba lo hiciera una diferente.

Diana se acordó de que siempre lo había visto con un disco duro transitando por los pasillos del edificio de Canillas y un cable colgado del hombro. Siempre estaba enchufando cables USB a los ordenadores de la policía. Ahora sabía que extraía toda esa información para su uso particular.

—¿Y por qué los nombres?

César había comenzado a atar los pies de Arancha con la cuerda de nailon, lo que le obligó a dejar el cuchillo al lado de las piernas de la inspectora. Comenzó a reír de forma estruendosa.

—Porque la policía sois unos inútiles. Sabía que unos crímenes con un orden en los nombres de las chicas sería suficiente para que anduvierais de cabeza tratando de cazar brujas. Que si empiezan así, que si terminan asá, que si sigue un orden, que si ahora toca esto, que si ahora lo otro. —Su voz se tornaba ronca por momentos, como si lo estuviera poseyendo un demonio—. El idiota ese de Vázquez ha estado investigando crímenes relacionados con el marqués de Sade. —Se carcajeó como si estuviera loco—. Pero la leche fue cuando el director adjunto pensó que el asesino era un policía de Huesca. Y luego Vázquez indagando sobre el Club Bilderberg. Casi me muero de la risa con eso...

—Andrés —musitó Diana.

—Sí. Ese policía está loco por ti, guarra. Si vieras qué cara puso cuando le hablé de ti en Huesca.

—Tú eres el misterioso hombre que visitó al policía de Huesca y al delegado de Hacienda —dijo Diana como si no se lo acabara de creer.

—Claro, zorra. Yo soy como Mortadelo, capaz de disfrazarme de lo que quiera. —Se frotó su cabeza rapada—. La ventaja de ser calvo es que cualquier peluca me encaja a la perfección. Y tan solo tuve que usar unas pegatinas con dos letras «J» y la funda de un diente de oro para que ya nadie fuese capaz de ver otra cosa. Sois tan patéticos...

—¿Por qué? —preguntó Diana—. ¿Por qué los crímenes?

—Todo un policía nacional y todo un delegado de Hacienda —chasqueó los labios— y tan solo tuve que nombrarles el servicio militar o su infancia y entraron al trapo. Qué enternecedores son. Soy un amigo de tu infancia, gilipollas. Ah, sí, ya me acuerdo de ti —dijo imitando la voz de un niño—. ¿Qué clase de pruebas de acceso hacéis en la policía? No veis que puede entrar cualquier retrasado mental. Como vosotras —masculló entre dientes—. El día que comenzaste a atar cabos de que los nombres de las siguientes víctimas tenían que ver con la inicial del apellido de las anteriores —dijo mirando a Diana—, ese día me di cuenta de que en la policía podía entrar cualquier subnormal.

—¿Y no es así? —preguntó Diana mientras Arancha abría los ojos tratando de decirle que no violentara más al asesino.

—Claro que es así. Es un juego de niños una vez que se accede a la base de datos del DNI. Tan solo tenía que teclear la búsqueda necesaria y el *software* me devolvía cientos de nombres que coincidían con mi búsqueda. Sus domicilios, su edad, el nombre de sus padres... —Su semblante se tornó serio—. Pero eso es algo tan sencillo que me causa rubor que un equipo completo de la Policía Nacional necesite meses para averiguarlo.

Arancha, aprovechando un descuido mientras el informático hablaba, pulsó el botón rojo de la habitación. No le sirvió de nada, César seguramente lo había desconectado antes de entrar. Se retorció de dolor cuando él le pellizcó la nariz rota.

—Deja de moverte, zorra. Relájate y disfruta, tu amiga te va a comer el coño. Seguro que es lo que habéis estado deseando estos días.

—¿Por qué mataste al delegado de Hacienda de Teruel? —siguió lanzando preguntas Diana.

—Para liaros más. —Chasqueó la lengua—. Sabía que la muerte del delegado de Hacienda os confundiría y echaría por tierra vuestro plan de tender una trampa al asesino del abecedario.

Diana recordó que él fue quien preparó los ordenadores para crear las cuentas falsas. Así que él sabía en todo momento lo que ellas estaban haciendo.

—¿Por qué? —repitió la pregunta Diana. La policía tenía cogida su pistola por debajo de la almohada y estaba a punto de arriesgarlo todo y disparar a César. No podía esperar más tiempo.

—¿Por qué? ¿Por qué? Porque esto es muy divertido —dijo—. Porque he tenido de rodillas a toda la policía durante estos años. Porque puedo hacer lo que me dé la gana. Tengo a mis pies a policías, a delegados de Hacienda, al director con su venganza, a Vázquez que se cree tan listo, a vosotras que me miráis con desprecio, y a esta cabrona que me rechazó. Os puedo follar a las dos aquí mismo. Daros por el culo y mañana seguir reparando los ordenadores de la policía como si no hubiera pasado nada —dijo pellizcando de nuevo la nariz de Arancha, que se retorció de dolor.

—Hijo de puta —gritó la inspectora.

—¿Y quién era el que nos quiso matar en el hotel? —siguió preguntando Diana, mientras miraba con compasión a Arancha.

—Un pobre infeliz —respondió—. Andrei Stoicescu no valía ni los tres mil euros que me cobró para daros un susto en el hotel. Contacté con él la semana pasada y solamente tenía que asustaros, pero el asustado era él, ya que te rompió la nariz —dijo mirando a Arancha—. Está visto que hoy en día uno no se puede fiar de nadie —gritó—. De nadie, de nadie...

Diana no pudo esperar más y extrajo su Glock 36 de debajo de la almohada. Apuntó directamente a la cabeza de César. En ese momento él agarró el cuchillo con más fuerza y lo llevó a la garganta de Arancha.

—¿Pueden ir más deprisa? —le dijo Vázquez a los *mossos d'esquadra* que le acompañaban a la clínica.

—Ya estamos a punto de llegar —replicó el conductor.

Vázquez sacó su arma del cinto y comprobó que estaba montada. El copiloto de la policía autonómica lo miró de reojo.

—Debe de ser grave lo que está ocurriendo en la clínica, inspector.

—No se lo puede usted imaginar —asintió Vázquez—. ¿Conocen al *intendent* Sebas Mateu?

—Sí. Es nuestro jefe.

—Pues llámele y dígale que venga de inmediato a la clínica. Allí les explicaré todo. Dígale que yo soy Vázquez y que el asesino del abecedario está en la clínica del Remei.

El *mosso d'esquadra* miró hacia arriba como si estuviera memorizando la frase que le acababa de decir el inspector jefe.

—Vázquez, clínica, abecedario —murmuró.

La patrulla de los Mossos se detuvo y Vázquez salió corriendo en dirección al vestíbulo. El copiloto de la dotación de los Mossos llamó por la emisora al *intendent* Sebas Mateu.

Cuando el inspector jefe llegó al puesto de información de la clínica, preguntó a la recepcionista que atendía:

—¿La habitación de Diana Dávila y Arancha Arenzana? —dijo sulfurado.

La chica tecleó algo en el ordenador y en unos segundos respondió:

—Habitación 215.

Vázquez corrió hasta el ascensor y pulsó el botón de la segunda planta.

—Suéltala —ordenó Diana—. Tira el cuchillo si no quieres que te vuele la puta cabeza, cabrón de mierda.

El asesino mantenía el cuchillo sobre la nuez de Arancha. Una leve presión y la inspectora moriría al instante.

—A esta distancia no le darías ni a un elefante —dijo burlándose.

Entre Diana y él apenas había un metro de distancia, casi era un disparo a quemarropa. La joven policía no entendía por qué le había dicho que no le daría a esa distancia, seguramente por menosprecio hacia la puntería de una mujer. La línea de tiro dificultaba que Diana pudiera acertar con seguridad. Y no dispararía hasta que no tuviera la certeza de que no erraría. César se había recostado ligeramente detrás de Arancha y la joven policía pensó que la probabilidad de errar era demasiado alta para arriesgarse. Pero no podía ceder; de todas formas él las iba a matar a las dos, de eso estaba segura.

—Voy a disparar, hijo de puta —amenazó Diana—. Ríndete ahora que puedes o te volaré la puta cabeza.

—¿Rendirme? —preguntó el asesino—. ¿Rendirme? —repitió como si se estuviera riendo de Diana—. Dispara si tienes lo que hay que tener —retó—. Dispara si tienes cojones...

55

El ascensor llegó hasta la segunda planta. Vázquez pensó en la ley de Murphy.

—Cuanta más prisa tienes, más lento va todo —murmuró mientras se abría la puerta del ascensor.

Ya en el pasillo, oyó un disparo. Pensó que podía haber sido cualquier otro ruido, pero no había ninguna duda, lo que acaba de oír era el disparo de una pistola.

—¡Mierda! —gritó—. Mierda, mierda y mierda...

Sacó el arma del cinto y se encaminó hacia la habitación 215. Por el pasillo se cruzó a varias enfermeras que lo miraron asustadas. Supuso que ellas pensarían que él era el que había disparado.

—Suelte el arma —escuchó a su espalda.

Se detuvo y se volvió despacio. Un vigilante de seguridad le apuntaba con un revólver. La recepcionista lo había llamado para decirle que ese hombre había preguntado por las policías. El vigilante, muy profesional y sabiendo que en la habitación 215 había dos policías ingresadas, se decidió a subir hasta esa planta para ver qué ocurría.

—Soy policía —gritó Vázquez—. Los disparos vienen de esa habitación —dijo señalando con la cabeza la puerta de la habitación 215.

El vigilante le creyó. Los dos se acercaron hasta la puerta. Vázquez ignoró cualquier medida de seguridad y abrió la puerta de par en par sosteniendo su arma, que apuntaba al frente. En el suelo yacía el cadáver de un hombre. Su cabeza estaba abierta como un melón y había sangre por todo el suelo. El inspector jefe se fijó que el techo se había teñido de rojo. Sobre la cama de la derecha estaba Diana, sentada y sosteniendo su pistola en la mano, con los ojos abiertos de par en par. En la cama de la izquierda estaba la inspectora Arancha con los pies atados por los tobillos con una cuerda de nailon. En su mano también sostenía una pistola.

—¿Qué? —dijo Vázquez.

—Este hijo de puta no sabe aún que una policía nunca se desprende de su arma —chilló Arancha.

—¿Es el informático? —preguntó Vázquez.

El vigilante de seguridad permanecía inmóvil detrás de Vázquez sin soltar el revólver de su mano. Todavía no se creía lo que estaba viendo. El inspector jefe supo que el disparo había provenido del arma de Arancha.

—Sí. Es él —respondió Arancha—. El cabrón quería hacer con nosotras lo mismo que hizo con las otras chicas. Después de lo que nos pasó en el Hotel Marola, pensé que lo mejor sería tener mi arma a mano —dijo la inspectora—. Así que la guardé debajo de la almohada. Y en vista de lo ocurrido pienso que ha sido la mejor idea que he tenido en mucho tiempo.

Diana dejó la pistola encima de la cama. Se preguntaba de dónde había sacado la munición la inspectora y cómo es que no se había dado cuenta cuando ella la ocultó debajo de la almohada.

—¿Estáis bien? —preguntó Vázquez.

—Ahora sí —sonrió Arancha—. Pero estaré mejor cuando me desates los pies.

—Oh, claro —dijo Vázquez, bastante confuso.

Por la puerta de la habitación entraron varios *mossos d'esquadra* que acompañaban al *intendent* Sebas Mateu.

—Pero... ¿qué ha ocurrido aquí? —preguntó el *intendent*.

Vázquez lo miró mientras se guardaba el arma en el cinto.

—Este es el asesino del abecedario —dijo señalando el cuerpo que había en el suelo.

—¿Otro? Pero ¿cuántos asesinos de esos hay? —preguntó el *intendent* con voz cómica.

—Espero que solo este —respondió Vázquez.

—¿Y el que mataron estas dos en el hotel?

—Ese era un pobre desgraciado al que pagó César por darnos un susto y por despistarnos todavía más —dijo Arancha—. Al igual que hizo con el policía de Huesca, al que quiso incriminar, o el delegado de Hacienda al que casi lo hace pasar por culpable. Pero... ¿me quieres soltar los pies? —le repitió a Vázquez, que permanecía atónito.

—¿De dónde es? —preguntó el *intendent* señalando el cuerpo con la barbilla.

—Es un informático de la empresa que lleva los ordenadores de la policía. Trabaja con nosotros desde hace cuatro años.

—¿En Madrid? —siguió preguntando el *intendent*, que no estaba comprendiendo nada de lo que ocurría.

—¿Cómo lo has sabido? —le preguntó Arancha a Vázquez mientras el inspector jefe intentaba desatarle los pies. Nadie respondió al *intendent*, que tenía los ojos abiertos y el gesto contraído.

—Pues si te lo digo, no te lo crees —respondió Vázquez a Arancha—. Estaba a punto de coger el AVE cuando me he encontrado a un antiguo alumno de la policía al que di clase cuando estaba en Madrid, en aula abierta. Se llama Lorenzo Solanas; aunque yo no me acordaba de él al principio. Luego, al oírlo hablar, me he acordado de él. El chico me ha preguntado por César, el informático. Me ha dicho que cuando estuvo en el aula abierta en la Brigada, a él y a sus compañeros les hacía mucha gracia ese tío, sobre todo por lo peculiar que era. Entonces me ha contado que otra policía de aula llamada Ruth le contó que lo había pillado mirando vídeos grabados en las duchas del vestuario de las chicas.

—¿Y no lo denunció? —preguntó extrañada Diana.

—No, no. Ya se lo he preguntado, pero me ha dicho que como estaban de aula no querían buscarse problemas.

—¡Que no querían buscarse problemas! ¡Que no querían buscarse problemas! —repitió dos veces Arancha, como si no se lo creyera—. Me parece increíble que una alumna de policía no denuncie algo así de gordo. Entonces... ¿qué coño hará cuando tenga que enfrentarse a criminales en su carrera policial?

—Bueno, bueno —la tranquilizó Vázquez—. Eso no es lo importante ahora. Cuando regrese a Madrid ordenaré una información reservada para esclarecer por qué esa policía no denunció a este —dijo señalando el cadáver del suelo.

—A la policía y a los alumnos que compartieron aula abierta con ella y sabían lo que hizo —insistió Arancha—. No me jodas que hemos estado duchándonos mientras este hijo de puta nos grababa.

—Esa chica lo pasó mal, según me ha comentado su compañero de aula —siguió hablando Vázquez, restando importancia al hecho de que no hubiera denunciado al informático—, ya que durante unos días se sintió acosada por César. Según Lorenzo parecía que se hubiera enamorado de ella. Figúrate —le dijo a Arancha mientras se esforzaba por desatar el nudo de la cuerda de nailon—, cuando Lorenzo me ha hablado de César es cuando me ha dado por pensar en él. Entonces he ido acordándome de escenas donde él decía que su madre era de Málaga, que hablaba francés, que le gustaba Mortadelo por su capacidad de disfrazarse...

—¿Y por eso has pensado que él era el asesino del abecedario? —Diana encogió los hombros.

El vigilante de seguridad sacó una navaja de su cinto y se la ofreció a Vázquez para que pudiera cortar la cuerda de nailon de los tobillos de Arancha.

—Siempre supe que el asesino no tenía que andar muy lejos. Sabía que tenía que ser un policía o alguien que estuviera dentro. Hasta casi me creo la teoría de que era el policía de Huesca, pero cuando Lorenzo me habló del informático entonces fue cuando lo vi claro. ¿Cuántas veces habéis oído a César decir que quien tiene la información tiene el poder?

Arancha recordaba habérselo oído decir en más de una ocasión. Diana, que llevaba poco tiempo en la Brigada, también lo había escuchado alguna vez.

—Varias —respondió la inspectora.

—Pues eso —afirmó Vázquez—. Él tenía el poder porque tenía toda la información. Accedía a los ordenadores de la policía sin ningún tipo de traba. Sabía qué teléfonos estaban pinchados, qué IP se rastreaban, qué investigaciones estaban abiertas, qué miraba el comisario cada día, leía nuestros correos, era el encargado de extraer los vídeos de las cámaras de vigilancia, rastreaba nuestros navegadores, accedía a nuestras cuentas de Facebook, Twitter o de lo que fuera. Se ha reído de nosotros simulando pruebas falsas en los crímenes. Los nombres que comenzaban por la misma letra, la edad, la forma de matar a las chicas, el marqués de Sade; incluso buscaba que los crímenes coincidieran con las reuniones del Club Bilderberg con el único objetivo de despistarnos. Ha tenido en jaque a la policía durante varias semanas. Incluso es posible que el crimen de Nimes no fuese cosa suya, pero que lo hubiera tomado de ejemplo para no comenzar de cero. Cuando el alumno me habló de él en la estación del AVE lo vi claro. Él era el que tenía el poder. Lo tuvo en todo momento y nos ha hecho bailar al son de su música. Luego recordé que el policía de Huesca y el delegado de Hacienda hablaban de un hombre alto y corpulento, grueso, dijeron los niños de Soria. La descripción del pelo no era de fiar, se disfrazaba al igual que hacía su ídolo Mortadelo. Él ha sido el que ha matado a esas chicas y el que ha estado en Soria, Huesca, Zaragoza o Albarracín. Si os acordáis no iba a la Brigada cada día. Alguna vez que alguien preguntó por él, se dijo que estaba en otra comisaría o que había ido de viaje a las periféricas como El Escorial o Móstoles, por ejemplo. Estoy convencido de que los días que viajó a los lugares de los crímenes no estuvo en Madrid. Pediremos su historial a la empresa de informática que lo contrató y, lo más importante, solicitaremos orden judicial del registro de su piso.

—¿Y por qué esa obsesión con matarnos a nosotras? —preguntó Diana mientras se ponía en pie.

—Un trofeo —dijo Vázquez—. Para un asesino así mataros a vosotras, y de la misma forma que a las otras chicas, era el mejor trofeo que podía conseguir. Para él hubiera sido el clímax. Dos policías...

—Pues ahora ya tiene su trofeo —torció el gesto Arancha—. Ocho gramos de plomo en la cabeza.

Tanto el *intendent* de los Mossos d'Esquadra, como Vázquez y Diana, posaron sus ojos sobre el cadáver que yacía desangrado en el suelo.

Vázquez miró la bolsa de tela que portaba César. Dentro no había nada.

—¿Y esto? —preguntó a las dos policías.

—De ahí ha sacado el trípode. —Diana señaló el pequeño trípode de acero que había montado sobre la mesa.

—¿Y la cámara?

—¿Buscas algo? —preguntó el *intendent* tratando de colaborar.

—Aquí hay un trípode, pero falta una cámara —respondió Vázquez.

—El *intendent* hizo un gesto con la barbilla y varios *mossos d'esquadra* removieron la habitación en busca de una cámara de vídeo o de fotos.

—No hay nada —dijo uno de los *mossos*.

Vázquez frunció la frente como si estuviera pensando.

—El hijo de puta no os iba a grabar —dijo finalmente—. Solo quería que nosotros pensáramos que os había grabado. Quería que al encontrar vuestros cuerpos nos rebanáramos los sesos investigando adónde había ido a parar la grabación de vuestro crimen. Nos quería mantener ocupados. Que siguiéramos elucubrando sobre grupos poderosos, sobre intrigas de crímenes ocultos... ¿De verdad nunca se te pasó por la cabeza que él fuese el asesino? —le preguntó Vázquez a Arancha—. ¿Cómo es posible que nos la haya colado durante tanto tiempo?

La inspectora se sentó sobre la cama y se frotó los

tobillos. Por encima de la venda que le tapaba la nariz florecía una mancha de sangre.

—Cuando Diana se dio cuenta de que alguien le había quitado las balas de su cargador, miré el mío y vi que yo tampoco las tenía —respondió Arancha a la pregunta de Vázquez—. Entonces pensé que quien hubiera podido quitarnos la munición tenía que ser alguien muy próximo a nosotras. Alguien de dentro. Alguien que pudo acceder a nuestros bolsos. Y tuvo que hacerlo en la Brigada, ya que no me había desprendido de mi bolso en ninguna otra parte. Por suerte siempre llevo un cargador de emergencia en una de las cremalleras de mi bolso. El asesino no pensó en mirar ahí y se limitó a vaciar los cartuchos del cargador de mi pistola. Así que cuando nos trasladaron al hospital, y un policía de la Judicial me trajo el bolso, saqué el cargador y monté mi arma con ese cargador y la puse debajo de la almohada, al igual que hizo Diana —dijo mirándola—. Presentía que el rumano que mató Diana en el hotel no era el asesino y que el verdadero asesino vendría a terminar la faena. Pero... respondiendo a tu pregunta: nunca pensé que pudiera ser él.

Vázquez miró al *intendent*. Los Mossos d'Esquadra ya sabían lo que tenían que hacer. En unos minutos la habitación del hospital se llenaría de policías, forense, fiscal e incluso el juez. Por su parte él llamaría a Madrid, al comisario Celestino Rivero, y le contaría lo que había ocurrido para mantenerlo al corriente. Ellas tendrían que declarar en la comisaría de los Mossos todo lo ocurrido en el hospital desde que César entró en la habitación. Una copia de esa declaración se adjuntaría al atestado principal sobre los crímenes del Marqués de Sade.

—Parece que este cabrón lo tenía todo planeado —dijo el *intendent*.

—Todo no —replicó Arancha—. Nos infravaloró. Pensó que Diana y yo éramos unas desvalidas quinceañeras. Y se ha encontrado con dos policías. Dos policías con dos cojo...

Arancha no terminó la frase. Todos sabían lo que había querido decir.

—Se encontró con las Twittercop —sonrió Vázquez.